transbordos
transbordos
transbordos

Luiz Afonso Costa

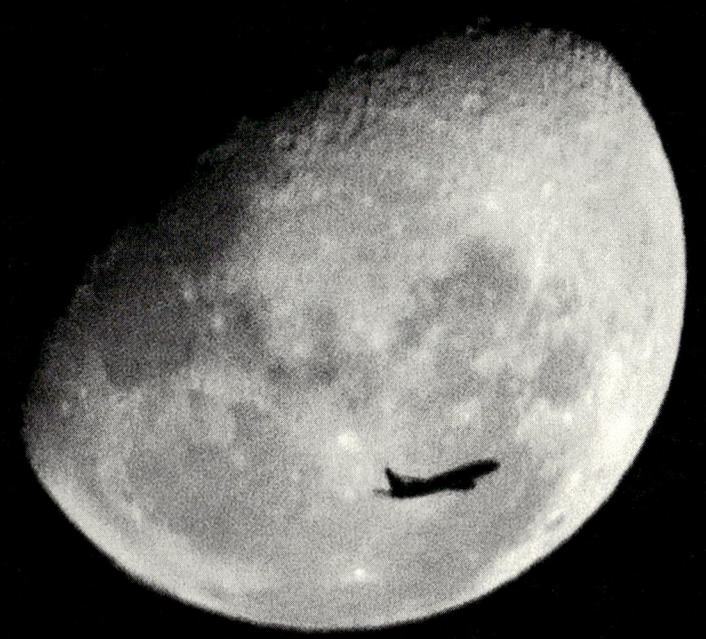

transbordos
transbordos
transbordos

Transbordos
copyright © 2022 Luiz Afonso Costa

EDIÇÃO
Enéas Guerra
Valéria Pergentino

PROJETO GRÁFICO E DESIGN
Valéria Pergentino
Elaine Quirelli

ILUSTRAÇÕES E FOTO DA CAPA
Luiz Afonso Costa

CAPA
Enéas Guerra

REVISÃO DE TEXTO
Ana Luz

Dados Internacionais de Catalogação na Publicação (CIP) de acordo com ISBD

C837t	Costa, Luiz Afonso
	Transbordos / Luiz Afonso Costa ; ilustrado por Luiz Afonso Costa. - Lauro de Freitas, BA : Solisluna, 2022.
	224 p. ; 15cm x 21cm.
	Inclui bibliografia.
	ISBN 978-65-86539-73-8
	1. Literatura brasileira. 2. Relato de viagem. 3. Berlim. 4. Amsterdam. 5. Alpha Centauri. I. Título.
2022-3248	CDD 869.8992
	CDU 821.134.3(81)

Elaborado por Odilio Hilario Moreira Junior - CRB-8/9949

Índices para catálogo sistemático:
1. Literatura brasileira 869.8992
2. Literatura brasileira 821.134.3(81)

Todos os direitos desta edição reservados à Solisluna Design Editora Ltda.
55 71 3379.6691 www.solisluna.com.br editora@solisluna.com.br

Para Enoe, nave mãe de quatro rebentos, mulher à frente do seu tempo. Estrela de luz e doçura, ascendeu ao firmamento em outubro de 2020. Ensinou o escritor a escrever e com ele escreve a ancestralidade, o agora e o porvir.
Helenita, Leila, Luisa, Caio, Mateus, Fábio: o coração é o melhor lugar do mundo!

À memória dos que nos deixaram muito cedo Beto Amarelo, Juvená Souza, Lauro Passos, Orlando Eloy, Roque Lemos, Sérgio Roberto Fred.

Aos navegantes atrevidos, influenciadores existenciais e amigos de todas as horas

Adalberto Bulhões, Adelson Costa, Amélia Almeida, André Avelino, Aninha Franco, Antonio Dias, Antonio Moreno, Antonio Vítor Júnior, Aruane Garzedin, Arthur Carmel, Ary da Mata, Bete Capinan, Beto Hoisel, Bia Marchioni, Caó Alves, Carol Montanari, Charles Pereira, Claudia Giudice, Claudionor Nenguinha, Coió Caribé, Dadá Dourado, Dulce Ferrero, Edgard Silva, Edna Francisca, Elzito Negão, Emília Silva, Fernando Noy, Flávio Carvalho, Francisco Teixeira, França, Getúlio Santana, Gilberto Melo, Ione Gouvêa, Isis Pristed, Ismael Gonzaguinha, Kinho Xavier, Janete Maciel, João Makiesse e Marcela, João Sá, Joildo Góes, Jorge Ricardo, Jorginho Ramos, José Luiz e Martha, José Raimundo, Leda Costa, Lourinho Barbosa e Patrícia, Luciano Serva, Luiz Marfuz, Luiz Paulo, Mácleim Carneiro, Mara Tapioca e Pallyto Piedade, Mateus Aleluia, Miva Valois e Borrego, Nelson Issa, Neuton Bacelar, Neuza Britto, Nildão, Nilton Lo Bianco, Nilton Roberto, Nivea Pastor, Paulo Gouvêa, Pedro Cabral, Pelezinho da Chapada, Raimundo Mundin, Raquel Vieira de Melo, Ricardo Brito e Cida, Rose Santana e Tiago, Rui Dutra, Sandra Costa, Rita Costa, Sandra Piedade, Sérgio Braga, Sérgio Novaes, Sérgio Siqueira e Cristina, Sérgio Tavares, Suzana Duraes, Tatai Araújo, Ubaldino Brandão, Vandeco Santana, Véi Dico, Gabriel e Daniel, Vicente Sampaio, Virgínia Freitas, Virginia Oliveira, Wagner Ertel, Walkiria Oliveira, Ygor Coelho, Zé Raimundo, Zitomir Souza.

Sem freio

Transbordos pode parecer um trem desgovernado, sem freio e a toda velocidade, mas sem perder o centro da gravidade. Isso seria fatal e esta história não poderia ser contada.

Neste livro de muitas viagens, Lula Afonso mergulha nas quebradas, no profundo e faz uma autoanálise sem concessões, o que só uma pessoa que já se viu lobisomem e acordou em cidades desconhecidas pode fazer.

Na viagem sem bússola e sem bandeira, o autor se expõe sem medo por caminhos nem sempre amistosos, cuidando para o não trem descarrilhar, maquinista dos bons que é. E nessa estrada que parece sem rumo rolam encontros insólitos, lutas contra moinhos de vento e personagens do dia e da noite, embalados por acordes pesados do rock e do blues de raiz.

E assim Transbordos segue a mil por hora, de Barcelona a Amsterdã, passando por Zurique, Munique, Berlim, Praga e Arembepe e alcançando o planeta Centauri B, com muitas paradas em cidades que ficaram sem nome porque não foi possível ao autor saber como foi parar lá.

Esse trem, que parece que vai sair dos trilhos a qualquer momento e morrer todo mundo, consegue chegar ao começo de tudo, a estação primeira, e ouvir o toque do búzio, o grito primal de dentro do útero, anunciando o saveiro que chega, depois de muitas verdades e doses generosas de loucura e transgressão, com o escritor se mantendo vivo para contar a história.

Sérgio Siqueira

Sumário

Pé de Ferro	11
Baculejo	13
Oktoberfest	21
O espírito da colmeia	32
Berlim, estação central	43
Teoria do enjaulamento amoroso	50
O elo perdido	59
Balada cósmica	69
Fora dos trilhos	91
Boneca de trapos	92
Círculo de giz	101
Eva na vitrine	109
O fio de Ariadne	116
Os bichos que Noé esqueceu	125
Interlúdio: os ventos que sopraram na janela	134
Estilhaços e mirações	149
A dádiva do desembarque	150
O diabo meio hippie	158
Na toca do lobo	168
A mão que apedreja	176
Lua de ninguém	184
Exaltação encarnada	194
O tigre e o dragão	201
Uma gota no balde	210
Sanfona quântica	217
Notas e referências	221

TRANSBORDO 1

Pé de Ferro

Quando os profetas pararem, as pedras devem falar.
Henry Miller

Baculejo

Esgotado por uma semana de embalos nas *ramblas* festivas de Barcelona, decidi desgarrar-me da irmandade das garrafas e canecas espumantes no momento em que a ressaca acumulada gongou forte na cabeça, como um toque de alarme. Ergui-me da mesa em um rompante e andei em passos rápidos até a rua, à procura de um táxi. Achei razoável escapulir dos folguedos sem deixar recado nem rastro, zerando a chance de me convencerem em contrário. Arrumei a mala e a mochila no hotel, paguei a conta e corri para a estação de Sants, onde embarquei em um trem noturno em direção aos países frios do centro-norte europeu, movimento inverso ao das aves migratórias do outono.

Flagro-me na estação central de Zurique na manhã seguinte, invadido por um torpor físico e mental, com a boca seca e a sensação de estar acordando de um sono pesado. Caminho lentamente na plataforma, respirando o ar gelado matinal, desviando aqui e ali das pessoas em trânsito, até que encontro um quiosque de comes e bebes, onde me presenteio com sanduíches e uma garrafa de vinho. Observo algumas locomotivas estacionadas no pátio, lembrando os rinocerontes ancestrais ilustrados nos livros da infância. Sigo andando e identifico, bem próximo, um bloqueio de final de linha, com as grossas vigas de aço cravadas no solo e molas e anteparos maciços para amortecer o choque de trens desgarrados.

"Trens desgarrados... onde já se viu?" A esquisitice do devaneio fez-me abrir um meio-sorriso, tão logo associei aquele bloqueio a uma freada radical nos desregramentos, providência que o meu corpo reclamava. "Melhor não desafiar os limites, cada coisa tem seu tempo!", concluo, impaciente com a lentidão dos ponteiros dos relógios da estação, à espera da partida do expresso para Munique. Alguém havia me falado que a cidade alemã era bacana e o povo bebia muita cerveja, então entrou no roteiro. E não fica longe, menos de cinco horas deslizando nos trilhos. Acomodo-me em um banco afastado do vaivém humano e entorno o vinho pelo gargalo, com a bagagem entre os joelhos, atento à massa corpulenta de uma locomotiva parada ao lado, com seus olhos de vidro que parecem fitar-me.

A manhã esquenta e a bruma na consciência se aclara. Aproveito a espera para repassar os sucedidos desde o embarque, ontem, no expresso noturno na estação de Barcelona, fazendo uso do velho truque de viajar de trem à noite para poupar a grana do hotel. Ganha-se em descanso o que se perde em paisagem.

As mãos tremem e o corpo reclama, mas a memória está em bom estado: evoco em detalhes o momento em que a composição arrancou, e o alívio de haver apenas um ocupante a dividir comigo os quatro leitos da apertada cabine, o que era propício para um sono reparador. Em meio à iluminação mortiça, percebi que o parceiro acidental ignorou minha presença e manobrou para manter-se o mais possível afastado, naquele exíguo espaço compartilhado. Vislumbrei, de relance, o olhar polido e desdenhoso por trás dos óculos redondos de aros metálicos. Em rápidos movimentos ele enfiou os pertences no bagageiro do seu beliche, no lado oposto ao meu, tirou a jaqueta e os sapatos, encapsulou-se no cobertor e apagou a lâmpada de cabeceira.

O silvo das rodas de aço riscando os trilhos nas curvas sugeria solos estridentes de violinos de uma única corda. Fiquei a pensar em como seriam os arranjos de convivência naquela cabine com a lotação completa, o sufoco de quatro desconhecidos ajustando a conduta e os movimentos em uma lata de sardinhas, a civilização e o instinto postos à prova em protocolos de interação estreita e intensa. Umedeci a secura das mãos no suor gelado da garrafa trazida do vagão-restaurante, saquei com os dentes a rolha enfiada pela metade no gargalo e entornei um gole comprido. "O que vem pela frente lhe fará saudoso da turbulência deixada para trás, pode apostar!" – lembro de ter dito isto, pouco antes, à imagem descabelada que me fitava do outro lado do espelho do banheiro de bordo.

Os flashes de memória se sucedem. No solavanco de uma parada, confiro o relógio: quase duas da manhã. Quando a composição retoma a marcha com um tranco ruidoso das ferragens, estico o pescoço e consigo ver a placa da estação passando pela janela... Port Bou... nome esquisito. Recito mais uma vez para meus botões o roteiro de viagem, que passa por este finalzinho da Espanha e depois o sul da França, o norte da bota italiana e o leste suíço, parando em Zurique, onde farei baldeação para o sul e nordeste germânicos, com desembarques em sequência programados para Munique, Berlim e Praga, de onde derivarei para o norte, rumo ao país das tulipas e moinhos de vento, o destino final da viagem. O mapa está inteirinho na cabeça, mas não consigo ajuizar a inteireza do tempo e do espaço a percorrer. Melhor, então, aquietar o pensamento e seguir o fluxo, deixar-me levar no espaço sem contar o tempo, em um jogo mental em que as peças se movem com liberdade no tabuleiro.

Puxo o cobertor até o queixo e tento atrair o sono, embalado no trique-traque dos trilhos sobre os dormentes, opa, aqui vai mais uma curva e esse toque-toque forte na porta descola do contexto, parecem batidas reais e sólidas, dou-me consciência de que alguém está querendo entrar na cabine na noite avançada. Isso não é razoável. Com o canto do olho, examino se o parceiro de compartimento se abalou para abrir a porta. Nada, o embrulho do seu corpo continua imóvel sob cobertas.

As batidas ressoam mais fortes, estrepitosas. Desse jeito vão arrombar a porta. Ergo-me, destravo a tranca e dou de cara com o corpo volumoso de um policial que se insinua soleira adentro, o olhar atento passeando entre os meus olhos e o que está atrás de mim. Ele indaga o meu nome e confirma minuciosamente a resposta no passaporte que tem em mãos, o meu passaporte verdinho, recolhido por um preposto do trem na hora do embarque. Brasileiro, profissão esperança. O homem da lei pergunta se pode entrar quando já está no meio da cabine e atrás dele vêm mais dois, um homem e uma mulher, as mãos nas cinturas gordas onde vejo penduradas algemas, as maquininhas de dar choque e uns cabos de pistolas sobrando nos coldres. O parceiro de cubículo sentou-se na ponta do seu beliche, quieto, as mãos nos joelhos e os óculos engordurados de suor. Não era alucinação o cheiro de haxixe vindo do corredor, quando ele saiu da cabine um tempo antes. Mas os polícias mal o olham, o negócio deles é cá com o aborígene do Hemisfério Sul. Depois de breve ajuste de dialeto, as perguntas são feitas de enfiada, em pormenor de formulário: de onde venho, para onde vou, o que estou fazendo, o que levo na bagagem. Mostro os dentes e a matalotagem, com a calma possível abro zíperes e destranco cadeados, o meganha que está no comando faz questão de inspecionar os desvãos da mala e da mochila, enfia as mãos peludas e revira as roupas e quinquilharias, folheia os livros, examina a sola e o interior dos sapatos, pede para que eu abaixe até os joelhos a calça e a cueca – feita em cânhamo e decorada com desenhos estilosos de folhas de *cannabis*, o que lhes provoca risadas – e que eu dê um giro de corpo para que possam vislumbrar, à distância, se escondi alguma substância fora da lei nos culhões ou no rabo. Fazem comentários em tom de galhofa. A humilhação relampeja em um compartimento hermético na cabeça, mas nele paraliso, por indispensável conveniência, quaisquer reações contra os intrusos. O meu ar arredio, as capas dos livros e o certificado *sênior* obtido dez dias antes em um campus acadêmico de Marselha devem ter desligado os sinais amarelos em suas mentes. Concluída a revista e a inquirição sem ocorrências dignas de nota, eles voltam para o corredor conversando alto. Deu para sentir uma ponta de decepção nas vozes.

Retranco a porta e percebo que o parceiro de cabine está a me espreitar e denota, pela primeira vez, algum conteúdo humano, perfeitamente dispensável para o clima de rescaldo que se instalou naquele ambiente enlatado. Sinto-me pilhado por uma armação secular e penso que a insanidade seria por certo mais aguda no clima morno dos trópicos, com a agressividade jovial dos que dão tapinhas amigáveis nos ombros e cutiladas canalhas abaixo das costelas. Mas lá, como aqui, o tratamento teria tudo a ver com a procedência, as roupas e a cor da pele, concluí.

Enrolo-me no cobertor e recito mantras apaziguantes quando a panela de pressão ameaça apitar. A insônia não cede e atravesso a madrugada no ritmo dos trilhos silvantes, que, em certo ponto do avanço em direção ao leste, fazem uma flexão para o norte, adentrando no país dos canivetes e relógios.

Abro uma brecha na cortina e contemplo as primeiras luzes do dia banhando os vilarejos espremidos nos vales monumentais entre cadeias montanhosas dos Alpes, pontuadas por picos banhados no glacê da neve, confeitadas nas encostas pelas manchas coloridas dos chalés empoleirados. Algum tempo depois, o perímetro urbano de Zurique desfila pela janela, adensando-se até a estação central, na parte antiga da cidade.

Encanta-me, ao desembarcar, a amplitude do vão livre da gare, assentado em engenhosas estruturas de ferro, e a estética dos arcos em ogiva que encimam as paredes. Coisa de gente caprichosa. Passeio pela estação até encontrar o guichê onde compro a passagem para Munique, em uma composição que sairá dentro de duas horas, e depois mato o tempo vagando pelos corredores, salões, lojas, lanchonetes e módulos de serviços. O intestino aperta. Desço ao subsolo e entrego à corpulenta *fraülein*, trajada de branco dos pés à cabeça, sentada a uma mesa esmaltada e ladeada por baldes, vassouras, panos e detergentes, a moeda convencional para usar o banheiro impecável. As maquininhas engolidoras de moedas não estavam ainda na moda. Ela me olha de través e libera o acesso, sem dizer palavra. Na saída, galgo as escadas de um deque lateral à estrutura, volto aos corredores e encontro um box de livros e revistas.

Confirmo no relógio que sobra tempo até o embarque e me demoro folheando publicações e passando a vista nas manchetes dos jornais. Um tabloide explora com imagens e cabeçalhos espetaculosos os dois grandes desastres do ano primeiro do novo século, quentes ainda na memória coletiva: a queda do supersônico Concorde em julho, e o colapso do submarino nuclear russo Kursk em agosto. "Notícia ruim para quem precisa... essa gente que lê jornal adora um desastre, não dispensa as tragédias no café da manhã!", penso, e sigo adiante.

Em frente à prateleira de cartões postais, não resisto ao impulso de mandar um alô para a bem-amada que deixei para trás no país das praias, rios e florestas, congelada no modo *pause* depois de um agônico debacle sentimental. Escolho para ela uma imagem romântica da lua dourando os picos nevados dos Alpes. Ao tentar escrever o nome da musa, no entanto, invade-me uma pane nos circuitos afetivos e a mão estremece. Sinto o cheiro de neurônios queimados, não vai dar. O tigre e o dragão do horóscopo chinês... como podem os dois se acertar?

Reconheço que, depois que o diamante amoroso se converteu em carvão, oito mil quilômetros são pouco chão para arrefecer a brasa... pelo contrário, a distância é vezeira de assoprar combustões. E as palavras ambíguas que ela sussurrou na hora da partida acenderam um rastilho que cozinha em fogo lento o coração. Em busca de rescaldo, redireciono o endereço do cartão para uma amiga conselheira que tem no prenome a divindade lunar dos faraós, e peço a ela o alento inspirador para encontrar um título pancadão e nomear o livro que estou a escrever aos trancos e barrancos. É o que eu digo: se não há como decifrar os enigmas da esfinge e se começa a andar em círculos em volta da fogueira amorosa, o melhor a fazer é cair fora, buscar um *reset* existencial o mais longe possível.

Respiro fundo, sigo adiante separando postais e escolho um outro, com as ruínas de uma cidade helvética conquistada pelas legiões romanas de Júlio César, e nele faço saber aos amigos Nildão e Getúlio que topei a proposta de abrirmos um bar em um casarão semidestruído numa esquina do bairro boêmio do Rio Vermelho, em Salvador da Bahia. A ideia era preservar a base ruinosa das paredes, colunas e instalações e interferir apenas no acabamento e nos itens funcionais, escolher um mobiliário ralado e desaprumado, distribuir no espaço réplicas das estátuas clássicas desmembradas e afrescos da Roma imperial sob o impacto de erupções e hecatombes, adotar figurinos da época para o pessoal do atendimento e ousar em uma louçaria trincada e desconforme e réplicas luxuriantes da cultura greco-romana. Incitar, enfim, a descontração dos frequentadores com a ambientação evocadora de um balneário pagão surpreendido – e preservado sob as cinzas – pelo desastre. E ir além, estender essa ideia à desarrumação e desordem sem eira nem beira, bem de acordo com o espírito anárquico e festivo do bairro, com os tempos aziagos no país e com o nome escolhido para dar sentido e originalidade ao estabelecimento: *Pompéia*, vazado em caracteres latinos. Nada mais atual.

Enfio na mochila os postais, com a ideia de enviá-los mais tarde. Sigo perambulando pelas passarelas e entro em uma lanchonete, onde tomo assento para um café com leite suíço e carboidratos leves, na esperança de amenizar as pontas ácidas dos fluidos que me percorrem o baixo-estômago após o dilúvio de vinho, cerveja e comedorias de balcão nos dias recentes.

Enquanto espero o horário de partida, remexo na carteira para conferir o bilhete da passagem e não o encontro. Em pânico, reviro todos os bolsos e me socorro da cafeína para refazer mentalmente o trajeto nos ambientes da estação, que percorro em sentido reverso até dar no balcão onde comprei o bilhete, a fila, o mesmo funcionário gorducho, a calva vermelha luzindo atrás do guichê. Ao ver minha expressão interrogativa, abre uma gaveta e me entrega, com o sorriso cumpridor dos suíços, o bilhete que paguei caro e não levei.

Cidadão do mundo, avanço a passos leves até o pátio dos paquidermes silenciosos, tomo assento no banco de madeira na ponta da plataforma e retomo o fio do relato da chegada à estação central de Zurique, desviado na primeira página.

Deixo os pensamentos à deriva enquanto espero o sinal de

embarque para Munique, mastigando o sanduíche e entornando pelo gargalo a garrafa de vinho, já abaixo da metade. Observo a locomotiva estacionada ao lado, o leviatã mecânico em repouso, cheirando a óleo, com seus enormes olhos de vidro assestados em minha pessoa. Um tanto intimidado, entorno um gole comprido e lanço, em voz alta, a provocação de que com um mero assovio poderei ativar as engrenagens adormecidas daquela engenhoca gigante.

Surpreende-me um queixume de resposta, vindo da sombra que a locomotiva projeta:

"Um assovio? Está me tomando por um animal doméstico? Saiba que possuo a força em um grau que você não consegue imaginar..."

Perplexo, olho para um lado e para o outro. Ninguém à vista. Após uma pausa, a voz continua, em tom grave:

"É notória, no entanto, a minha triste condição de cavalo de ferro. Há sempre alguém montado no meu cangote, me conduzindo para lá e para cá... o tamanho e a potência pouco importam se não há a opção de sair da linha... as estações vão surgindo, uma depois da outra, a rotina é entediante e nunca acaba!"

Retruco para a sombra, de bate-pronto:

"Ora, quanta pretensão... o seu futuro é mais do que confortável e seguro, está traçado em bitolas de aço pregadas em dormentes sólidos, não há lugar para sustos, é tudo previsível e organizado... e quer ainda reclamar?"

O silêncio é a resposta. Estou falando com quem ou com o quê? O impulso que iniciou o colóquio não cessa e me forço a completar:

"Para mim, a sorte erra mais do que acerta... o escritor faz melhor o seu trabalho quando abre mão dos controles e protocolos, e percorre o caminho aos tropeços e desacertos de rumo, como uma folha seca soprada pelo vento!"

É vero, o vento do outono está soprando forte e agita o meu percurso. É o que se verá nas próximas estações.

Oktoberfest

Passo a maior parte da manhã em um quiosque de comes e bebes em uma ala da Hauptbahnhof, a estação ferroviária de Munique, à espreita de acomodação em algum hotel por perto, com as facilidades da região central nas grandes cidades europeias. Aproveito para entornar porções generosas da cerveja regional, de apurada feitura e secular tradição, drenada de pirâmides de barris, rebatendo a intervalos com um bom trago de *schnapps*, a espirituosa aguardente germânica de frutas.

Há turbulência no ar, e só há pouco vim a saber que desembarquei na cidade no auge da Oktoberfest. "Ora, ganhei do destino um bilhete premiado, o fígado vai ter que aguentar!", resigno-me, sem esconder a excitação. Grupos de viajantes se esbaldam e entoam cânticos bárbaros de peregrinação aos centros de beberagem, as *beer halls, beer gardens, beer pubs*. Os balcões apinhados põem à prova o tenso limite entre o senso de ordem teutônico e as libações anárquicas dos radicais do copo que não param de saltar dos trens.

Ao longo da tarde retornei três vezes à fila no guichê de atendimento a turistas, em busca de hospedagem. Consegui, na brecha de uma desistência, um quarto de solteiro. Pelas oito da noite, já instalado, banhado e barbeado, reúno o que sobra de energia e disparo escada abaixo até a recepção do minúsculo hotel de três andares, tentando manter um mínimo de equilíbrio a cada degrau. Levo um papo com a bela recepcionista italiana. Seus olhos melancólicos brilham como topázios azuis, perfeitamente encaixados no perfil clássico do nariz e harmonizados com o escarlate luxurioso dos lábios na face cor de avelã. No encantamento da contemplação à beldade, percebo a maquiagem borrada e trilhas de lágrimas face abaixo, disfarçadas pelo *rouge*. Vislumbro no amarfanhado bloco de notas sobre o balcão rabiscos de corações partidos, a tinta vermelha da caneta desbotada por gotas que lhe tombaram do rosto. Ela percebe em minha expressão a exposição de seus segredos, o que tento driblar relaxando o olhar e falando banalidades. Ela fecha o bloco em movimento rápido e acompanha, aliviada, o oportuno desvio temático. Tateamos umas ideias rápidas sobre as belezas do Lago de Como, na Lombardia, os bons vinhos do Piemonte e as virtudes da culinária mediterrânea. Ela se abstém de explicar por que gemas tão raras como os seus olhos estão penhoradas em um balcão barato como aquele. Reclama da falta de emprego em sua terra natal, no sopé das montanhas nevadas próximas da Suíça.

– É o lugar mais lindo do mundo! – ela garante.

O sorriso cabisbaixo daquela madona desiludida em nada ajudou a repor o meu gás vital e logo me vi sacudindo a cabeça como uma lagartixa, concordando "no automático" com a sua lista de queixumes, enquanto a conversa perdia pressão. Em certo momento o assunto esgotou-se, não havia mais pontes entre nós. Ela percebeu o vácuo e refugiou-se na grelha fria das tarefas, rabiscando palavras no bloquinho de notas. Escapuli porta afora depois de gaguejar um tchau e deixar a chave do quarto no tampo de mármore sintético.

Na calçada, refleti sobre a natureza humana dos desvios de conduta e as ambivalências inexplicáveis do amor; considerei quão justo e sincero é o sentimento aberto pelas lágrimas, qualquer que seja, e avaliei os descaminhos da vontade quando o que é razoável cede a pulsões que não ousam mostrar-se à tona, como se a fatalidade fosse uma piscina morna e benfazeja. Âncoras afetivas, ninguém vive sem elas, a ninguém é dado expurgar da memória o morno leite materno, a dependência primal do instinto amoroso que se aferra a escolhas incompreensíveis. Desejei inscrever-me no rol desses desencaixes passionais que se repetem pela eternidade de uma vida, como a paixão de uma mulher por um homem que a trata com rudeza, replicando o apego instintivo e incondicional da mãe pelo fruto do seu ventre, desatado no arrebatamento do primeiro olhar, do primeiro vagido.

"Eis aqui a obra inacabada e imperfeita do amor que não aceita rótulos e acaba engaiolando a si próprio... no final de contas, a beleza nem sempre garante privilégios", avalio. Não consigo encontrar outra razão para que mulheres inteligentes e bem-nascidas acalentem ogros como se fossem o sal da terra e façam concessões sem fim, com os olhos chamejantes de ternura, a canalhas que se comprazem em espetar espinhos em corações macios e acolhedores. São razões fora da razão, pouco adianta especular.

Sigo andando na calçada, olhando para o alto e imaginando colunas de luz de holofotes passeando nas nuvens baixas e pesadas que rondaram Munique durante a tarde. Sinto-me transportado aos cenários de reportagens e filmes históricos em preto e branco sobre o final da Segunda Guerra, quase escuto o alarido das sirenes, o ronco chapante dos motores das aeronaves em formação cerrada, tapando a luz do sol, os estrondos das bombas e o crepitar dos incêndios que me povoam o pensamento como fótons desgarrados.

Volto a me concentrar na caminhada: é fácil chegar ao epicentro da grande festa convergindo pelas ruas de nomes compridos, atrás do caudal de gente ruidosa que vai engrossando ao se aproximar do grande halo de luz amarelo-azulado que coroa o parque Theresienwiese. Então é aqui, confirmam as faces coradas e sorridentes. Convenço-me disso olhando a multitude de formas, cores e engenhocas que vibram, piscam, bufam, lampejam e se estorcem ao pulso de tantas eletrônicos que percorrem a festa em ondas, sístoles e diástoles vertidas em luzes saturadas, torres estilosas que disputam ostentar mais alto as marcas das cervejarias famosas, lagos artificiais com barquinhos a remo, dragões soltando fogo pelas ventas, assovios mecânicos, estampidos secos nos estandes de tiro, torneios de martelo e gongo, maças de bruxa enfileiradas em caixas, cavaleiros sem cavalos fazendo corte a damas de lábios ultra vermelhos, trenzinhos fantasmas, carrocinhas de pão e linguiça, fila em um balcão que oferece caipirinha *made in Brazil*, o que me surpreende e agrada. Xícaras gigantes rodopiam adultos eufóricos, gritos ressoam de uma penca de gente pendurada de ponta-cabeça em uma bigorna giratória. A máquina infernal da anarquia lúdica pulsa na babel bávara.

Aproximo-me dos tentáculos mecânicos de um polvo que convida o meu corpo a ser por eles carregado e chacoalhado, se para isso eu pagar. Driblo os carrosséis feéricos e ciclopes com poderosos braços de ferro que usam o ar comprimido, correntes e roldanas para conduzir para cima e para baixo gaiolas com grupos que urram em pânico. Passo batido por toda a parafernália lúdica, meu negócio é terra firme e força da gravidade, o mais perto possível do chão, informações em excesso me transtornam. Libero o instinto em busca do que o corpo tanto deseja para corrigir os tiques e taques da desregulagem física em meio àquele caos ordenado. Não devo estar longe dos galpões das cervejarias, com suas longas mesas e assentos onde se pode entoar, em coros de gargantas molhadas, preces ao latino Baco e aos entes festeiros de Odin no Valhala nórdico, conforme a procedência e a devoção. Opa, aqui está uma delas, bem perto! O nome impressiona: Armbrustschützen, que, venho a saber mais tarde, quer dizer "olho de boi" e oferece uma louraça de escol, ao que garantem os dísticos da propaganda. A marca tradicional tremeluz na torre e na fachada. Que seja! O santuário etílico com suas longas mesas lotadas e todos os barris de cerveja que um homem pode desejar, enquanto tiver força para erguer as canecas borbulhantes de um litro, no afã de torná-las leves no menor tempo possível. Hordas ruidosas celebram uma sociabilidade difusa, *fraüleins* e *herrs* formigam eufóricos com suas roupas típicas do Sul do país, as garçonetes desafiam a gravidade carregando, com sorrisos de capa de revista e os braços robustos tensionados, pencas de canecas espumantes do néctar dourado.

Circulo pelo grande galpão e entro num curralzinho lateral em busca do banheiro. Sigo até o limiar de um corredor movimentado com o vaivém do pessoal de serviço, quando irrompem advertências de várias bocas: *"Nein! Nein! Verboten!"* Gritam e gesticulam com severidade, enxotam o estrangeiro estúpido para fora da área demarcada que percebo ser privativa dos funcionários. Com a crista baixa, acelero os passos até a ponta mais distante de uma mesa comprida, onde a calva luzente de um homem espelha os lampejos dos *spots* de iluminação. Ao que parece solidário com a vítima da descompostura pública, ele sinaliza em minha direção, apontando um espaço vago no banco à sua frente. Por aqui está mais calmo. Acomodo-me e agradeço com um aceno, correspondido por ele com uma leve curvatura para cima nos cantos dos lábios, que parecem uma linha de tão finos, emoldurados por uma película rala e loura de barba. Meço num relance o nariz afilado, as maçãs largas, o queixo saliente e os olhos transparentes e melancólicos lampejando sob a testa massuda, goethiana. Sem problema, penso, ajustando o corpo ao banco. Ato contínuo, aceno pedindo cerveja.

A caneca de um litro chega sem demora e entorno, de gute-gute, o fluido espumante até perder o fôlego, os dedos solidamente enfincados nas asas de vidro. O mundo volta a me pertencer. Pauso para respirar com os olhos úmidos de prazer, degusto os humores vivazes da infusão de cevada, água e lúpulo ordenhada dos dutos gelados. Meus mecanismos internos começam a ajustar o ritmo, as juntas emperradas relaxam e os triquetraques e tremores diluem-se na corrente sanguínea lubrificada, fazendo o efeito de uma overdose de WD-40 nas engrenagens de uma máquina engripada. É muito bom voltar a ser normal.

Confirmando a maré alta no humor, duas beldades surgem do nada, com aqueles passos dançarinos indispensáveis ao equilíbrio nos saltos-agulhas, e param quase ao meu lado, avaliando o ambiente. Uma delas se volta para mim e estende uma câmera, pedindo para tirar uma foto, o que atendo com estudada cortesia. Empunho a minúscula caixa digital e faço o instantâneo com capricho e a demora possível para a circunstância. Elas posam com sorrisos de ninfas ovidianas, trajando nanossaias de couro preto que mal alcançam a zona meeira das coxas douradas. Desfeita a cena, a mais despachada, com os olhos violáceos espichados pela maquiagem, qual Liz Taylor na fita Cleópatra, estende as mãos para receber a câmera de volta, agradece com um sorriso meloso nos lábios pintados com denso carmim, e faz menção de ir embora. Inclino o tronco para a frente, em atitude cavalheiresca de almanaque, e arrisco um convite para que as damas compartilhem a mesa, mostrando um espaço que vagou. Ela hesita, sussurra algo à amiga, que dá uma espiada nos meus trajes, comprime com as mãos as mechas dos cabelos e responde à outra em voz baixa, com expressão pouco animadora. A da frente esquece, então, o inglês e grasna para mim breves palavras em dialeto, após o que dão as costas e somem na multidão.

Não perco pressão, o mercado da azaração é assim mesmo, faz parte do jogo o caçador perder dez e depois mais dez, até perfazer cem e conseguir levar uma na hora da xepa. Com as sobras de adrenalina ainda pressionando, limpo a espuma na barba com as costas das mãos e peço mais uma caneca, embora a que está à minha frente contenha ao menos um quarto de litro. Nada como duas porções douradas e borbulhantes na mesa, ao alcance dos olhos, como garantia contra os tormentos do bico seco.

Percebo que o homem calvo me observa, ao que parece aprovando o gesto de previdência. Deve estar dando tratos à bola sobre o lugar de onde venho e certamente me acha tarimbado nos tratos com a biritagem, gente que merece consideração em qualquer parte do mundo em que se entabulem cumplicidades éticas de mesa e balcão. Tanto é assim que, numa pausa da bandinha no tablado, ele avança a cabeça em minha direção e comenta sobre as garotas, em inglês aquém do sofrível e voz para lá de pastosa.

– *Wunderbar!*... pernas estupendas, carne rija... moças espertas... *rutschig*... escorregadias!

– É, é isso mesmo! – respondo, pontuando cada sílaba com gestos, para ser melhor entendido – elas estão sondando o ambiente... essas meninas baladeiras escorregam que nem sabonete nas mãos...

– Sim, sim, sabonete nas mãos! ha, ha, ha! – ele acha engraçada essa imagem e prossegue, animando-se – *Nein amateur, ja professionell*... quero dizer moças profissionais – e completa – elas chegam de toda parte... *Osteuropa, Nordafrika, Südamerika*!

Com algum esforço, entendo a mistura de vernáculos. Depois de um gole comprido, ele pigarreia e indaga o meu país de origem. Sempre e sempre, a placa de estrangeiro pregada na testa, reflito, antes de pronunciar o par de sílabas que, em algumas situações, queimam na boca. A resposta parece surpreendê-lo, mas não lhe corta o ímpeto, embora decerto estranhe a ausência de um cocar de plumas, da tanga e do tacape. Senti-me o selvagem clássico dos livros, revistas e filmes, descontaminado do pecado original cristão, o que, nas circunstâncias, parecia vantajoso. Ele prossegue na conversa.

– *Ach*... seu tipo é diferente dos trópicos... florestas, sol, praias, mulheres com molas nos quadris, bundas grandes, carne morena... fêmea aqui é desbotada, tem muita opinião e pouca curva, traseiro igual a tábua de passar roupa, pélvis não bamboleia... não perco os desfiles de carnaval na TV, pura *halluzination*... multidão fantasiada cai no samba, coreografia esplêndida... mas os jornais dizem que o povo do seu país vive mal, são muito pobres... de onde tiram tanta alegria?

– Sim, sim... a festa dá identidade e animação a essa gente... de fato, festa é o que sobra para eles – respondo, pensativo – mas essa alegria que você vê nas telas é fogo de palha, brilha em mil cores e efeitos cenográficos e não queima, não mexe com o sistema, pelo contrário, é a válvula de escape que alivia a pressão da grande panela social, uma vez por ano... depois de quatro dias de esbórnia, eles voltam cordeiros para a labuta mal paga...

O sujeito balança a cabeça para os lados, ante a resenha desalentada, que não hesito em continuar, pausadamente, palavra por palavra.

– Pois é, há dois povos no meu país... os da parte de cima têm regalias iguais às dos europeus ricos, enquanto na base as formiguinhas carregadeiras se amontoam em barracos nos morros e periferias das cidades inchadas... os abastados desobrigaram-se de educar e integrar os escravos que alforriaram na marra no final do século XIX. Agora, ao longo do ano, essa gente faz o trabalho braçal em troca de salários de fome. E no carnaval transformam-se em cigarras: enfeitam-se, cantam, dançam e exibem as deslumbrantes belezas naturais do país, as plumas coloridas dos pássaros, as florestas, os rios, os figurões históricos, os artistas populares... eles brilham, zumbem em transe, vivem com criatividade as suas fantasias!

O homem arregala os olhos e realça a melancolia que lhe ensombrece a face. É fraco no inglês, mas sinaliza estar captando o sentido geral do que estou falando, e para mim é aliviante liberar indignações represadas sobre a pátria amada. Percebo, no entanto, ter ido além da conta no papo, falei demais, é minha vez de baixar a bola e ser polido. Solto a pergunta trivial.

– O amigo é daqui mesmo? De Munique?

Ele hesita antes de responder. Um reflexo sombrio lhe trespassa a expressão, como um relâmpago numa nuvem carregada.

– *Ach... ja*, sim... quer dizer, *nein*, não! O lugar onde nasci não existe mais... o nome Konigsberg lhe diz alguma coisa?

– Se é a cidade que estou pensando, ficava na fronteira oriental e foi destruída no final da guerra... é essa mesmo? – respondi, repassando na mente uma leitura recente sobre a histórica capital da Prússia, que, reduzida a escombros por bombardeios aéreos britânicos em 1944, teve a memória e o nome suprimidos do mapa pelas hordas vingadoras que enxamearam das estepes no início do ano seguinte.

– *Gut*, certo... eu estava lá no meio da carnificina... criança de três anos se esgoelando no meio das explosões... Bum! Bum! Bum! Mãos desconhecidas resgataram o pequeno eu das chamas... Depois veio o grande apagão, fumaça na cabeça, pesadelos... anos de esquecimento em casas de adoção, dormitórios coletivos... pai, mãe, irmãs, parentes, terra natal, *nichts*... nada, nunca mais ouvi falar... descobri o sentido de estar só no mundo!

Mexo-me no banco. Intimidade demais, informação demais em tão pouco tempo, de um lado e do outro da mesa. Estará ele de gozação com o estrangeiro trapalhão? Borracho demais para isso, concluo. Ele percebe que o desconforto agora é meu, e ensaia um gesto apaziguador.

– *Ach*, não se incomode... são apenas lembranças, nem cinzas ficaram... aconteceu há tanto tempo que até os fantasmas desistiram de reclamar!

Relaxo com um quase sorriso e avalio a figura, surpreso com o descarrego que, sem dúvida, leva com alguma ironia o trauma que sofreu, ou o que lá seja. Comento, em resposta, que o mundo sempre andou abarrotado de gente estúpida e mal-intencionada, em qualquer tempo e lugar.

Ele abana a cabeça e sentencia:

– *Ja, ja!*... sim, a loucura é o estado normal das pessoas...

– Há quem diga que isto aqui já é o Inferno – observo.

– Acho que não, isso vem depois... para mim, a realidade é apenas um filme ruim!

Fatigados pelo esforço mútuo da tradução e pelo rumo inesperado da prosa, cada um se põe a cuidar dos próprios fantasmas em seus cercadinhos. Puxo o caderno de viagem e faço anotações sobre a loucura que parece ter assumido o controle do planeta, um tema sempre em voga. A bandinha volta a tocar e energiza o ambiente com marchinhas do carnaval brasileiro. "Você pensa que cachaça é água / cachaça não é água não / cachaça vem do alambique / e água vem do ribeirão!" – conhecedor da letra e do tema, cantarolo discretamente, nostálgico, acompanhando o ritmo com os pés e partilhando da vibração incitada pelos metais e pela percussão. Ergo os olhos e percebo mudanças no parceiro acidental. Os gestos estão lerdos e uma espuma rala escapa-lhe pelos cantos da boca, tal como fazem os siris nos cestos dos pescadores. Deve ter detonado algumas canecas antes de minha aparição e o papo sobre a cidade natal decerto lhe reacendeu brasas emocionais.

Olho em volta e confirmo que sobram evidências para que ele esteja carregado de razões em sua menção à insanidade. Há método, sim, na loucura que nos cerca. Aperto os olhos para abstrair o cenário e enxergo, na contraluz, o espectro da virose social, o rebanho humano em surto permissivo. Por toda parte acenos eufóricos, lábios molhados, roupas e gestos extravagantes da agitação festiva que aproveita ao máximo a hora convencionada para sair da linha e criar asas, dispensar os filtros e restrições, gargalhar e tilintar canecas. O bezerro de ouro faz jus ao nome e à fama, o dourado por aqui tem a forma líquida e jorra nas torneiras. O rio amarelo da euforia desagua sem parar dos barris da Bavária.

Dou um gole comprido e rastreio com os olhos a multidão, em busca de um rabo de saia, umas pernas bem torneadas, um folguedo atraente, qualquer coisa interessante para sair deste encalhe o mais rápido possível. Nada para mim. Hora de virar a mesa ou deixar a mesa. Louco por louco, eu sou mais eu. Olho o relógio, a noite já não é criança e avalio o jogo em que fui fisgado em meio à celebração. "Deixei-me ficar nas bordas e fui cooptado por um pária emocional!", impôs-se o pensamento. Entornei o restante da caneca, ergui-me no ímpeto, fiz um aceno de despedida e, sem esperar resposta, enfiei-me na correnteza humana como um jacaré no rio. Nada de chamar a atenção e incitar espontaneidades complicadas, a noitada de estreia estava já de bom tamanho. Encontrei o percurso da saída em meio a esbarrões e tropeços. Os entes em movimento diluíam-se no cenário como cigarras surtadas, quase abstratas.

Peregrinei pelas calçadas em direção ao centro de Munique, procurando posicionar-me no miolo dos magotes saídos do parque Theresienwiese, mantendo distância dos perigos que assediam as bordas, macaqueando as cantorias e os movimentos da manada. Mais adiante, já dispersos os grupos, afrouxei a rédea do instinto, deixando-o livre para, como o bom cavalo que conhece o caminho, conduzir-me de volta aos confortos da casa de hospedagem.

O espírito da colmeia

Acordo na manhã seguinte em uma cidade desconhecida, da qual não consigo lembrar o nome nem como lá cheguei, refém dos rigores apunhalantes da ressaca. Arrasto-me da cama até a janela e vislumbro por uma fresta a origem dos estampidos secos de um bate-estacas que eu julgara implantado no centro do meu cérebro ao emergir de um sono confuso: o quarteirão em frente é um canteiro de paquidermes com martelos mecânicos socando enormes vigas de aço solo abaixo. O som dos impactos sugere ecos amplificados de arapongas nordestinas. No tranco, a memória e a consciência começam a pegar. Logo entendo o porquê de ter encontrado quarto vago em um hotel próximo à estação central de Munique, em plena semana da Oktoberfest, sem ter feito reserva. Os vidros tremem e a poeira fina neles aderida filtra a luz solar. Não há negociação, não há refúgio além da escada em caracol até o refeitório.

Desço os degraus dos três andares como uma alma penada e consigo encontrar o salão de refeições em um pergolado adornado com trepadeiras e flores outonais, onde tropeço em outras almas penadas também no modo ressaca, a maioria delas sobreviventes da festa, engolindo o café da manhã nas mesinhas com tampos de mármore branco. Elas vibram como abelhas em torno de uma espécie de plataforma onde se concentram as iguarias do insípido "café continental". Na passagem, arranco uvas de um cacho em uma bandeja lateral e percebo que são de cera ao mastigá-las. Ornamentais, ora pois! Disfarço por amor-próprio, sabendo que o gesto foi percebido por olhares irônicos, e concluo igual à raposa da fábula: "Ora, devem estar verdes!" A filosofia ajuda sempre nessas horas.

Alarma-me o descontrole da ressaca, o corpo tomado por tremores, tiques e estalidos, como o piloto de um navio a vapor cujas caldeiras avariadas bufam jatos quentes para todos os lados. Quanto mais tento segurar os tremeliques e controlar os passos, mais esbarro nas pessoas que circulam no espaço apertado, o meu corpo emite sinais ambíguos para os que estão em volta, os movimentos descoordenados desorientam os reflexos de quem encontro pela frente. Sinto-me um boneco de corda com a mola descalibrada, ou um instrumento fora do compasso em um concerto. Anseio por recobrar a fluidez e espontaneidade nos gestos e me inserir com naturalidade na corrente humana. Deslocar-me em meio àquelas pessoas é, sim, uma ação corporal que, quando comandada pela cabeça, faz-me tropeçar nas próprias pernas. Acabo trombando com o que parece ser um fantasma-anão exilado do reino da Dinamarca, e as torradas com ovos e bacon do prato dele vão ao chão. As pessoas observam. Não o havia enxergado, o topo da cabeça do pequeno ser flutuava pouco acima da minha linha de cintura. O choque emperra de vez os meus controles e fico ali sem ação por alguns segundos, enquanto o anão se estica nas pontas dos pés, olha-me de baixo para cima com raiva e insolência, arreganha os dentes e exibe os punhos.

– Você trombou em mim de propósito! – Ele berra.

Acho razoável não ficar na defensiva e sigo os princípios do macho alfa que não enjeita enfrentamento, mas condescende com adversários menos robustos. Mantenho o corpo o mais aprumado possível, enteso-me para refutar aquela inculpação descabida do pequeno homem, mas, inundado pela adrenalina, acabo por entrar no jogo e o xingo em voz alterada, no meu idioma nativo. Recebo em troca rosnados em autêntico alemão gótico e a aspereza da língua dá-lhe vantagem fácil.

"Diabo de anão metido a valente!", reflito, vislumbrando o silêncio hostil das pessoas em volta e me sentindo perdedor moral de uma contenda desigual. Insuflado pelo clima favorável dos patrícios, o homenzinho enche-se de brios e se empenha em desforrar, sobre a figura do forasteiro trapalhão, toda uma história pessoal de bullyings e humilhações. A prudência sopra-

-me nos ouvidos que, se eu me deixar levar pela natureza do escorpião e distribuir picadas raivosas a torto e a direito, perderei feio a parada. Socorro-me, então, da diplomacia para manter o controle e evitar uma retirada desonrosa em solo estrangeiro. Anos de prática cortesã ensinaram-me a domar a postura e a espontaneidade facial, a não mexer os músculos errados nem tensionar os olhos, e barrar os sentimentos que sobem à superfície em contatos sociais desconfortáveis. Ensaio um sorriso-biombo na face, descontraio os ombros e mantenho os braços no modo relax, uma forma clássica de desarmar tensões; basta não piscar em demasia, não dar bandeira, não entortar o riso nem o corpo, replicar em modo desacelerado a forma e o ritmo dos gestos do oponente. Os contatos humanos se dão em campos de energia que, mesmo desavindos, podem, sim, ser sincronizados ou, ao menos, apascentados com movimentos conciliadores.

Seguindo esse protocolo, arrefeço os meus reflexos e percebo que não está dando certo: a agressividade do anão está fora de controle. Decido mudar a tática e, num volteio que a todos surpreende, dou-lhe as costas e escapulo para o fundo do salão, a passos lentos, mantendo a compostura possível ante a ridícula situação. Encontro uma mesa vaga e ali permaneço algum tempo sentado, com cara de paisagem, esperando o ambiente desanuviar. O anão não veio atrás, e em alguns minutos está tudo calmo. Certifico-me de que ele sumiu do radar e avanço até a mesa central, onde apanho umas porções de frutas, proteínas e carboidratos. Encho até a borda uma xícara média de café e tento concentrar-me no rango. No afã de evitar os tremores da mão direita, que deixa cair os alimentos ao aproximá-los da boca, manejo o garfo com a esquerda e emporcalho a toalha com migalhas de pão preto, ovos mexidos e pedaços de presunto. A geleia de morango escorre pela barba e respingos de café marcam a camisa recém-tirada da mala. Nada feito, nada certo. Abandono o salão sem terminar o desjejum, abro caminho em meio a um enxame de orientais que chegam pelo corredor estreito, em formação compacta. Na recepção, deixo as chaves no balcão com o farol baixo, desajeitado, sem energia para um alô à madona celestial do Piemonte. Ela faz que ignora a minha passagem, mas sinto às costas o calor dos olhos tristonhos. Atravesso o umbral da saída com a testa alagada de suor, respiro fundo o ar gelado da rua, que me dá boas-vindas.

Em luta para ajustar o centro de gravidade avariado, paleto pelas calçadas largas até o sol da Bavária cutucar-me a nuca. Paro e faço fotos da imponência sisuda de prédios monumentais, muitos deles reconstruídos bloco a bloco depois dos bombardeios do final da Guerra. Atravesso galerias a passo lerdo, troco palavras amáveis com mulheres amáveis de meia-idade, vendedoras de quinquilharias em lojas de departamentos, pesco afetos femininos na passagem, aqueço a autoestima. Caminho sem direção por longo tempo, até me deparar com dois imponentes dragões que guardam o pórtico vermelho de um restaurante oriental. Ergo os olhos e localizo o sol, que se aproxima da linha do poente, o dia passou a galope. Saturado de repolho picante, batatas, joelho de porco e pão com salsicha e mostarda, o estômago arde de desejo por amenidades orientais, uma comidinha básica com cereais e legumes ao molho de soja.

Adentro no recinto. Com o sotaque molhado, pergunto à esfinge magra que se adianta, com o peculiar meio-sorriso, se tem frango e legumes cozidos com shoyu e arroz misto. "Frango xadrez, sim, sim! Mesa *single*?" – ela faz a previsível pergunta. Atenta à minha resposta, abana a cabeça e me conduz a passos miúdos até um canto do salão. Estica a impecável toalha branca sobre a mesa e alinha o prato, copo e talheres. Olho em volta, há poucos clientes. Espero impaciente até ela trazer o cardápio. Recebo-o com as duas mãos, como os orientais fazem, e o ponho de lado sem olhar. Vou direto ao que interessa e peço cerveja em caneca, das grandes.

– Só tem em garrafa de 340 mililitros! – ela responde, com seguidos abanos de cabeça e o típico apertar de olhos.

Peço para trazer duas, abanando também a cabeça e apertando os olhos para estabelecer um protocolo amigável e não deixar dúvidas. De fato, careço de entornar mais do que duas entradeiras antes de conseguir soletrar a palavra *normalidade*. Em três goles longos esvazio o copo, deleitando-me com a passagem da bebida gelada goela abaixo.

Tomo fôlego, aliviado, e olho em volta. Em uma grande távola, na ala ampla e bem iluminada ao lado, um grupo de chineses degusta um desses banquetes orientais que nunca acabam. Festejam e riem à larga ante rodadas de iguarias e bebidas que mandam descer sem parar. Boas razões para isso sem dúvida existem. Privilegiados como estou eu a me sentir, egresso da pátria de tórridos fevereiros, das grandes florestas úmidas e seus devastadores, das motosserras vendidas no atacado e rios do tamanho do mar, onde navegam livremente esquadras de dragas que envenenam e emporcalham as águas, das castas arquicriminosas de terno e gravata cevadas de açúcar e gordura, políticos de aluguel, juízes arrogantes e vendilhões, gordos senhores de semiescravos, sacerdotes dizimistas da lavagem cerebral neopentecostal e barões do tráfico posando sorridentes em capas de revistas, dos escroques pés-de-chinelo e das crianças magérrimas cujo futuro é surrupiado geração após geração, legiões de zumbis nas sinaleiras, lavando para-brisas na marra, enfiando as cabeças nas janelas para mendigar uns trocados, encostando cacos de vidro nos rostos de madames ao volante para garantir umas cachimbadas de crack. Sim, sinto saudades da pátria amada. O coração se aquece, indulgente.

E aqueles tipos ali na frente, os orientais sorridentes trajando ternos cinzentos e gravatas listradas, agitados como abelhas em colóquio, o que dizer deles? Assemelhados e previsíveis, harmonizam os zumbidos e o bater de asas. Contraponho-os às células anárquicas do visionário Steven Johnson[1] queimando suas líderes em rituais feéricos, assim como aos galalaus astutos da horda freudiana, austríacos bem-nascidos querendo tomar conta do circo depois de desengavetar do inconsciente o assassinato do patriarca tribal pelos próprios filhos e a dança ritual em volta de totens ancestrais. Se é uma questão de culpa ou desonra atenuada por boas intenções, tudo bem: a vontade dos mais fortes romperá o equilíbrio e estabelecerá a nova ordem. Não foi com o poder que sai da boca do fuzil que o Grande Timoneiro ordenou aos camaradas a missão de catar caramujos no leito do rio Yang-Tse-Yang? O Partido desafiou-os a vencer – com férrea vontade política, disciplina, sincronização de movimentos e canções revolucionárias – o parasita endêmico, a colher os bichos com as mãos, um a um, e colocá-los em grandes cestos de palha. Um ato de mudança social na plenitude da consciência engajada e radical, segundo rezam os libretos panfletários, as palavras de ordem que desmontaram tradições milenares, desacorrentaram o coração das massas e erigiram um novo Império do Meio. Assim também foi a determinação férrea do general Giap e seus vietcongues famélicos escondidos em túneis precários com rifles automáticos AK-47, envergando surrados macacões azuis e sandálias de dedo, alimentados por duas tigelas diárias de arroz integral com molho de peixe podre. Eles botaram para correr da sua pátria os sicários da abundância e da tecnologia, os rechonchudos generais e estrategistas caras-pálidas viciados em açúcar, bacon e carne vermelha, que não hesitaram em despejar de suas fortalezas voadoras toneladas de desfolhantes e fósforo ardente sobre vilarejos e florestas do Vietnã e apelidaram de anões amarelos ao seu povo.

Abordagem estratégica, pois sim! Quatro mil anos antes, não foram essas mesmas formigas que varreram de suas planícies os temíveis guerreiros mongóis? E não foram as formigas do grande país do meio que construíram, ao longo de dezessete séculos, uma muralha descomunal no sentido Leste-Oeste, com milhares de quilômetros de extensão, que dizem visível da lua em noites de Terra-cheia? Os seus descendentes extranumerários cruzaram os quatro oceanos e abriram restaurantes onde empanzinam, hoje, os estômagos ocidentais com talharim frito, legumes mistos cozidos, porco doce-azedo, shoyu, marzipã, bolinhos da sorte e mesuras melífluas. Tal qual tanajuras revoantes em tempo de chuva, deixaram para trás o fatalismo endêmico da superpopulação, as *holas* síncronas de bandeiras vermelhas desfraldadas, as massas uníssonas sideradas pelo fetiche doutrinário dos líderes em seus palanques, os zangões desfilando em formações cerradas, ombro a ombro e a passo de ganso, os fuzis cruzados nos peitos, as feições impassíveis, traduzindo o espírito da colmeia ideologizada e a sua rainha-totem.

Levanto o copo bem alto, em brinde silencioso às causas sociais massivas das abelhas, dos cupins e das formigas amarelas, vermelhas e as que mais sejam, incluindo as da latina América. E aos zangões! E às tanajuras revoantes dos quatro cantos do planeta!

Ninguém no salão parece se importar com as ruminações de um tipo esquisito e solitário embrechado numa mesa de canto. Procuro com os olhos a garçonete e sinalizo para trazer mais cerveja. Com seus passinhos curtos e eficientes, ela volta rápido com uma garrafa e enche o meu copo até a borda. O meu espírito está tomado por emanações massivas e peço que traga outra. E prossigo na trilha da formigagem.

Quer o poder queira, quer não, as cartas do baralho não alterariam os achaques do grande líder ou, mesmo, os do lavrador de chapéu de palha e pés descalços que chapinha nos brejos de arroz, conduzindo o búfalo que puxa o arado, se por desígnio individualista eles labutassem. É fácil decretar boas colheitas com planos, metas e palavras-de-ordem: não fizeram isso repetidas vezes os faróis e suas cantilenas doutrinárias para curar os males seculares do povo? Que estratégias perseguia Stalin, "o homem do sorriso bonito" no dizer do escritor brasileiro famoso em sua fase engajada, quando ordenou vedarem com tinta preta as janelas dos trens na fértil e desditosa Ucrânia, no ápice do holodomor (palavra local para "deixar morrer de fome"), apartando dos olhares viajantes os horrores da grande fome provocada pelo confisco de cereais e batatas ao campesinato coletivizado? Sob o controle férreo dos comissários do partido, a decisão provocou a morte lenta de milhões de ucranianos entre 1932 e 1933. Dizia-se que um estalar de dedos seria suficiente para fazer um indivíduo erguer-se do pântano puxando os próprios cabelos, façanha arquetípica de um barão colhudeiro[2]. Dizia-se, também, que se os refrãos e decretos oficiais lavrassem os campos, rios de suor seriam poupados ao trabalhador braçal.

E o que se dizer dos enxames belicosos incitados com tambores, tochas e estandartes marchando em Roma e Berlim nos anos 30 e início dos 40, no prólogo das hecatombes que se lhes sucederam? A narrativa ideológica esculpiu a aura infalível da abelha-rainha travestida de zangão onipotente, e demonstrou que a loucura coletiva se aprende na escola e nas ruas, assentada em aparatos totalitários de comunicação. Uma vez proscritas com mãos de ferro as zonas de sombra e controvérsia, o zumbido uníssono do enxame pode, sim, ser atiçado em mobilizações gigantes em praça pública para aclamar, em transe histórico, o líder, o farol dinástico ou o que mais seja. E soterram-se as esperanças de que a salvação pode vir de dentro do próprio sistema totalitário, de que cedo ou tarde a controvérsia sabotará as bandeiras monofásicas e a mudança de ventos voltará contra as falanges incendiárias as chamas da devastação. E de que a sincronia forçada da colmeia não sobreviverá à contaminação por revoadas imprevisíveis das rivalidades malsãs e de autoferroadas nos bolsões inoculados pelo espírito do escorpião... Ora, pois! O futuro parece não ter interesse em dar as cartas a quem não sabe esperar e distorce a razão em favor das causas nobres dos panfletos. Distúrbio cognitivo em alta escala? Uma ova! O norte magnético nunca sai da posição, as abelhas e os pássaros bem sabem para onde voam.

E assim prossigo no encalço de temas para ruminar ambiguidades empoeiradas e algumas certezas, na solidão da prise etílica em um restaurante chinês no centro de Munique: o mundo se torna amigável depois de um encadeamento de copos e vou soltando as amarras uma a uma, como uma rede estendida lentamente pelo mestre-pescador em sua canoa, aprisionando em águas rasas um cardume de tainhas que, na agitação para escapar, refletem nos dorsos prateados a luz da manhã. Aproveito a descontração para liberar os gases acumulados no baixo estômago em pequenos peidos, abafados pela cadeira almofadada. A garçonete responde "*yes, yes*," a cada pedido e retira, agora com sinais de inquietude, as garrafas que se acumulam sobre a toalha amarfanhada e encharcada. Eufórico, deixei o copo de lado e prefiro mamar direto no gargalo. Rabisco no guardanapo uma nova versão para o dogma da maçã podre:

> Talvez eu pense que não, talvez que sim, mas a direção da sombra será sempre oposta à da fonte de luz, ao esplendor do sol contra o perfil da matéria bruta, fabricando o vulto. E da sombra posso retirar o impulso tanto quanto da luz a razão, a motivação tanto quanto o rumo a ser tomado. Neste momento em que me debato como um peixe tirado da água, a alegria seria um raio de sol benfazejo se a sombra não avançasse além dos seus limites, questionando a razão – e quando a luz aproxima-se da linha de superfície, como todos sabem, a sombra cresce. A quimera e a fantasia vestiram suas roupas de bruxa e de palhaço e a confiança afundou em terreno movediço. Faço a dança da chuva quando o sol me é mais desejável!

"Já fiz coisa melhor!", penso, procurando entender o que acabara de escrever e guardando no bolso o papel amarrotado e molhado. Melhor deixar como está, depois eu vejo isso. Cresce o rumor de vozes. Com a visão turva, percebo que o salão se encheu com as tribos da noite, com suas roupas vistosas e gestos maneirosos, casacos viris de couro fazendo corte a delicados matizes de seda e adereços nos trajes das damas. Em peculiares combinações sucedem-se os jogos clássicos das parelhas, reeditando, com os vernizes da cultura, as danças ancestrais da conquista. Tudo igual, em matizes variados.

A virada de corpo para checar a mudança no ambiente faz-me sentir uma fisgada forte nas costas. Fiquei sentado tempo demais, na mesma posição. A contração avassaladora tensiona os músculos na direção oposta à desejada, causando dor intensa. Em busca de alívio, torço o tronco para um lado e para o outro, testando os limites para desatar as contrações, e a dor não só aumenta como se irradia para os ombros, nuca e pescoço. Diabo de cãibra! Fico ali torto na cadeira, forçando posturas pouco convencionais em busca de desafogo. Encontro uma posição de conforto retorcendo o tórax para o lado esquerdo e inclinando a cabeça para a direita e depois esticando-a para cima, no afã de estender os braços até a mesa e pegar a cerveja. Consigo! Mas quando tento alinhar a garrafa com a boca, a beberagem me encharca a camisa. Percebo que nas mesas próximas notaram o meu balé bizarro, escuto sussurros e risos contidos. Ouço os passinhos curtos da garçonete chegando ao meu lado, mas é impossível encará-la.

– O senhor está se sentindo mal? Precisa de ajuda?

Não consigo voltar o tronco para o alto, em direção àquela voz macia e algo alterada. A dor insuportável me repuxa o pescoço em um ângulo em que a cabeça se inclina até a altura do tampo da mesa. Trinco os dentes e retorço o tórax mais uma vez para ver a face da moça e dá para vislumbrar, por um instante, os seus olhinhos arregalados, redondos como os personagens de mangás japoneses. O esforço provoca nova contração e me entrevo de vez, as ondas de dor excitam cada fibra de nervo, não consigo mais olhar acima dos joelhos dela. Falo para eles, em voz forte para ser entendido lá no alto, que está tudo bem, trata-se apenas de uma cãibra e logo, logo, voltarei ao normal. Aqueles joelhos ficam ali parados alguns segundos, antes de darem meia-volta e se afastarem. Aproveito e dou uma espiada nas pernas próximas, depois levo as mãos à superfície da mesa e a tateio em busca da cerveja, fazendo tombar a garrafa. Logo vejo umas calças de risca azul-marinho e um par de sapatos pretos reluzentes aproximar-se e parar ao meu lado. O china se inclina, empalma os meus ombros encolhidos e tenta aprumá-los com rudeza, fazendo-me ganir de dor.

– O senhor precisa se recompor, está criando tumulto, isto aqui é um lugar público!

Seguro com força o braço dele e, retorcendo a cabeça para o encarar, explico mais uma vez a situação, não dá para controlar os músculos, mas é coisa passageira, um repuxo, só preciso de um tempo, tudo vai ficar bem. Aproveito para apontar a cerveja tombada e lhe pedir outra, o que o tira definitivamente do sério.

"Este é o modelo e estou fora dele!", concluo pouco depois, ao atravessar cambaleante a porta para o olho da rua, a vala comum dos peregrinos sem bússola e sem bandeira.

Berlim, estação central

O meu prazo de validade na Bavária expirou no fim da manhã de sexta-feira, no auge da festa. Fui excluído pelo sistema de reservas do turismo ou, quem sabe, por me flagrarem degustando uvas de cera no café da manhã e atropelando um anão. De loucos deve bastar a safra local. O bate-estacas matinal atormentará o próximo ocupante do minúsculo quarto no terceiro andar, que tristemente abandonei, sem tempo sequer para completar a secagem das cuecas de cânhamo lavadas na pia, que empilhei úmidas na mala, envoltas em um saco plástico. "Não há vagas, não há vagas", proscreve o melancólico realejo nos balcões das casas de hospedagem, abrindo espaço a novas levas eufóricas que desembarcam em Munique. Sonolento e desalentado, carrego meus trastes de volta à ferroviária e embarco no trem noturno para o norte.

Apago no assento e amanheço às portas de Berlim. Os prédios nos subúrbios planos da cidade correm ao lado dos trilhos até a Ostbahnhof, a grande estação próxima do zoológico e do muro entre as bandas oriental e ocidental, demolido há pouco mais de uma dúzia de anos. A plataforma de cimento vai parando e os guinchos dos freios esmerilham os tímpanos. Antecipo-me ao último tranco, pego os meus trastes no bagageiro e pulo porta afora em meio ao reboliço.

Nada impressiona, à primeira vista, a quem se deixou impregnar, através de livros, filmes e fotos, pelos acontecimentos e fatalidades que marcaram esta cidade. Lembro que hoje é sábado ao ver faces descontraídas e roupas de excursão, mochilas polpudas às costas, nas mãos mapas dos lugares aonde ir, pequenas cidades, o campo, as paisagens por onde transitei na madrugada se multiplicarão agora em novas caravanas e miragens. Encho os pulmões com o ar frio da manhã e entro no modo relax.

Avanço pelos corredores. Os nomes impronunciáveis das placas não se fazem acompanhar de outro idioma neste palácio de ferro e vidro, portal de acesso ao complexo ferroviário da grande urbe da planície central europeia, por décadas o ponto nodal de fricção entre dois sistemas econômicos e políticos antagônicos. Ponho-me a vagar como um analfabeto funcional em escadas, passagens, guichês, agências, balcões, cafés, boxes de revistas, casas de câmbio, tudo sinalizado em linguagem monoglota nesta antibabel de ferro arqueado e cores frias. "Em qualquer parte do planeta, não há sorrisos fáceis para forasteiros", consolo-me, enquanto enfio a mala e a mochila na boca apertada do guarda-bagagem, escolhendo as moedas próprias para as fendas.

Volto à cena com as mãos livres, flanando, até parar em um balcão em meia-lua, de finalidade incompreensível, onde uma loura magra e seca como a areia do deserto responde em inglês áspero que não há posto de informações para visitantes no prédio da estação e que o birô de turismo fica a umas tantas quadras de distância. Então é melhor carregar tudo e sair à rua em busca de pouso. Retorno à *bagagerie*, pego os badulaques na urna e lá me vou arrastando a mala e carregando a sacola, como um presidiário a caminho da pedreira. Volto-me para trás e dou uma mirada geral na arquitetura da edificação, como fez a mulher de Loth antes de se tornar estátua de sal. O mundo é cinzento na pós-madrugada, o sol pálido flutua rente ao *skyline* e surpreende-me uma forte contraluz refletida nas nuvens próximas, como se o astro-rei se houvesse duplicado, e me pergunto: "Dois sóis, como é possível? Como se um não bastasse!" Ergo os olhos e encaro a ambos os astros com o espírito de avestruz atrevido, a cabeça fora do buraco.

Mesmo que banhado pelo sol verdadeiro e por uma suposta réplica, o cenário por onde avanço em nada se parece com a solaridade mediterrânea do entorno da estação de Sants, em Barcelona, o tépido balneário deixado para trás há uns poucos dias. Dou de ombros, a migração para o norte foi coisa de impulso, de livre escolha, cabe-me a certeza de que encontrarei por aqui descobertas, incitação aos sentidos e prazeres de ocasião, cabe avançar e procurá-los. Atravesso a avenida larga, percorro o que parece ser ou deve conduzir ao veio principal da rua que fora chamada por visitantes ianques de Quinta Avenida berlinense: a Kurfürstendamm, a mesma onde, na primavera apocalíptica de 1945, sobreviventes saíam furtivamente dos escombros com facas nas mãos e carneavam postas de cavalos abatidos pelo fogo cruzado. Sigo pela calçada segurando pelo rabo o incômodo cachorro marrom, a nefanda e instável mala, a cada momento adejando para um ou para o outro lado, minuciosamente projetada para me arruinar as vértebras. Um êxito total da ergonomia avessa. Avanço encurvado, estalando os ossos da coluna e sentindo calos brotarem nas mãos. Aplico olhares enviesados às vitrines ainda apagadas, em uma placa de esquina venho a saber o nome da rua: Budapester Strasse. Desvio a mira para o alto e localizo a estrela de três pontas no cume do Europa Center, ali perto, um prédio baixo e pouco impressionante, mas impregnado de efeitos simbólicos da reconstrução na banda ocidental da cidade. Ah, então foi aqui que replantaram um totem das megacorporações, a deidade pragmática que rege a ambição e o engenho humanos, o lucro transnacional que ignora bandeiras e palavras de ordem que não aquelas chanceladas pela acumulação do metal sonante.

Os pensamentos continuam a fluir e é difícil não dar razão aos *ossis*, os orientais embarreirados pelo muro que, tão logo desativado, transpassaram a barreira ideológica e enxamearam para o culto ao bezerro de ouro, como se uma mão invisível os impelisse. Mão invisível? A grande feira não funciona com baixa luminosidade: rótulos, cartazes e anúncios estrepitosos, *outdoors*, letreiros de neon, grifes, bens de consumo a rodo, badulaques sob medida, movimentos irrestritos e seduções expostas nas vitrines, que mariposa austera relutaria em pousar nas lamparinas vistosas do grande mercado?

Náufrago com os meus salvados, atravesso a linha imaginária da realidade e retorno ao transe, deixo pipocar na mente os flashes delirantes do escritor maldito Louis-Ferdinand Céline no seu apocalíptico livro Norte[3]. Corrido da sua Paris depois de expor a público afinidades nietzschianas e lombrosianas com o invasor teutão, ele nadou para o navio que afundava e pernejou no Armagedon berlinense nos intervalos dos bombardeios de saturação, acompanhado da mulher Lili, do ator canastrão La Vigue e do gato Bérbet enfiado em um saco, atravessando as avenidas evisceradas em busca de uma rota para a Dinamarca, onde ele havia escondido o seu ouro.

Dou uma *pause* no filme mental para contemplar, ao vivo, a claridade mortiça da manhã de sábado. O céu continua carregado, com formações cambiantes que alternam rasgos dourados de luz sobre o cinza pesado das nuvens. O segundo sol desistiu e desapareceu. Faço conexão com um simulacro de energias carregadas, sinto o ar estranho, um hausto que faz boiar uma tristeza profunda e remota, um algo indefinível que sugere o zunido de abelhas desnorteadas volteando em torno de um lume negro, o horror massificante que hesita em dizer o próprio nome, a aniquilação e o sofrimento em escala indizível, que só ao *Sapiens* sofisticado é concebível padecer e aplicar. Sintonizo o choro e o ranger de dentes das multidões civis esfaimadas, apinhadas nos porões de prédios destruídos e nos subterrâneos das estações de metrô; reprojeto na mente e tento encaixar na cena real as imagens de documentários em preto e branco em que as placas das ruas vibravam com as lufadas térmicas do ar conflagrado ao som estridente dos mísseis e o assobiar de balas e morteiros, sinto nas vértebras o arrepio residual do pânico trazido pelas hordas de Ivans vingadores ocupando cada rua, esqueletos de concreto, tijolos e pedras dançando entre a poeira e a fumaça, as fachadas ainda de pé estremecendo ante salvas de obuses e o dilúvio de tanques e canhões. Vislumbro a fatura de Stalingrado e dos vilarejos pulverizados pela selvageria nas estepes sendo paga aqui com mais e mais aniquilação, sangue, fogo, assassinatos, pilhagens e estupros[4].

No centro da pequena praça contemplo as ruínas da velha igreja bombardeada, um dinossauro petrificado cujas entranhas continuam expostas ao olhar do primata do novo século. Os ponteiros do relógio foram paralisados às sete e meia em ponto de uma noite de novembro de 1944, quando um enxame de bombas varreu do mapa quatro quilômetros quadrados do centro, no qual "eram tantos os incêndios que você poderia ler um jornal, se conseguisse um", no relato de um sobrevivente. Metástase dos tempos em que "não só tudo era permitido, como o pior era recomendado", como escreveu em seus diários a refugiada russa Marie Vassiltchikov[5].

Folheio o guia turístico e identifico o impronunciável nome da praça – Breitscheidplatz – e do que restou da igreja – Gedächtniskirche; leio que foi construída no final do século XIX pelo kaiser Wilhelm II, como símbolo da unidade prussiana. "Vivendo e aprendendo", sussurro ao vento.

Ao olhar para o outro lado da rua, dou-me conta que um grupo de rapazes que observei há pouco – pelo aspecto geral, em rescaldo da balada noturna – continua nas mesmas posições displicentes, recostados em carros estacionados, quase imóveis. Estranho, estando eu a me deslocar, não era para vê-los próximos. Eram os mesmos, sim, as roupas pretas, as botas militares, as cabeças luzidias refletindo o sol pálido que botava a cara na rua. Eles me seguiram sorrateiros, e pararam quando eu parei para observar o monumento. Com a visão periférica reconheci o sujeito alto e troncudo que parecia liderá-los, à distância dava para ver – mas não distinguir – o símbolo que eu vislumbrara pouco antes em suas jaquetas de couro. O gongo do instinto ressoou. Olho para um lado e para o outro, nenhum movimento à vista, ninguém por perto, a cidade ressona em seu início de weekend, após a partida da primeira leva de viajantes. Apertei o passo, esforçando-me para não sinalizar a mudança de ritmo. Invadiu-me a certeza de que o grupo usava a tática ardilosa de aproximar-se em avanços dissimulados, e eu era a presa da hora, estavam caçando o forasteiro desprotegido. Na esquina seguinte pude vê-los de novo, ainda do outro lado da rua, tão próximos que dava para ouvir as pisadas das botas. O sangue esquentou quando examinei o cenário da avenida vazia à frente, janelas impessoais, lojas e prédios de portas cerradas. Agora nos separava pouco mais de uma dezena de metros, o grupo já na mesma calçada, as carecas reluzentes e os dentes expostos, mal percebi o momento em que atravessaram para o lado de cá. Acelero de vez, pensando em largar a matalotagem e disparar rua abaixo por ser mais valiosa a pele do que as posses, quando vejo um carro se aproximando. Num movimento repentino avanço para o meio da rua, tentando criar um fato novo, uma freada brusca, o susto de um quase atropelo. Os freios guincham e a lateral do veículo raspa o meu corpo, o retrovisor me arranca o relógio e ouço os xingamentos do motorista se perderem na distância. No relâmpago do momento vislumbro uma porta aberta à frente, enfio-me salão adentro com mala e sacola, alcanço o balcão sem olhar para trás. É um hotel!

Um sujeito bigodudo de face vermelha pula como um elástico do assento, atrás do balcão onde estava a ler jornal, e gesticula nervoso com as duas mãos espalmadas à frente, grita em sua língua gutural: *"Keine freinen stellen!"* E no mesmo disparo verbal, para que não restem dúvidas ao turista ignorante, *"No vacancy!"* – não há vagas, o toque de realejo de sempre. Trêmulo, entupido de adrenalina, tento explicar o acontecido. Sinto que a história é-lhe familiar. Depois de medir com os olhos as bagagens e me esquadrinhar de alto a baixo, concede-me permissão para ficar um tempo ali no *lobby*, o que faço folheando revistas, sob o olhar vigilante do meu salvador. Mais tarde, quando a rua começa a ganhar movimento, agradeço e sigo em direção ao infocentro turístico, com a esperança de que a jornada seja mais leve daqui para diante. Hotéis lotados e matilhas ideológicas agindo à luz da manhã, que diabos está havendo neste pedaço do planeta?

Na perambulação das calçadas, não perco a chance de examinar artefatos óticos de precisão e cobiço, com os olhos seduzidos pelas vitrines estilosas, esplêndidas jaquetas de couro germânicas e lentes e câmeras Leica e Hasselblad que me fariam artista da imagem, ao preço de um apartamento de quarto e sala na Brasilândia. Dinheiro traz felicidade, sim. Mas a dificuldade de encontrar um pouso fez-me empurrar para o futuro a regalia de sentir sob os pés o chão berlinense e tomar uns choques transculturais na noite cosmopolita, passear pelos parques e beiradas do rio Spree, percorrer museus e exposições de arte, ver gente diferente, mergulhar fundo nos agitos das discotecas, excitar as papilas gustativas... Como um cegueta, apenas tateei a superfície. Imergi milímetros, ricocheteei.

No *vacancy*! Decido, a contragosto, pegar um trem para Praga ou para onde os diabos me carreguem, até encontrar uma vaga de hospedagem ou ficar errando de trem em trem, de estação em estação, em busca de uma luz salvadora que se acenda no painel e apareça um leito disponível alhures, para o merecido descanso do andarilho sem causa. Enquanto a composição segue os trilhos, posso relaxar a cabeça no encosto da poltrona e ressonar, tendo o banheiro de um lado e o vagão-restaurante do outro. A situação está sob controle, é o que penso.

Teoria do enjaulamento amoroso

Esta manhã vi-me forçado a voltar da cidade de Praga e suas cem torres, capital do mais fino cristal, da esplêndida cerveja pilsen e do imponente castelo-cidadela na margem esquerda do rio Moldava, uma das pedras basais da realeza centro-europeia. O escritor Franz Kafka[6], arquiteto simbólico do castelo impenetrável e da loucura metódica, seria incapaz de conceber a realidade brutal nos salões e porões da monumental edificação histórica, onde foram confinados os prisioneiros da ocupação teutônica, pouco mais de uma década depois de sua morte. O destino poupou o escritor de uma realidade mais atroz do que os seus mais sombrios delírios.

Ninguém me avisara sobre o indispensável carimbo no passaporte no consulado do Brasil em Berlim, e a movida para a banda centro-oriental malogrou no portão de entrada. Reflito que, se santo fosse, o cidadão Kafka seria o meu padroeiro e eu não cansaria de acender velas em seu altar. Mas não seria o bastante.

Cinco horas de trem mais uma vez, agora sob a cadência do retorno para Berlim e desdenhando as belas paisagens admiradas no dia anterior. Ergo-me e avanço até o carro-restaurante, onde tento apaziguar a frustração testando os vinhos de bordo.

– Duas garrafas, por favor... sim, esse Riesling aí, eu soube que é bom, pode pegar... e aquele outro ao lado, quero olhar o rótulo!

Percebo que o fiscal dos bilhetes me focalizou à distância, na ponta do vagão, e marcha em minha direção. O aprendizado não lhe falha na identificação de estrangeiros a bordo e outras fontes de problemas. Bigodudo, arrogante e mesquinho como tantos colegas em várias partes do planeta, estufa a barriga obesa e faz pose de estadista malcontente, com o seu uniforme azul e o quepe alteado na testa, a insígnia da companhia ferroviária em destaque. Sem se dar ao trabalho de me encarar, decerto conferiu de longe as roupas, atitudes, a própria aura – examina minuciosamente o meu passaporte, picota o bilhete e se afasta a passos pesados.

Retorno ao assento, acomodo-me, enfio na mochila uma garrafa e desarrolho a outra com o canivete multifuncional que comprei em Zurique. Observo que o rabinho de porco do saca-rolhas cumpriu, em pouco tempo, notáveis serviços. Sorvo um trago largo pelo gargalo, suspiro fundo e puxo do bolso o caderninho de notas. Nele, folheio o texto laborado na viagem de ida para Praga, no dia anterior, quando tentava dissipar o fumacê existencial que me envolvia, as brumas do espírito, traduzindo fluxos do pensamento para linhas de texto. Funciona sempre. Energiza-me evocar as alegrias das latitudes solares, voltar às origens termina por varrer o mofo dos esconsos mentais. A música singela do menestrel Gonzaguinha emerge num rompante e não vejo problema em lhe parodiar o título, que se encaixa no teor do capítulo como uma luva familiar em mãos dessemelhantes. Sigo as linhas da escrita, sem destacar nem aspear, narrando um intenso e agônico experimento amoroso vivido décadas antes, no ápice da juventude. Saboreio as linhas, como se um outro autor as tivesse redigido.

No lindo lago do amor

Cortamos caminho até a beira-mar de mãos dadas, eu e ela, pela estradinha serpeante de terra vermelha. Atravessamos o cinturão das dunas e coqueiros da restinga e corremos até as poças embrechadas nas formações de pedras na curvatura da enseada, que emergiram com a maré baixa da lua quase cheia. Escolhemos uma daquelas banheiras naturais, confortável para dois, nela nos jogamos e lá ficamos boiando ao léu na água morna. Logo bateu um clima de lassidão: senti fluindo as energias do nadir, os controles da cabeça sobre o físico se distensionaram, o superego perdeu distância para a vibração relaxante que se pôs a escalar o corpo a partir do baixo-umbigo. Liberei uns tremeliques involuntários que percorreram a extensão da coluna, do cóccix ao cocuruto, qual choques de baixa voltagem. Estirados, flutuando na liquidez morna e transparente, pusemo-nos a xeretar a vida dos pequenos peixes que flanavam em ritmo com a correnteza leve que movia as águas para lá e para cá, saíam e entravam nas locas, circulavam entre as conchas desabitadas umas, semoventes outras, os dorsos dos moluscos sarapintados em refinadas curvas naturais. Estavam em seu elemento e me senti o arauto de uma desejada transformação nos sentimentos e nos instintos. Sim, fazia sentido pensar que a solução dos problemas individuais não cabe no tamanho do mundo, melhor deixar as encrencas de lado enquanto a maré favorece. A grande bola de hidrogênio estava a meio-caminho no céu e os seus raios produziam refrações e lampejos nas pedras molhadas.

Ao meu lado boiava um outro astro com desmesurado poder gravitacional, a bela e poderosa mulher que eu trouxera dos remelexos da noitada de verão. Com naturalidade e leveza, sincronizamos a respiração com os movimentos das águas. Sem precisar pedir, entrei na frequência iônica dos olhos dela, que mimetizavam as cores do mar e vi que no fundo deles nadavam espécies desconhecidas. A um só tempo miravam a mim e além de mim, aqueles olhos desdobrados em ondas de prazer sensorial. Por vezes descolavam-se do agora e se perdiam na profundidade oceânica do ser desatado, livre como um pássaro que escapuliu da gaiola. Conversamos sobre as coisas do apego, de segurar e deixar partir o ente amado, da arte de afrouxar ou puxar para si a alça da conexão, na teoria do enjaulamento amoroso a que eu me via convertido ante aquela efígie híbrida de sacerdotisa e sereia. E ela falava:

– Não brinque com essa linha de separação entre o amor e o prazer, não exija pertencimento, não faça nada, não force a barra, não engaiole, deixe acontecer... o coração prefere prender a soltar, e o desejo de segurar é a fórmula segura para você perder o que deseja... Vamos, vamos, não espante a caça... libere essas ondas como se fossem as da maré, deixe-as ir, deixe-as vir, não escolha, não interfira, relaxe, solte-se no ritmo delas... Assim ela falava e assim ela calava, era essa a cantoria enfeitiçante da sereia. Ela acendia e apagava mensagens como um vagalume em transe. Ignorei o risco de me entregar a tais harmonias, a mim pouco importava ser atraído para as funduras e lá ficar encalhado até o final dos tempos, desde que ela não saísse de perto, amenizasse o meu mau-humor, adoçasse o meu gosto por confrontos e miudezas, me safasse de aporrinhações, cuidasse de mim e me deixasse em paz nos surtos e calundus. Assim flutuamos e rolamos preguiçosamente nas poças até a maré enchente encobri-las e começar a arrastar os nossos corpos no vaivém das ondas.

Bye, bye, peixinhos do mar, conchas, algas, espumas flutuantes, entes esponjosos, mundo submarino. Caminhamos até uma barraca de madeira com cobertura de palha na borda superior da praia, montada à moda indígena, e ali encaramos uns tragos de infusão de cambuí na cachaça acompanhando postas de vermelho frito pescado no dia e farofa acebolada. O ardor do molho de pimenta nos intimou a migrar para a refrescância da cerveja. Conversa vai e conversa vem, viemos a saber que o dono da birosca havia sido palhaço de circo por décadas e agora, aposentado, contenta-se em apreciar as variações da maré e os dramas e comédias que os fregueses fazem desfilar no lado externo do seu balcão rústico.

– Mas o amigo não me parece muito alegre – observo, surpreso.
– Ora, eu sempre fui assim, meio cabreiro, as palhaçadas eram da profissão... herdei isso de meu pai, coisa de família...
– Sente saudades do picadeiro? – a parceira entra na conversa e pergunta.
– A vida real é mais engraçada do que no circo, moça. Para entrar em cena, eu botava a pintura na cara e vestia as roupas

chistosas sabendo que muita gente da arquibancada faria melhor uso delas... Aqui na praia é diferente, é tudo muito simples, todo mundo chega de bermudão, biquíni, canga ou toalha e sandália de dedo, ninguém precisa vestir fantasia nem fazer patacoada... Na minha barraca a vida é mais leve, a gente ri aqui de coisas que Deus duvida!

Só então apreciei em detalhe o corpo da sereia que eu pescara – ou fora por ela pescado: era grande e sinuoso, as maçãs do rosto harmonicamente salientes e os lábios voluptuosos, cor de romã. Ostentava mais carnes do que as magrinhas bem-feitas do litoral a que eu tanto me afeiçoara nas baladas e nas camas. E os olhos rajados, puxados ao verde-marinho, não opunham restrições aos meus insistentes mergulhos. Eu queria mais e mais. Ela falou que o seu tipo físico tinha os ossos grandes e estava se alimentando quase só de frutas e verduras para manter as linhas que, olhando em pormenor, achei que não pecavam por tais excessos, muito pelo contrário. E o sabor de frutas exalou da sua boca no primeiro beijo que nos concedemos, desatando um tropel de endorfinas.

O ex-palhaço mantinha cheios os copos e nos observava com os olhinhos acesos, maliciosos. O sol começava a declinar e as sombras dos coqueiros se alongavam sobre a faixa de areia. Resolvemos, então, levar o show para um palco particular. Pagamos as beberagens e petiscos e voltamos para a minha casa a passo leve, as mãos enlaçadas, um sentindo o coração do outro pulsar nas pontas dos dedos. Ultrapassada a soleira da porta, nos atiramos na cama sem trocar palavras, como se fossemos um só corpo com duas bocas, quatro braços e quatro pernas que se confundiam e ninguém mais sabia que parte pertencia a quem, e isso pouco importava. Era a carne macia e pulsante, era verão para um sexo delicioso, química largadona, afagos sem inibições, descargas ultra prazerosas. Entregue ao paroxismo tântrico, ela suspirava e gritava, e cravou fundo as unhas nas minhas costas, esfolando a pele até tirar sangue, enquanto estertorava repetidas vezes e criava vácuo com o seu corpo em volta da ponta do meu corpo, como se fosse a derradeira bandeira que lhe restasse empunhar.

Na manhã seguinte levei-a à Cidade Baixa, aproveitando a ebulição jorgeamadiana da segunda quinta-feira de janeiro, quando tem lugar o cortejo tradicional à Colina do Bonfim, fundindo o sagrado e o profano numa festa sincrética que une o povo de santo e os católicos da cidade e se encomprida nas ruas por uns oito quilômetros. A meio caminho, paramos na área de alimentação da feira de São Joaquim, nos misturamos aos grupos de percussão e samba de roda e encostamos no balcão de um box de comidas e bebidas, atentos ao fogão de onde se retirava de um caldeirão fervente porções de lambretas suculentas e lascivas em suas conchas abertas, acompanhadas de molho lambão de pimenta malagueta e infusões de cachaça com folhas e raízes, alternadas com cerveja a rodo.

Ficamos ali um bocado de tempo e depois cambaleamos pelos boxes de artesanato e variedades até toparmos com uma tenda de apetrechos e oferendas de candomblé, onde a presenteei com um colar com as insígnias, lavradas em prata, de orixás cultuados no inexaurível panteão afro-baiano: alinhavam-se na fiação o ogó, bastão do mensageiro Exu, as ferramentas do industrioso Xangô, o oxé, machado sagrado do justiceiro Ogum, o ofá, arco de uma só flecha do caçador Oxossi, o abebê, leque e espelho da formosa Iemanjá, o eruexim de Iansã, rainha dos raios, o xaxará com que Obaluaê varre as doenças do mundo, o opaxorô ritual do pai supremo Oxalá, que divide as honras sincréticas com o Senhor do Bonfim e eram patronos do cortejo. Jamais sentira tamanha liberdade e predestinação como naqueles tempos em que eu podia, com a guiança de iniciados, percorrer os caminhos dos terreiros e mergulhar fundo nos mistérios das tradições.

No alto da Colina Sagrada, após o ritual da lavagem do adro da igreja pelo cortejo de baianas, curvamos as cabeças para uma benção de água de cheiro, despejada da quartinha de barro de uma yalorixá de poderosa envergadura e icônicos adereços. Agradecemos e caminhamos até o topo da segunda colina, no caminho da ponta de Montserrat, onde se aglomeravam em libações a artistagem e a boemia, e nos detivemos em uma daquelas barracas com as fachadas e mobiliários ornados de singelas e coloridas figurações míticas do imaginário coletivo baiano, abolidas nos anos seguintes por governantes asnáticos. Conseguimos uma mesa e pedimos cerveja. Ela observava a agitação de afoxés e grupos avulsos de samba e a gente buliçosa subindo e descendo a ladeira, e sorria sem esconder uma ponta de tristeza, estava quase em cima o dia de pegar o avião de volta para o Rio de Janeiro. Àquela altura havia me contado sobre o namorado deixado para trás e a relação com ele no modo pause; esclareceu que se encontravam em fase péssima, brigando a rodo por ciúmes, por qualquer motivo, e ela viajara para dar um tempo, não mais que isso, e ficara de molho entre o hotel e a praia, passeara a esmo na parte antiga da cidade, admirando os casarões e igrejas seculares. Cultivou os benefícios da abstinência sexual e afetiva até a noite em que cruzei o seu caminho e ela deixou-se apanhar quase naturalmente, sem resistências nem volteios; assegurou-me que esse encontro não tinha nada demais, era apenas o que tinha de acontecer, devia estar escrito na linha da vida, quem pode controlar essas coisas? Nenhuma culpa sentia por se oferecer com tamanha intensidade, confessou, mas isso mais atrapalhava do que ajudava o nosso curto romance de verão. Sim, entregara com ardor o corpo na cama, mas não a alma ao varão um punhado de anos mais jovem, gentil, mas um tanto iniciante nas artes do macho consumado. Eu compensava o noviciado com o ardor nas preliminares e era romântico no sentido estrito, de bravia sensualidade e agudo senso poético, crédulo de que nenhuma mulher resistiria a sussurros inspiradores, manejos de língua e pegações bem aplicadas. Ela, precisamente ela, caiu, mas não caiu, sequiosa de uma presença mais ligante do que um parceiro acidental, afável e sedento de sexo e aventura. Preservou o sentimento original como uma cidadela inexpugnável e eu resistia a acreditar que em um, dois dias, ela voaria de volta para o seu ninho, para os braços do macho titular, a uns mil e seiscentos quilômetros ao sul. Sem chance de ficar por aqui e, menos ainda, de se amarrar em alguém em quem não vislumbrara a mínima condição para um futuro pautável, sequer plausível. Cenário em que eu me sentia um ente descartável, sem eira nem beira. Longa distância, milongas mis a encarar, desertos áridos e ilhas desprovidas de pontes se interpondo aos nossos momentos ardentes. A crueza da impossibilidade, enfim.

Em concessão propiciatória, ela agradou-se de que eu segurasse longamente as suas mãos, caminhou comigo a passos gingados em meio ao vaivém de transeuntes, grupos musicais e folguedos da festa, nossas ancas se batendo com ritmo e sensualidade. Depois de mais brahmas e antarcticas em uma barraca na borda da festa, já de saída, ela mostrou-se enternecida ouvindo minha confissão de que, ao apertá-la contra o meu corpo, as ferramentas de orixás do seu colar me feriram mais fundo do que as unhas nas costas, penetraram sem dó no meu peito vulnerável e arquejante, que clamava por reciprocidade. Compreendi que não havia arrego, ainda que eu o implorasse secretamente às deidades que regem as tramas amorosas.

Ainda que liberta de corpo e alma, ela saiu do encontro, tenho certeza, com o travo doce-amargo de uma paixão nascitura bloqueada, sem qualquer chance de florescer. Não quis deixar o número de telefone, não abriu campo à esperança. Mas isso acontece sempre e sempre e a dor do rompimento estava no cardápio mais para mim do que para aquela princesa fenícia prestes a reembarcar de volta para o seu castelo, aquele pássaro de plumas esplêndidas que se deixou pousar por demasiado tempo nas mãos ávidas de um predador sentimental.

As cicatrizes dos arranhões nas minhas costas resistiram até o final daquele verão e eu não hesitava em exibi-las, orgulhoso, nas praias e onde mais pudesse tirar a camisa, o que eu fazia com a pose de caçador bem-sucedido exibindo um troféu cobiçado. A admiração mesclou-se com invejas não declaradas e pontiagudas, em meio àquela matilha de jovens lobos de que eu fazia parte, especialistas em caçadas a turistas deslumbradas em festas de largo e bares da moda. Na roda em que se contavam e mediam as peripécias e os ânimos se exaltavam, fiz lembrar, em defesa própria, a regra consensual para que a rivalidade não nos fizesse estraçalhar uns aos outros na disputa pelas presas, a de que rosnados de acomodação eram o limite permitido para conter razias na alcateia.

O elo perdido

Fechei o caderno e mantive os olhos cerrados, aquecido com as evocações calorosas dos trópicos. Permaneci letárgico no embalo dos trilhos de volta à estação central de Berlim, desta feita vindo do Sudeste. Desembarquei no modo *faca entre os dentes*, disposto a desentocar uma vaga na primeira espelunca com cama que aparecesse à frente.

Os olhares passantes fazem-me sentir o pária universal, o elo perdido, o Iscariotes errante batendo pernas pelo mundo, com as feições descompostas e os cabelos grudados em desalinho. Dou-me conta de que há um bocado de dias vago por cabines, corredores e banheiros de vagões semoventes. Um grão de areia rolando nas praias do planeta. Um zumbi de olhos rubros e garganta seca, incontáveis garrafas de vinho deixadas nos porta-trecos e lixeiras, a coloração do mijo tornando-se a cada dia mais rubra, os primeiros incômodos da gota, herança genômica do pai que começa a pulsar no artelho do dedão esquerdo, estendendo-se e avermelhando a face superior do pé. "É o bastante, já tenho o bastante, chega!", lamurio-me, enquanto manquejo na plataforma, rebocando os meus teréns. Havia dobrado a dosagem da infame colchicina e o efeito colateral da caganeira anunciou-se com alarmante urgência. Senti a pressão inflar na região do baixo-umbigo como uma caldeira prestes a explodir, e me arrastei em direção à zona dos banheiros com a velocidade que os trastes e o pé inflamado permitiam.

Despachado o barro e guardados os haveres no armário público, desço mais uma vez as escadas da Ostbahnhof e perambulo pelas calçadas do centro de Berlim como um caranguejo acossado, atento ao que está à frente, nos lados e atrás de mim, como se soubesse – e eu sei! – que a próxima etapa do roteiro me forçará a interagir com criaturas sombrias, com fúrias dissimuladas que me morderão os calcanhares tão logo eu relaxe as amarrações que as mantêm apartadas da consciência. Pressinto que elas saíram, já, dos esconderijos e trotam ao meu encontro por caminhos concêntricos, em aproximação sucessiva, embora eu não consiga farejar, ainda, o rastro anunciador dos feromônios.

Eis-me de volta ao infocentro turístico. Ao entrar, imagino que os funcionários da casa reconhecerão de pronto a minha triste e quixotesca figura com sua mala canhestra, mochila e bolsa da câmera. Sinto-me já parte da mobília, a qualquer momento a moça da limpeza se acercará e espanará do meu corpo os resíduos da atmosfera carregada, ajeitará a minha camisa, pensará no que fazer com o colarinho retorcido e os cabelos desalinhados. Quando chega a minha vez no balcão, a atendente repassa as listas na telinha do computador e balança a cabeça para os lados: necas de vagas mais uma vez, a estação turística continua em alta e há congressos internacionais de obstetras, egiptólogos, propedeutas, uns troços desses. Segue adiante na pesquisa e oferece o pouco que está sobrando, umas suítes cinco estrelas a preços siderais. Levanta os olhos, confere o meu aspecto e afirma ser possível encontrar, como em qualquer outra cidade grande, alojamentos não cadastrados no sistema, especialmente na banda oriental.

– É sua a opção! – diz, encerrando a conversa e chamando em voz alta o próximo da fila.

Foi esta a resposta que obtive, após novo serpenteio na fila de turistas, contemplando pilhas de folhetos, postais e mapas nos quais – e somente neles – sobram lugares, nomes e ofertas de acomodações inigualáveis, acessíveis a um estalar de dedos. Sei bem o que quer dizer isso, com a experiência de ter ralado a barriga em metade dos balcões receptivos de Barcelona e Munique, aprendendo as diferentes flexões de "não há vagas" em espanhol, alemão e inglês.

Volto à rua e percorro como um aborígene a geometria ordenada do centro, os prédios reconstruídos a partir de escombros, pedra por pedra, tijolo por tijolo. Subo em um ônibus circular da linha 100 e salto na Alexanderplatz, mosaico cosmopolita onde jorra aos borbotões gente de todas os rincões e etnias do planeta, em meio ao relicário de totens urbanos permeados por um emaranhado de galerias, passarelas lotadas, vitrines, esculturas urbanas, painéis de propaganda, hotéis, lojas de departamentos, terminais de bonde, ônibus e metrô, cenário mutante que sugere desenho animado ou uma viagem lisérgica.

Sinto voltear em torno de minha aura, como um besouro incompreendido, o espectro energético do gigolô Franz Biberkopf[7], caminhando por estas ruas com a manga vazia do braço direito do paletó enfiada no bolso e a Cruz de Ferro *fake* pregada no peito, fazendo cena em meio ao *lumpemproletariat* da tumultuada Berlim do final dos anos 20, mal sabendo que o flagelo valpurgiano estava a pouco mais de uma década para abrir as comportas do horror, em escala tamanha que faria corar o escritor Joseph Conrad[8]. Recito, lembrando outro autor que decodificou o espírito trevoso: "Ah, Günter Grass[9], quantas vezes será preciso ressoar o pequeno tambor do anão Oskar para conduzir os leitores ao choro purgativo das noites das cebolas descascadas?"

Ergo os olhos para a torre de TV, estaca fálica de quase 400 metros de altura com uma bola no alto, espetada pelos russos no coração do arqui-inimigo histórico que, em sua escalada bélica para o Leste, penetrou nas estepes até as bordas sagradas do Kremlin, cujas torres ficaram à vista da vanguarda mecanizada atolada nas nevascas do general Inverno. Vitorioso, Stalin não perdeu a chance de exibir ao mundo o grande falo da Geórgia, na sua banda da cidade ocupada, totem do bloco monolítico que emergiu em meio aos destroços da Europa conflagrada. "Briga de cachorro grande... deve fazer sentido para muita gente!", penso.

Energizado por um expresso cano longo no balcão de um café, resolvo caminhar até onde todo visitante comparece, o portão de Brandemburgo, ao lado da Chancelaria.

– Fica a menos de uma hora daqui, dá para ir andando sem pressa, contemplando a paisagem, você vai gostar! – informa a garçonete com jeitão latino.

Sigo em direção à elegante avenida Unter den Linden, sob as tílias, passando por edificações monumentais que personificaram o triplo encaixe da opulência econômica com o poderio das dinastias seculares e o imperativo dogmático da Igreja, fundado nas escrituras sobre um profeta nascido em uma estrebaria de Belém. Grandes esculturas barrocas e neoclássicas pairam nos topos dos prédios históricos reconstruídos, universidades, museus, bibliotecas, embaixadas, as esguias torres metálicas dos guindastes em obras riscando o horizonte por toda parte.

Paro para contemplar as estátuas graciosas banhadas pela água que esparge na Neptunbrunnen, a fonte onde as quatro mulheres ao redor do deus Netuno representam os principais rios da Prússia do final do século XIX: o Elba, o Reno, o Vístula e o Oder. Um pouco adiante, na Ilha dos Museus, a imponência barroca da catedral Berliner Dom, ladeada pelo parque Lustgarten, o jardim dos prazeres, e as colunas neoclássicas do Altes Museum. Retomo a paleta e passo rente à Bebelplatz, onde grupos de estudantes, incitados pelo discurso virulento do doutor Goebbels, fizeram grandes fogueiras com os livros decretados impuros e decadentes pelo regime nacional-socialista, a poucas dezenas de metros da estátua equestre de Frederico o Grande. Toda essa memória sobrecarregada contrasta com a sensação de fluidez cosmopolita, de totemismo às avessas que paira no ar.

No viaduto sobre o rio Spree roncam carrões de grife e ônibus de dois andares e enxameiam bicicletas nas faixas laterais, mães com carrinhos de bebê atrelados a reboque, executivos engravatados e grupos de turistas obedecendo ao *stop and go* das sinaleiras. Mulheres com hijabs andando a dois passos atrás dos maridos, olhinhos rasgados dos orientais, africanos esbeltos de variados quadrantes, árabes, turcos, latino-americanos, ibéricos, escandinavos, europeus do Leste, retalhos descosturados da diversidade hominídea. Onde diabos se esconderam os alemães wagnerianos em sua cidade-rótulo? Concluo que a sopa multirracial está melhor servida no Brasil, onde o mosaico genético miscigenou-se em um cadinho secular tão logo se iniciou a colonização ibérica.

Ergo os olhos para as torres de concreto, vidro e mármore, superfícies calcárias de conchas inacessíveis ao peregrino errante que busca abrigo. Nada diferente dos longos corredores e saguões da estação central, onde pernejei para um lado e para o outro, tentando decifrar os enigmas das placas monoglotas de muitas letras. Reflito que o molusco fora da casca aqui sou eu, o estranho sociológico, um forasteiro batendo pernas a dez mil quilômetros de casa, da cidade cálida e tropical banhada por praias quiméricas e coqueirais a perder de vista, onde se usava (antes da urbanização asinina cimentar as últimas dunas de restingas para fazer estacionamentos) devorar crustáceos fervidos e moluscos que se mexiam ao contato de gotas de limão, em barracas de madeira e coberturas de palha e sapé, entornando vodcas e cachaças misturadas com seriguelas, pitangas, cajás, mangabas, cajus e tantas outras frutas de salivante polpa, enfiando na areia morna estes mesmos pés, agora comprimidos em um par de tênis ralados e submetidos às pontas agudas de cristais de monaurato da gota.

Deleto o devaneio e sigo pelas calçadas como um caracol desgarrado, as antenas vibrando em busca de sinais reconhecíveis em meio aos marcos de pedra e aço da racionalidade construtiva, uma formiga ávida e solitária desfilando entre os torrões de um tipo especial de açúcar, o mármore branco da urbe anônima, o mundo pós-moderno das caixas sobrepostas e replicantes, janelas onde ninguém aparece e ruas de nomes góticos, onde mergulho fundo, nômade nos arrabaldes do planeta, e mal consigo sentir o pulsar do próprio coração. Fatigado, sento-me em um banco de bar com vista para o rio Spree, peço um chope em caneca de meio litro. Recupero o ânimo ao molhar a garganta e aproveito para organizar os tempos e movimentos.

10:45 – Desisto de procurar alojamento por contato visual de placas e indicações de passantes. Falta ânimo, não vai dar, Deus não quer. Jogo a toalha, desalentado, e organizo a rota de evasão. Resolvo voltar ao ponto de partida, a estação central, e atravesso mais uma vez a Breitscheidplatz. A igreja ruinosa está agora do lado esquerdo. Deixaram-na ali camuflada em sua grandeza de pedra cerimonial, o altar dedicado à divindade suprema que rege a vida espiritual dos que a construíram e também dos que a bombardearam. Ou, quiçá, consagrada subliminarmente aos devotos de Odin, legatários dos tempos imemoriais em que a Floresta Negra se estendia por todo o centro-norte do continente. A edificação sugere, agora, um mamute de pedra com as vértebras à mostra, um monotheon desfigurado pelas safras de bombas que lhe despejaram no lombo, vindas do céu, semeando na praça as papoulas rubras do inferno.

11:15 – Estudo o grande painel de chegadas e partidas da Ostbahnhof. O próximo trem para Amsterdam sai às 14:26. Diabos de horário quebrado, invenção de gringo pernóstico. Procuro o guichê de venda de passagens.

11:35 – Com o bilhete nas mãos, consulto o relógio: restam quase três horas até a saída do trem. Procuro o box dos correios e despacho para a gente boa dos trópicos o maço de postais que deixei acumular na mochila desde a ferroviária de Zurique, uma penca de dias atrás. Envio a imagem da lua pairando sobre os picos nevados dos Alpes à vênus devoradora que, mesmo à distância, segue me incinerando o coração, esperançoso de lhe aplacar as chamas e reconquistar as graças. Endereço outro cartão com essa mesma imagem – e diferentes palavras – à moradora da colina que o destino reaproximou. Ao prócer Mateus Aleluia, demiurgo musical que tece enlaces melódicos entre os orixás e os humanos, envio paisagens bucólicas e a confissão de me sentir honrado e seduzido pelo convite, mas despreparado para colaborar no libreto da ópera afro-barroca que ele está compondo. Para os parceiros Nildão e Getúlio, rabisco uma única e curta mensagem nos versos dos dois cartões com imagens de vulcões ativos: "Topo a parada!" à proposta de montarmos o bar Pompéia e incitarmos lambanças e desregramentos no fervido bairro do Rio Vermelho. Fico pensando em como receberá a novidade a dupla que domina a área, antes sócios, agora competidores: o Zé Raimundo, com o seu boteco de paredes ladrilhadas ocupado pela boemia arteira, e o França, com a tradição politizada da sua Confraria. Eles que segurem as pontas, porque eu vou chegar com o ímpeto de resgatar a aura borbulhante do Vagão, Bilhostre e Ad Libitum, onde se ouvia excelente música, o Bar 68 dos militantes lúdicos e o Extudo dos dadaístas do copo. Não serão poucas as sugestas que levarei desta peregrinação em solo estrangeiro, penso, animando-me com a antevisão das peripécias após o desembarque na terra natal.

12:17 – A temperatura cai e me acomodo no banco de um compartimento de espera. Para combater a melancolia, puxo da mochila a peça "Antônio e Cleópatra"[10], do bardo inglês, e me divirto com a bufonaria do general encharcado de vinho, o mesmo Marco Antônio que, com o poder da oratória, sublevou o povo romano contra os apunhaladores de Júlio César, justiçou mais tarde a ingratidão parricida de Brutus e perdeu-se ao colocar sua espada a serviço de uma causa mais aconchegante, a rainha egípcia colecionadora de generais romanos, nos confortos do tálamo faraônico. Reflito que as grandes narrativas da História não cansam de reeditar e reencenar o drama edipiano partejado do inconsciente coletivo pelo doutor Sigmund, desbravador de territórios temidos e reprimidos pelos pensantes. Volto ao livro: sob os vapores da beberagem, Antônio faz o retrato falado do crocodilo do Nilo ao crédulo Lepidus, parceiro do triunvirato que sucedeu a César: "Ele tem a forma dele mesmo, e a largura é o quanto ele tem de largo. Já na altura não pode ser mais alto do que é, e usa os órgãos que tem para se movimentar. Vive daquilo que se alimenta e, assim que os quatro elementos o abandonam, sua alma transmigra".

A ludicidade do discurso vazio preenche com graça e humor a ânfora do mais requintado estilo... O nadir é o meu tema da hora, encaixa-se perfeitamente em qualquer roteiro bem escrito... que eu tomasse então o bom exemplo, e, chorando lágrimas de crocodilo expatriado, cinzelasse o meu próprio vaso com palavras de efeito e imagens de preciosa lavra, no formato livro, para expô-lo nas prateleiras.

Um arrepio viscoso introduz-se no salão, entretanto. Levanto a cabeça e percebo que todos os olhos estão grudados na telinha da TV, na qual um vendaval arranca tetos de casas, tomba veículos, estilhaça vitrines, derruba pessoas, árvores, postes e vigas metálicas, transporta pelo ar *outdoors*, janelas, telhados e artefatos da sociedade opulenta. Pelas legendas em inglês e imagens de torres e pontes decodifico terem se dado no território tcheco os prejuízos maiores do fenômeno, "o maior do século", conforme apregoa o âncora de olhar gélido e ombros rígidos. Exibem o mapinha animado da trilha do flagelo, que passou bem perto daqui, mais para o lado noroeste, causando devastação na borda inferior da Inglaterra e fustigando a Bélgica e a Áustria, seguindo agora o caminho da Ucrânia e da Rússia. Rajadas de mais de duzentos quilômetros por hora deixaram em seu rastro milhões de pessoas sem luz, mortos e desabrigados a granel. "É, escapei de uma boa", concluo. E forjo no vácuo mental histórias que se farão mais tarde verdadeiras ou, quando menos, dignas de sorrisos complacentes.

Tremo com as correntes de ar frio que penetram a cada vez que alguém abre a porta. Um desses entrantes senta-se a meu lado, verifica de soslaio os meus badulaques e me estende a mão com a palma voltada para cima, pede uns trocados "para tomar um café". Quem, eu? Um antípoda dos trópicos dando esmola a um nativo nórdico? Por onde anda o orgulho dessa gente?

– Sinto muito, não tenho trocado agora! – respondo com o tradicional refrão usado na Brasilândia para ignorar esmoleres importunos. Nas feiras no interior do Nordeste, para o enxame de ceguinhos, velhos decrépitos, incapacitados e doentes que expõem ao público as suas chagas e conduzem crianças esfarrapadas de mãos estendidas, seria mais sincero responder "Deus lhe favoreça!" e ponto final, a vida segue, cada vivente no seu quadrado. A miséria e a loucura da periferia têm os seus modos peculiares de transmissão da miséria e da loucura para os filhos, enquanto o resgate pela educação não acontece, um passo que seja é lucro. Mas, aqui, pode funcionar diferente. Ante a minha negativa, o sujeito enrijece os músculos faciais e me acusa, em voz eloquente, de ser um demônio estrangeiro, usurpador ignorante que migra de países desclassificados para se apossar do trabalho da gente decente e próspera de sua pátria.

Corro os olhos pela plateia, que aparenta a indiferença de praxe em tais contendas, e decido não retrucar. Encaro o pedinte com ar de indiferença, o que lhe dobra a fúria. Observo que ele é quase jovem, mas a sua córnea amarela e a pele ressecada sobressaem nas maçãs largas da face, no pescoço rugoso e nos dorsos das mãos, expostos pelas mangas dobradas de uma camisa de flanela verde-hortelã. Fígado estragado e sinais claros de que trava uma luta cotidiana com o bicho-ressaca, ou coisa mais grave. "Esse aí está pior do que eu!", consolo-me. As fendas dos olhos são tão estreitas que mal dá para vislumbrar o azul desbotado que boia no fundo. Ele não desvia do meu olhar e mantém a mão estendida, desafiante. As pessoas em volta exibem, agora, uma discreta curiosidade pelo desfecho da refrega, parecem tomar o partido da natividade que se proclama invadida por imigrantes, sinto o clima mudar em meu desfavor. Fatigado com tal tipo de socialização, soletro em voz impostada uma resposta intraduzível, no dialeto de Camões. Ergo-me e saio do salão, volto ao frio da plataforma puxando os meus teréns.

Logo o maldito remédio para a gota volta a fazer efeito colateral e mais uma vez bate a dolorida vontade de aliviar os intestinos. Corro até o box de um banheiro e libero o barro sem tirar o olho da dupla fiel deixada em ponto visível rente à porta semiaberta, a mala e a mochila, pronto para saltar no pescoço de quem nelas se aventurar a pôr as mãos. Avalio pessimamente o futuro e cedo ao abutre-sistema a minha cota diária de fígado, como um Prometeu de terceira categoria. *Foie de Lula*. Rio mais uma vez com meus botões, estou ficando repetitivo, fazendo gracinhas de corpo próprio. Sintomas preocupantes de demência alcoólica.

Conformo-me com a exclusão dos sentimentos e prazeres na travessia e converto-me em Epicuro às avessas, seduzido pelas migalhas da opulência. Estufo o peito de boneco posudo e preparo-me para enfrentar o pior. Em luta para desviar o rumo, negaceio o abrigo e não encontro as malditas palavras-chave quando delas preciso para abrir a porta da caverna onde os ladrões entocaram o ouro. As alavancas de ejeção emperraram e vou ao fundo com o barco, o corpo abraçado com a âncora da perdição.

Balada cósmica

Perco a conta das vezes que espio o relógio na plataforma de embarque da Ostbahnhof, enquanto aguardo a hora da partida do trem para Amsterdam. Cada movimento do ponteiro dos segundos dura uma eternidade, talvez mais. Aproveito o embalo das notícias sobre a grande mudança climática e lanço a imaginação em voo livre: articulo, mentalmente, um roteiro sobre o dilema dos primos alienígenas que nos visitarão em breve, em uma região conhecida do Hemisfério Sul.

Apresso-me a explorar tão desafiador cenário antes que o ímpeto me abandone, e saco da mochila o caderninho dourado. Mal pouso a caneta no papel, o texto começa a escrever a si mesmo, como se a mão direita ganhasse vida própria. Reflito que o tema espacial escapole do fio condutor deste livro e periga aborrecer o leitor que prefere trilhos, estações de trem e peregrinações andarilhas na Europa central. Tento endireitar a anomalia, mas penso e logo desisto... e deixo à vontade a mão insubmissa. Consolo-me com a ideia de que o sagrado direito à escolha o deixará à vontade para ignorar este capítulo e saltar para o que vem a seguir, sem com isso truncar o enredo. Um mero e facultativo desvio, para quem assim entender. E mantenho solta a mão que insiste em escrever sobre a saga dos astronautas de outro planeta. Em alguma estação mais adiante, as linhas erráticas se reencontrarão com o filão central, e até lhe agregarão sentido. Veja só no que deu.

Os anjos caídos da galáxia

Em um dia frio de junho, em meio à névoa matinal, uma flotilha de espaçonaves materializou-se no topo do morro do Pai Inácio, ao norte da Chapada Diamantina, depois de cruzar, na forma de uma chuva de fótons, um trecho de 4,2 anos-luz entre dois sistemas estelares na borda da Via Láctea. Uma das naves pousou no platô, silenciosa e rápida, enquanto as demais seguiram viagem.

Depois de converterem em partículas as ondas de energia e com elas formatarem os próprios corpos em modelos compatíveis com os dos terráqueos, os aliens configuraram para os padrões do nosso planeta a inteireza material dos equipamentos, vestuários e objetos de uso pessoal, catalisando as dimensões locais para encaixar-se física e funcionalmente no ambiente. Sincronizaram as formas, pesos e medidas à modelagem das coisas, à força de gravidade, à pressão atmosférica e ao clima. Concluída a conversão, desmaterializaram a nave em ondas de luz e a estacionaram em um limbo quântico. Exercitaram as pernas e oxigenaram os pulmões dando uma volta no entorno da cruz de ferro fincada no topo do morro, tal qual deuses descidos do Olimpo e convertidos em humanos. Eles sabiam que sua nova configuração corpórea obedecia a limitações e apressaram-se em assimilar os nossos parâmetros funcionais e existenciais. Acharam sugestivas as duas vigas de ferro entrecruzadas que encontraram sobre o pedestal de pedra, formando um cruzeiro, estrutura assemelhada ao hominídeo de braços abertos mostrado na realidade simulada que os familiarizou com o ambiente e os habitantes da Terra, enquanto cruzavam a curvatura do espaço-tempo. De alguma forma, os sentimentos que estavam a incorporar indicaram o inquietante significado para os humanos daquela estrutura aparentemente simples.

Antes de descerem o morro, detiveram-se no exame da vegetação rasteira batida pelo vento, tatearam a aspereza das pedras e a leveza transparente da água de chuva empoçada, surpreenderam-se ao encontrar minúsculas conchas marinhas naquela altitude, evidenciando que o cume do morro havia sido fundo do mar, o que não se encaixava nas referências estudadas a bordo, que posicionam o litoral a mais de três centenas de quilômetros a leste do ponto de pouso da nave. Deixaram estas questões para depois e se deleitaram com a estética delicada das bromélias, cactos e orquídeas silvestres, e apreciaram os flocos de nuvens que se condensavam, sopradas do nascente; admiraram-se enfim, tal como os turistas que visitam a área, com as monumentais formações de rochas sedimentares que marcam a linha do horizonte naquela região da Chapada, envoltas pela metade na capa de neblina que se dissolvia lentamente: marcavam o horizonte o desenho caprichoso do Morro do Camelo, uns dois quilômetros ao norte, o paredão escarpado da Serra dos Brejões, bem rente a leste, a Serra da Bacia, do outro lado da pista, e à distância, alinhados, o Morrão e seus dois irmãos de perfil – as serras do Mucugezinho e do Castelo –, na banda sul. Ao chegarem à borda para conferir o que havia no sopé do Pai Inácio, quase trezentos metros abaixo, sentiram vertigens e se surpreenderam com a visão dos carros e caminhões rugindo na linha asfáltica cinza-grafite da BR-242.

Ainda que familiarizados com a realidade do nosso planeta pelas simulações virtuais de bordo, não foi pequena a impressão causada pelos primeiros contatos ao vivo com os humanos reais, feitos de carne, iguais aos corpos que eles próprios vieram a assumir. Poucas horas depois do desembarque, dividiram-se em dois grupos para testar, em contatos face a face com os moradores da região, o repertório de comunicação aprendido e fazer ajustes finos com as lisuras e asperezas da natureza *sapiens*. A interação inicial do grupo que rumou para leste deu-se com Pelezinho, figura magra, astuta e saltitante como um saci-pererê bípede, que os convidou para entornar umas latinhas de cerveja e beliscar tira-gostos em seu bar-instalação ao lado da pista da BR, a uns três quilômetros do Pai Inácio e poucos metros acima do rio Mucugezinho. Ao entrar no recinto, os aliens não conseguiram classificar nem encontrar sentido nas peças caóticas da decoração e do mobiliário, formado com peças de artesanato rústico em pedra, palha, barro e madeira, bancos e mesas toscos e desparelhos, cortinas de chitão colorido, discos prateados de CDs pendurados em cascata e outros badulaques dispostos a esmo. Um dos visitantes se perguntou se aquilo fazia parte do que os terráqueos chamam de arte, um outro despencou no chão ao se sentar na ponta de um banco capenga, que embicou de lado. Ante a gargalhada geral dos humanos presentes, eles aprenderam um bocado sobre o descarrego emocional do riso desatado. Por volta de meio-dia, grandes carretas que transportam soja do Oeste para o porto de Salvador começaram a estacionar em frente, com os motores diesel roncando e os freios a ar bufando, e delas saltaram caminhoneiros fatigados por horas seguidas ao volante, uns homenzinhos barrigudos e com a pele curtida pelo sol, dispostos a petiscar o feijão da casa, entornar um drinque e relaxar com os chistes de Pelezinho.

– Tem muita graça a gente deste mundo! – um dos aliens comentou em meio ao clima anárquico que se instalou no ambiente, modulando as ondas sonoras das cordas vocais e assimilando, já, importantes traços individuais da cultura humana. Eles acharam prematuro testar o paladar com a feijoada, os pedaços de carne e gordura que boiavam no panelão pareceram-lhes esquisitos. Resolveram explorar o leito do Mucugezinho para ver o que acontecia. Despediram-se de Pelezinho e desceram pelos fundos da birosca até o rio. Experimentaram as habilidades de corpo recém-adquiridas, escorregando aqui e ali no limo das quedas d'água, galgando e pulando os desníveis das formações rochosas. Avançaram dois a três quilômetros rio abaixo, venceram o declive de uma pequena cachoeira e deram com uma área aberta e plana do leito, com piscinas de águas rasas e transparentes. Depararam-se ali, sentado em uma mureta de pedras na margem direita, com um homem que os observava com curiosidade.

Filósofo diplomado pela natureza, o Véi Dico recebeu os aliens com despojada simpatia em seu território. Estimulado por perguntas sobre aquela estrutura engenhosa, relatou ter edificado ali a sua casa ao longo de uma década, ajudado pela mulher, carregando nas costas, dia após dia, pedras escolhidas na beirada do rio. Com o tempo, foram ampliando o oásis ao lado das piscinas, harmonizando as montagens com os volteios e caprichos da natureza. Esculpiram uma trilha sinuosa de acesso entre o nível do asfalto, umas duas dezenas de metros acima, e o leito irregular do rio, formando degraus e alinhando com leveza os ressaltos e concavidades das pedras; plantaram árvores copadas para fazer sombra, adornaram a área com espécies ornamentais nativas, montaram a cozinha e um balcão de atendimento e nivelaram à frente patamares próprios para mesas e barracas de camping.

Os aliens desfrutaram por algum tempo a hospitalidade de Dico e do filho Gabriel, que trouxe animação ao grupo com o seu ímpeto juvenil, e se deliciaram com o frescor ácido dos sucos de pitanga, cajá e mangaba. Escutaram os relatos sobre incêndios debelados com a solidariedade dos brigadistas voluntários e baldes de água nos limites da construção, e sobre inundações que tudo arrastaram, findo o que agradeceram e prosseguiram a jornada rio abaixo. Passaram batido pelos sombreiros de plástico e montagens de cimento da Toca da Rita e chegaram à Pedra do Pato, duas centenas de metros adiante, um bar de original feitura embrechado no costado de arenito. Agradados com a recepção gentil de Joelma, abancaram-se nos assentos de pedra talhada e mesas com tampos de ardósia e admiraram o piscinão de águas escuras e frescas onde nativos e turistas banhavam-se alegremente. Perturbaram-se com as ondas de calor que lhes ganharam o corpo com a visão de mulheres com poucas roupas e muitas curvas.

Consideraram fazer uma visita ao Poço do Diabo, menos de um quilômetro rio abaixo, para conhecerem o ente que lhe dá nome, influenciador poderoso na cultura terráquea. Mas o sol havia passado do meio do percurso, reduzindo o tempo de luz restante em um dia lotado de descobertas. Eles optaram, então, por subir o sinuoso percurso até a Cabana do Louro, reduto artesanal e gastronômico chapadense no nível do asfalto. Ali, um grupo de trilheiros a caminho do Vale do Pati se regalava com o godó de banana verde, palmito de jaca, cortadinho de abóbora, feijão de corda, frango caipira e carne do sol no bufê de comidas regionais.

Os membros do segundo grupo detiveram-se no restaurante próximo ao sopé do Pai Inácio, onde experimentaram com gosto o amargor refrescante da cerveja e a quentura estimulante do café e engataram, nas mesinhas da varanda panorâmica, uma prosa amigável com o casal Borrego e Miva, à sombra do perfil imponente do morro. "São 250 metros de altura daqui do solo e 1.120 do nível do mar", esclareceu Miva. Despediram-se e desceram a serra até o povoado de Campos de São João, uns três quilômetros abaixo, no talvegue do vale, à procura do guia Negão, cuja fama de conhecedor das trilhas, grutas e quedas d'água havia chegado aos sensores do satélite espião do planeta Centauri B, posto em órbita em torno da Terra. Deram antes uma parada no boteco Risca-Faca, à espera dos parceiros do primeiro grupo. Aproveitaram para se enturmar, no balcão, com um grupo acalorado de bebuns que aproveitavam o "dominguinho", nome que deram à continuidade, na segunda-feira, das beberagens do fim de semana. Entre um copo e outro da cachaça virtuosa dos alambiques de Zabelê, discutiam sobre a valentia de Claudionor Nenguinha, morador que havia encarado o banqueiro Daniel Dantas, olho no olho, em defesa da sua pequena posse ribeirinha contra a cobiça do milionário por glebas paradisíacas na bacia do rio Santo Antônio.

No meio da tarde, aculturados o bastante com os usos e costumes dos botecos e restaurantes, os visitantes se moveram em direção ao centro da vila, um trecho preservado da secular Estrada Real do Garimpo, com suas pedras de variados formatos e tamanhos assentadas em nível. Passaram pelo campo de futebol e se quedaram em frente à oficina mecânica de Laércio, curiosos ante um agrupamento de estruturas tubulares aerodinâmicas modeladas em ferro, vidro e borracha, algumas delas desmembradas, outras com bocarras abertas por onde uns homens com ferramentas se introduziam, mas não eram por elas engolidos. O ruído de motores acelerando e a fumaça oleosa de escapamentos os fizeram retomar a marcha. Cruzaram a pequena ponte sobre um regato e afundaram os pés nas dunas do Vandeco, em frente ao muro de pedra da casa do escritor. Mais para o centro da vila, o cheiro de pão quentinho saindo de uma porta os atraiu. E eles se deliciaram com os petiscos da padaria de Rose e Tiago, onde levaram uma prosa animada com a dona sobre os encantos das cachoeiras e os mistérios bem guardados da região. Mais tarde, degustaram a ambrosia e os doces de frutas frescas preparados em grandes tachos de ferro no quintal do casarão de Janete, filha da lendária doceira dona Afra. Agradaram-se, assim, os visitantes aliens, das pessoas, coisas e lugares da região, e estavam razoavelmente adaptados ao iniciarem a parte pesada da sua missão na Terra.

II

Do êxito dessa expedição dependia a sobrevivência dos habitantes de Proxima Centauri B, planeta que orbita a estrela anã vermelha Proxima Centauri, a menos distante do nosso Sol dentre as três que compõem o sistema Alpha Centauri. A luz emitida pela constelação leva apenas quatro anos e meio para chegar à Terra. O enredo nos leva agora para o planeta rochoso, em variados aspectos semelhante ao nosso. No entanto, a sua rotação peculiar transforma em deserto a face sempre exposta à estrela abrasante, enquanto a outra metade permanece imersa em uma escuridão glacial. A vida floresce na faixa extensa que circunda o planeta entre as duas bandas, com nuvens, oceanos, rios, lagos subterrâneos, florestas e bichos.

Quando nossa história começa, os seres inteligentes que povoam esse cinturão de vida estão ameaçados de extinção por um avassalador colapso genético: pouco mais de quatro anos terrestres antes do desembarque dos aliens no morro do Pai Inácio, uma grande inquietação havia se instalado em Centauri B, a partir da predição de um oráculo pós-tecnológico celebrado pela infalibilidade das projeções, de que o código-fonte compartilhado com outras formas de vida na galáxia estava prestes a ser corrompido por uma contaminação vinda do espaço.

Este foi o alerta lançado pelo oráculo:

> EVENTO EM SISTEMA ESTELAR PRÓXIMO PRECIPITOU NO VÁCUO UMA ONDA DE DESORDEM. A EXTINÇÃO DO POVO DE CENTAURI ESTÁ A CAMINHO.

Questionado, vezes sem conta, sobre a natureza catastrófica dessa previsão e o que seria possível fazer para detê-la, o oráculo sinalizou a existência de uma passagem estreita por onde se podia apostar na superação da catástrofe e a sobrevivência da vida inteligente no planeta:

> O QUE ESTÁ EM UMA PARTE, ESTÁ EM TODA PARTE.
> O TEMPO E A MATÉRIA SÃO IMPENETRÁVEIS E NÃO PODEM SER MEXIDOS. MAS NO MOVIMENTO É POSSÍVEL INTERFERIR.

Sobreveio, então, uma onda de esperança ao desalento dos centaurenses. No epicentro da perturbação, a Cosmodevir, uma corporação dedicada ao monitoramento de ameaças e oportunidades no espaço interestelar, recebeu dos governantes a missão de entender a situação e rastrear, entre os astros próximos, as fontes da ameaça apontada pelo oráculo. Resolver a megaencrenca, enfim. O resultado não demorou: a desordem parecia provir de um planeta rochoso que orbita uma estrela amarela de quinta grandeza, distantes oito minutos-luz um do outro. Habitado por seres belicosos e relativamente próximo da constelação Alpha Centauri, encontrava-se há tempos sob observação de um sistema sensorial espião para lá enviado, formatado como um satélite em órbita à Terra.

Para obter mais detalhes e confirmar ou contestar a predição, a Cosmodevir entrou em tratativas com os videntes do oráculo, próceres reverenciados em uma extensa comunidade que, segregada pelo sistema, dedicava-se a experimentos avançados à margem dos protocolos oficiais. Apelidados de *esdrúxulos*, notabilizavam-se por formulações originais sobre o espaço-tempo e se aprofundaram no campo das vibrações sutis entre a matéria e a energia, em abordagem desdenhada pela ciência convencional. A comunicação entre as duas bandas da sociedade se tornava cada vez mais difícil, mas o desconcertante escore de acertos nas predições do oráculo, sem quaisquer fundamentos nas tecnologias avançadas, granjeou-lhes uma influência incômoda à casta governante de Centauri B.

A Cosmodevir, por atuar na linha de frente da pesquisa e desenvolvimento, assumia riscos como parte do seu trabalho, entre eles o de interagir com grupos e indivíduos à margem da sociedade. E o aparato repressor do governo, interessado em acompanhar de perto a ação desses grupos, fingia ignorar tal conduta infralegal, uma forma de monitorá-los sem chamar a atenção. A corporação era deixada à vontade, assim, para prestar um apoio discreto às iniciativas dos esdrúxulos, colhendo resultados que, no fim de contas, a todos beneficiavam.

Os presságios oraculares, as evidências arroladas e a pressão social induziram a Cosmodevir a fazer uma devassa nos dados enviados pelo satélite na órbita do planeta suspeito. E ao prospectar a fundo as fontes da contaminação, uma obviedade transpareceu: a corrupção genômica terráquea fora gerada não pela civilização que estavam a observar, a atual, a nossa, mas por uma outra, ancestral e não menos belicosa, que aniquilara a si própria pela fissão radioativa, cerca de nove mil anos antes da era cristã e uns mil anos depois da última era glacial terrestre, em um lapso de tempo no fim do qual se encaixava o lançamento do vírus ao espaço. Mais: essa civilização precedente encontrava-se, há milênios, soterrada e ignorada pelos entes inteligentes do planeta.

Os humanos da era digital-quântica desconheciam, assim,

uma parte excepcional da própria História. Ao contrário do afogamento da humanidade nas águas do Dilúvio, registrado exaustivamente nos escritos sagrados e consabido nos arquétipos da memória arcaica nos cinco continentes, as menções a essa mega-hecatombe pelo fogo perderam-se também no fogo, em meio aos fragmentos de pergaminhos que flutuaram nas correntes de ar quente do grande incêndio da Biblioteca de Alexandria. Desastre indizível que sepultou referências a pontos nodais da nossa ancestralidade.

Sensíveis, como quaisquer pesquisadores, ao resgate das origens e da verdade histórica, os centaurenses resolveram interferir e "dar uma mãozinha" aos terráqueos, embutindo, por meio de conexões do satélite pareadas com as redes sociais e comunidades acadêmicas do nosso planeta, dicas e pistas sobre a catástrofe incógnita. Inicialmente recebidas como boatos e informações *fake*, as evidências plantadas confirmaram-se verazes quando escavações em ruínas pré-incaicas encontraram, em uma comprida faixa de terra na banda oeste do cone sul-americano, entre a cordilheira dos Andes e o Pacífico, os traços de uma sofisticada civilização extinta.

Tais achados convergiram com o entendimento de que pouco se pode conhecer sobre escalas, intervalos e pontos nodais de dez, vinte mil anos eclipsados em meio a encadeamentos arqueológicos que abarcam centenas de milhões de anos. Se os pilotos da espaçonave que pousou no Pai Inácio, no ano décimo nono do século XXI depois de Cristo, cometessem uma pequena barbeiragem na calibragem do tempo-espaço, recuando dez mil anos além daquele ponto de chegada, deparar-se-iam com as tribos nômades que encheram de desenhos rupestres as grotas da Serra das Paridas, da Serra Negra e do Matão; se recuassem bem mais, uns cinco milhões de anos, encontrariam nos morros e florestas do planeta não a nossa espécie, mas sim, o ancestral comum dos neandertais, do *homo sapiens* e dos chimpanzés. Mero soluço na linha do tempo desde que apareceram as primeiras formas de vida no planeta, uns 3,5 bilhões de anos antes. Uma enciclopédia de dez mil volumes sobre a Via Lactea reportaria a Muralha da China como a linha sinuosa e comprida de um fio de cabelo, e as pirâmides egípcias como uns grãos de areia perdidos no deserto.

Os cientistas centaurenses mapearam, por fim, a gênese da desordem e se mobilizaram para reverter ou, ao menos, arrefecer a ameaça, enviando a brigada expedicionária ao altiplano da Chapada Diamantina, o começo deste roteiro, para resgatar aqui anticorpos dos embriões que lá aportariam, já que a capacidade de reagir a invasores virais exógenos fora extirpada dos recursos genômicos da própria espécie.

A prospecção nos escombros e fragmentos evidenciaram que os povos extintos e esquecidos colapsaram a partir de uma disputa de hegemonia entre dois clãs dominantes, assentada em tecnologias da destruição em massa, no bojo de uma corrida armamentista desenfreada.

[Interrompo aqui a escrita para avaliar que, talvez, não fosse originária da Terra aquela civilização. Havia tecnologia em excesso no espaço de tempo disponível para engendrá-la – um milênio e mais uns poucos séculos de evolução a partir do domínio do ferro é uma contagem demasiado pequena para tamanho avanço, alguma coisa não está encaixando no roteiro... mas a mão que escreve me impõe mais uma vez a sua vontade, e logo apresentará suas razões. Deixo-a retomar o andamento da escrita sem mais questionar].

Impelidos pela rivalidade e pela ambição, as duas oligarquias acharam mais vantagens do que riscos em tirar os rivais do caminho por meio do extermínio completo, padrão repetido, poucos milênios depois, em culturas contemporâneas que se dizem avançadas. Os campos em luta despacharam, então, para os territórios inimigos gangues rapinantes que não hesitaram em apertar os botões de mecanismos providos de nêutrons instáveis em núcleos sobrecarregados.

Enquanto a escalada daquela conflagração ancestral na Terra aproximava-se do desfecho, equipes de resgate e reparação da retaguarda, conscientes do triunfo final da insanidade sobre a razão e antevendo o cataclismo que já lhes batia às portas, fizeram um epopeico esforço para salvar a espécie humana de si mesma, remetendo em arcas herméticas os genomas *sapiens* para uma seleta de exoplanetas considerados habitáveis e próximos na medida do possível, na esperança de acolhimento e preservação por entes civilizados. Apropriaram a tecnologia de naves aptas a estilingar a velocidade em padrões impensáveis neste início do século XXI, um conceito de surpreendente simplicidade: o facho de luz de uma lanterna de bordo não parte do zero, da imobilidade, mas sim, incorpora a velocidade da nave onde foi acesa. E a matéria viva embarcada tratava-se não de indivíduos de carne e osso, postos a hibernar em cibercasulos nos filmes de Hollywood, mas sim, cromossomos e genes congelados com os requisitos básicos ao desenvolvimento da vida – e da morte – tal como as conhecemos no campo monocelular, a cápsula primeva da existência.

III

Voltemos a Centauri B: em um recanto do cinturão habitado do planeta, entre a aridez abrasadora da face exposta à estrela e a escuridão glacial da outra banda, a predição oracular dos esdrúxulos confirmou-se com a chegada do engenho espacial vindo da Terra. Sobrevivendo à excruciante navegação na borda da galáxia, ele trouxe em seu bojo as sementes de vida terráquea geradas quase dez mil anos antes.

Essas formas estavam, sim, vivas e atuantes: um grupo de centaurenses da casta braçal desfrutava o doce nada-fazer depois da jornada no campo, quando avistaram o objeto cadente traçar um arco alaranjado no céu. O engenho perdeu velocidade, estabilizou a queda e pousou em um sítio próximo. Impelidos pela curiosidade, os primeiros que o alcançaram violaram o compartimento hermético da geringonça, expondo os embriões que, ativados pelo ambiente favorável, iniciaram o processo de replicação.

O monitoramento biosférico da Cosmodevir logo detectou a propagação de organismos exóticos na região da queda, e brigadas especiais foram destacadas para averiguar o que estava acontecendo. Tarde demais. Por sua rusticidade e flexibilidade, as sementes desencadeadas sobreviveram a controles, fumigações e quarentenas reversas e inocularam os organismos evoluídos do ambiente hospedeiro, e os centaurenses da região começaram a cair como moscas. As barreiras interpostas não conseguiram deter o surto e a elite refugiou-se numa bolha de exclusão rigidamente protegida. O mito grego da Caixa de Pandora era o passageiro clandestino embarcado na nave terrestre recém-chegada.

A fragilidade imunológica em Centauri B, evidenciada com a infiltração de vírus alojados nos embriões terráqueos, havia escancarado os equívocos da depuração genética empreendida pelos clãs governantes: interessados em auferir vantagens imediatistas, empolgaram a população com descobertas miraculosas que anunciavam uma nova era e criaram um programa de purificação que tornaria possível ao povo centaurense ascender a um novo patamar evolucionário, rompendo a cadeia natural de causa e efeito. A adesão foi massiva. E, no decorrer de poucas gerações, cultivaram atalhos para o aprimoramento hereditário da espécie, erradicando os desvios e doenças e aplicando o programa de aperfeiçoamento com o expurgo das mazelas e aberrações inscritas nos genes. Privilegiaram a massa cinzenta do cérebro e segregaram as formações fisiológicas ancestrais, assim como os impulsos dos instintos. Foram adiante e descolaram as imperfeições das hélices genômicas, reprogramando o que consideraram erros, tornando-os refratários à recorrência nas gerações que se seguiram.

Empolgados com os resultados, desdenharam o primado da diversificação pela seleção natural e reprodução em maior escala dos mais aptos como imperativos da sobrevivência e evolução da espécie. Convenceram a sociedade de que os degraus mais avançados da civilização seriam rapidamente escalados com a supressão dos desvios dos espíritos rebeldes e da ação deletéria das células anômalas. Movidos pela febre transformista, desenvolveram nanoferramentas para eliminar do campo hereditário as formações que consideraram atípicas, ignorando a função catalisadora das variações do acaso no engendramento das defesas corporais. As castas dominantes se valeram, assim, do ideário da depuração eugênica e consolidaram o seu status cercado de privilégios. E se lixaram para as imprevisibilidades da interferência exógena ao encadeamento biológico programado. Alastrou-se, em contrapartida previsível, uma incontrolável inquietude social ante essa escalada manipuladora das forças e formações promulgadas pela natureza. Pipocaram rumores alarmistas, desvios massivos de conduta, comportamentos bizarros e surtos de pânico e loucura. Atemorizadas, parcelas da população puseram-se à margem dos experimentos, retirando-se em êxodo para os limiares do cinturão habitável e se estabelecendo em comunidades que insistiam no design espontâneo e seletivo da natureza como fundamento imexível da evolução. Apelidados de esdrúxulos pela cultura oficial, como já dito, eles repudiaram a mobilização pela remodelagem da vida orgânica, encorajaram o pluralismo e assumiram o pensamento abstrato como patamar mais avançado da existência, contestando a manipulação genética e o condicionamento utilitário do meio-ambiente. "Jogar xadrez com a vida" tornou-se anátema. Reconheceram a memória arcaica, a intuição, as pulsões e a sabedoria do inconsciente coletivo como insubstituíveis para irrigar as consciências individuais, tal como fazem as cheias do rio Nilo com a lama fértil depositada nas suas margens. Valorizaram a abordagem naturista ao corpo e lidaram com o espírito como degrau mais elevado do prana cósmico, captado pelas mentes de forma símile à das antenas que sintonizam sinais de rádio e TV. Segundo tais entendimentos, a estrutura corpórea é naturalmente conectada e sincronizada, por meio das formações de ponta do cérebro, com as emanações sutis que perpassam o universo – o etéreo que nos precede e nos arrodeia, a todos envolve e não conhece idades. E o incognoscível, o que não pode ser abarcado pela consciência, corresponde a uma "batida no teto" do evolucionismo biológico, um estágio inalcançável em conteúdo e forma. "Chegamos aonde ciência alguma poderá alcançar. Avançar para onde mais, além da plenitude luminosa da não-individualidade que rege o tempo e desconhece fim e começo?" – eles diziam. E o oráculo confirmava:

A IMAGINAÇÃO E AS ONDAS SUTIS SÃO INSTANTÂNEAS ONDE QUER QUE ESTEJAM E ATÉ ONDE NÃO ESTEJAM.
ELAS SÃO O TEMPO ZERO, A LUZ DA VELOCIDADE DA LUZ.

No campo oficial triunfava a crença oposta: a matéria orgânica era apenas uma modelagem condicionante da evolução e a manipulação genética seletiva teria o poder, sim, de queimar etapas e alçar o indivíduo e a espécie a estágios prodigiosos de empoderamento consciente, desabilitando progressivamente os órgãos e funções corporais que só faziam atrasar o processo evolucionário. Os laboratórios aceleraram aperfeiçoamentos nas gerações que se sucediam, e a sociedade afluente encampou os bordões "mais testa e menos rabo" e "mais idealização e menos instinto!" Dentro dessa linha, o programa corria a contento e esculpia, em poucas gerações, fisiologias cada vez mais depuradas e avançadas. E frágeis à contaminação, contraparte indesejada que se patenteou com a eclosão do conteúdo da nave-arca vinda da Terra, quando se desnudou a obsolescência das suas defesas endógenas ante organismos exóticos.

Em luta pela sobrevivência, as elites confinadas nas zonas de exclusão lançaram mão do repertório tecnológico disponível e organizaram a expedição à fonte da contaminação no planeta

Terra, no afã de resgatar as impurezas deletadas dos seus organismos e incorporar antídotos aptos à restauração das defesas. Tarde demais, mais uma vez: no espaço-tempo da navegação centaurense até o terceiro planeta do sistema solar, a civilização aqui existente, que enviara a nave-arca com o vírus, não somente sucumbira ao cataclismo por ela própria provocado, como se desvaneceram os vestígios da sua existência à civilização subsequente, esta nossa, encontrada pelos espaçonautas desembarcados no morro do Pai Inácio. Éramos outros, embora continuássemos os mesmos.

IV

Os expedicionários de Centauri B logo entenderam que os humanos haviam enlouquecido sem disso se darem conta, em um encadeamento semelhante ao da civilização precedente que extinguira a si própria, e agora repetem, passo a passo, as etapas que os conduzirão, em ritmo cada vez mais acelerado, à aniquilação. Desta feita, indo além de cizânias e guerras e sob o signo da ganância, da cobiça e da luxúria, degradam o meio ambiente que é berço, palco e dá sustentação às espécies, como se a vida inteligente fosse apartável da natureza-fonte. Não se deram conta de que eles próprios se constituem na linha de frente da autoextinção, em um grau tal que as evidências se superpõem às profecias.

O golpe definitivo nas expectativas dos centaurenses desembarcados no morro do Pai Inácio foi a descoberta de que o estado evolutivo *sapiens* não apresenta encaixes e foram desabilitados quaisquer elos de ligação cromossômica com os avançados padrões por eles próprios alcançados. As interações e protocolos de convergência e pareamento entre as partes falharam em todo o espectro, ainda que originárias, em ambos os planetas, de organismos monocelulares constituídos por átomos de carbono. Confirmou-se, enfim, que os benefícios da evolução programada em seu planeta fizeram-se acompanhar de uma contraparte ruinosa: a supressão de defesas orgânicas aptas a embarreirar a invasão viral vinda de outros mundos. E o tic-tac da bomba-relógio que nossos ancestrais terráqueos exportaram para o *habitat* deles não tinha como ser cancelado. Ainda pior foi a comprovação, no limiar da implosão da própria espécie, do irreversível cânone infracósmico pelo qual há um portal que não se pode ultrapassar, ao se tentar burlar o código-fonte do genoma. E que o imponderável e a recombinação seletiva são parcelas basais desse código, na ponta do vértice em que se interpenetram a vida e a morte, a criação e a destruição. A deidade Shiva batia o tambor e eles nada escutavam.

É notório e consabido, na Terra e em Centauri B, que a morte é o portal natural da renovação e perpetuidade da vida, o agente ceifador e selecionador que garante aos mais aptos viver mais tempo e gerar mais descendentes[11], já que o corpo é perecível, mas os genes são imortais tanto quanto a espécie, replicados e transmitidos geração após geração. E a sobrevivência em questão era da espécie como um todo, presente em cada indivíduo. As urgências transcendiam os conhecimentos da Cosmodevir, que achou por bem repassá-las, em nova consulta, ao oráculo dos esdrúxulos. A resposta veio cifrada, como de costume:

O VÁCUO É O BERÇÁRIO DAS FORMAS. AS ESTRUTURAS ANIMADAS E INANIMADAS SÃO FEITAS DE UMA MESMA MATÉRIA, E O LIMIAR INTERNO DELAS É A ENERGIA PURA QUE PULSA EM ONDAS. FALHARÃO OS QUE SE PÕEM A MEXER COM TAIS MISTÉRIOS, POIS A ESSÊNCIA DELES NÃO PODE SER ACESSADA POR MOTIVAÇÕES RACIONAIS.

Sucedeu-se o pedido de que o oráculo fosse mais explícito ou, pelo menos, apontasse uma direção, qualquer que fosse. O prenúncio completou-se, então:

O TEMPO CONSISTE EM MARCAÇÕES NA CONSCIÊNCIA HUMANA, NÃO HÁ O QUE SER ROMPIDO OU MEXIDO. QUALQUER TENTATIVA EM BUSCA DO SUCESSO FRACASSARÁ PORQUE A SOBREVIVÊNCIA DA ESPÉCIE É INACESSÍVEL À PRÓPRIA ESPÉCIE.

Por meio de uma dobra quântica, esse arremate desalentador foi repassado ao satélite em órbita na Terra e daí aos cosmonautas encalhados na Chapada Diamantina. Estava fora de cogitação, ademais, voltarem para casa, para o seu planeta...
[Interrompo mais uma vez o fluxo do texto para questionar à mão escrevinhadora que está fora de moda, mais do que nunca, descrever aliens e cenários futuristas usando as próprias referências de formatação da vida, do design das coisas de uso corrente e da cultura vigente. A ponderação é parcialmente atendida e o texto prossegue em ritmo veloz].
...cujas formas de vida se diferenciam dos humanos pela evolução em ambiente dessemelhante, em formatos próprios. Ainda que fosse possível retornar à forma pregressa, na curvatura do espaço-tempo de retorno eles encontrariam a sua civilização extinta pela contaminação que vieram reverter na Terra, ou modificada em grau imprevisível. Talvez eles fossem ultrapassados por naves mais velozes idealizadas por comunidades tecnológicas que ficaram para trás, na época em que embarcaram. Talvez fosse possível observarem Centauri e a própria Terra em momentos-chave, posicionando-se em locais pré-determinados do percurso, como uma fita-métrica cósmica estendida para a frente ou para trás na linha do tempo. Talvez fosse possível, quem sabe, retrocederem nesse tempo relativo ao próprio momento em que partiram, podendo assim interferir nas ações pregressas no afã de abortar uma viagem fadada ao insucesso.
Mas reverter o que estava feito escapava do alcance deles, tal como estabelecido pela ciência e pelo oráculo. Resignaram-se, então, a permanecer na Terra em autoexílio, como anjos decaídos em uma ponta da Via Láctea. O futuro aqui se apresentava sombrio como em seu próprio planeta, mas, lá como cá, alguma coisa podia dar errado na cadeia de desordens e fatalidades e protelar ou desviar o galope dos poderosos em direção ao desastre. "A vida inteligente na Terra não ia tão mal assim, para tudo

há compensações", concluíram. Empenharam-se, então, em se aclimatar ao novo ambiente e misturar, em etapas de acasalamento, o seu repertório genético com o dos hominídeos, retrocedendo na constituição dos próprios organismos e seguindo um caminho reverso ao da evolução programada em Centauri B. Um tanto assimilados, já, à natureza chistosa dos terráqueos, acharam divertida a resposta do líder à indagação sobre o que fazer com a espaçonave que os transportara até a Terra, desmaterializada em fótons logo depois do desembarque no morro do Pai Inácio e estacionada em um limbo quântico:
– Ora, esquece! Deixa ela na cocheira cósmica, não vamos precisar mais disso...
Com isso e apesar de tudo, estabeleceram-se inicialmente em bases dispersas e camufladas, onde se dedicaram a incorporar, paulatinamente, a arquitetura genética e os anticorpos dos humanos, indispensáveis à sobrevivência e adaptação deles ao novo ambiente. Em troca justa e volitiva, abriram para os terráqueos as porções compatíveis do seu repertório abstrato mais complexo do que o nosso. Iniciaram, desta forma, a gênese de uma estirpe diferenciada neste terceiro planeta que orbita em torno do Sol.
Escolheram para viver alguns microcosmos onde os predadores humanos pouco mexeram, no litoral e no altiplano. Um deles é Ponta de Areia, na banda norte da ilha de Itaparica, onde vibrações telúricas se espraiam e entidades desencarnadas – os eguns – baixam em seus "cavalos" e dançam ao som de atabaques, no alto da colina, em longas sessões noturnas em que os vivos dialogam com os expoentes imateriais da cultura ancestral. Ali, encontraram similaridades com as transfigurações que inspiraram os dissidentes centaurenses a se afastarem da ciência e da cultura oficial em seu planeta. E os que permaneceram nas terras altas da Chapada se adiantaram na mesclagem com os terráqueos: o reboliço multicultural de um domingo de feira na praça do Flamboyant, na vila do Capão, evidencia que o pa-

drão civilizatório do *homo sapiens* muito tem a ganhar por meio da mesclagem com os espaçonautas decaídos de Centauri B.

A mão que escreve faz uma pausa, ao que parece satisfeita, e aproveito para retomar o controle e fechar o caderno. A inspiração do momento faz-me pensativo sobre o leque inexcedível de cenários mutantes e desdobramentos prodigiosos que a literatura *sci-fi* pode proporcionar ao escriba em seu livre-pensar. Infortunadamente, tal como gracejou o escritor Mark Twain, os mundos inventados têm que fazer sentido, ao contrário das ocorrências da vida real. Mas deleitam-me, sim, os avanços e recuos deste roteiro intrincado, urdidos nos momentos tediosos de espera nas estações e nos trens em percursos longos, quando o meu espírito ansiava por se elevar ao estágio pós-científico dos esdrúxulos de Centauri B.

Faço e refaço, mexo e remexo nos escritos como em um quebra-cabeças onde sempre faltarão ou sobrarão peças. Este é o segredo, o desencaixe é o plasma ativo da criatividade. A arte que refaz mundos e transpõe sonhos à realidade teria espaço privilegiado em tal estágio? A tentativa e o erro, mais este do que aquela, não cadenciaram o domínio humano sobre a natureza e os obstáculos desafiadores que tais movimentos criaram? "O incrível é que este ímpeto de transcendência começou com dois pares de asas artificiais, engendradas com linho e penas de pássaros pelo inventor grego Dédalo e coladas com cera de abelha no próprio corpo e no do seu filho Ícaro!", anoto no caderno, temeroso de ter minha imaginação revoante derretida pelo calor da inspiração nos voos mais elevados. Anoto, ainda, a lembrança de ter sido o mesmo Dédalo o arquiteto do labirinto mitológico na ilha de Creta, encomendado pelo rei Minos para esconder do mundo o monstruoso Minotauro[12] que sua esposa, a rainha, gerou.

Envaidecem-me, sim, os laivos da criação literária, as gemas prodigiosas extraídas da ganga bruta do inconsciente. Há, sim, uma aluvião de mensagens a serem trazidas à tona pela garimpagem de conteúdos enterrados nos confins da alma. O melhor dessa história é que não dá para saber – e muito menos controlar – o que virá à luz e as combinações e desfechos plausíveis. Levo a mão ao queixo, imitando o pensador de Rodin, e, qual uma aranha enfastiada pelo excesso de teceduras, interrompo a laboração desses cenários mirabolantes. Aquieto os neurônios insubmissos e aceito, estoico, o destino do Teseu cibernético que pode, se assim desejar, abrir mão do fio condutor de Ariadne. A descoberta e a orientação já fazem parte do pacote, estão inscritas no mesmo programa.

Antes de fechar definitivamente o caderno e guardá-lo na mochila, dou mais uma espiada neste roteiro distópico-futurista que pode dar um conto, um livro, uma opereta improvável. Anjos decaídos da galáxia? Avalio que o texto merece um título menos pomposo, até porque não passa de um mero desvio no caminho dos trilhos, como disse o alerta ao leitor no início do capítulo. O enredo tem, reconheça-se, o mérito de espelhar a obviedade de estarmos a um passo de consumar a segunda grande extinção com uma atitude banal, um simples apertar de botões por algum Calígula empoderado pela fissão nuclear e sensível a vaidades, ambições e insânia política, que acaso acorde, em um dia determinado pelo destino, com a unha do dedão do pé encravada ou o ovo virado.

Sim, adquirimos a capacidade mefistofélica para destruir incontáveis vezes a totalidade da vida neste planeta azul. Quem pode garantir que a loucura alojada em posições-chave do poder não lançará à mesa, em momento de fúria disruptiva, a cartada impensável do Juízo Final? Quem vai segurar essa gente, quando soarem as trombetas? Parece certo, sim, que a natureza do escorpião ocupa um posto elevado entre os que galgaram o topo.

Concluo, enfim, que alguns indivíduos padecem de uma atração incontrolável pelas aflições autoinduzidas. Ademais, essa história de se defender por meio do expurgo seletivo de ameaças nunca acabou bem. À mãe de um primo que vivia doente no quarto, envolto em agasalhos, minha avó recomendava o remédio infalível: "Bota esse menino pra tomar sol e correr descalço na rua!"

O embarque é enfim liberado. Entro no vagão, arrumo os trastes no porta-bagagens e me aboleto na poltrona. Precisamente às 14:26 o trem dá o tranco de partida. Oscilo o corpo no ritmo dos trilhos mais uma vez, agora no rumo de Amsterdam, a Veneza libertária do norte. A consciência flutua no umbral entre a sombra e a luz. Apago e acordo vezes sem conta, perco a noção do tempo e observo, pela janela, sinais de que a perturbação climática não poupou a extensa planície nas terras baixas: cercas e árvores tombadas, casas destelhadas, tratores arrastando escombros, formigas humanas desorientadas carregando trambolhos de um lado para o outro. Vislumbro os veios de material físsil ainda incandescente, o carvão aceso das emoções desgarradas. Há sempre sobreviventes morando nesses lugares de aniquilação, é só procurar que aparecem.

Não era para o roteiro chegar a este ponto, mas acaba chegando, assim como a vida acaba chegando na morte, na estação final, passo a passo, quilômetro a quilômetro, em jornada irrecorrível. E ocupar a cabeça mexendo com letrinhas é o melhor que posso fazer entre uma parada e outra, na agora rápida aproximação ao *gran finale*. Ante o traçado de um destino invisível a oráculos, contemplo o giro aleatório da Roda de Shiva, a hélice binária do tempo e do movimento.

No final do grande enredo, as cinzas de quem quer que seja caberão em uma jarra, com todo o tempo do mundo para reverter ao caldeirão atemporal das galáxias de onde viemos e para onde vamos. Temerosos de trocar os gozos e aflições da existência pelo vazio insondável da morte, desconsideramos o apagão infinito para trás, durante o sono eterno antes de nos tornamos vida. "Se nada padecemos na eternidade anterior ao nascimento, não há o que temer além do portal da morte que não a nulidade da consciência", concluo, inconformado.

TRANSBORDO 2

Fora dos trilhos

*A luz das estrelas distantes
talvez ainda não tivesse chegado até nós*[13].

Boneca de trapos

Amsterdam, 1º de outubro: relax, TV e leitura na noite de um domingo calmo e chuvoso. Retorno ao conforto do pequeno hotel depois de uma refeição frugal num bistrô de esquina. Presenteio-me com um banho quente prolongado e vaporoso, barba feita e o rosto adoçado com loção, o conforto de uma roupa limpa tirada do fundo da mala, seda sobre a pele, dois travesseirões de plumas e o colchão *king size* no qual rolo para um lado e para o outro, feliz da vida. Folheio preguiçosamente um baita livrão deixado na cabeceira para consumo dos hóspedes, com imagens dos tesouros artísticos dos museus da capital holandesa. Os pensamentos fluem em câmara lenta e decido que amanhã me dedicarei ao vício universal da leseira e só irei à luta na parte da tarde, se assim calhar. Quem sabe uma passada em um internet-café para dar um alô aos entes queridos dos trópicos, depois um giro de barco na rede de canais desta Veneza complacente do Norte. É o que dizem.

Na telinha, o cineasta alemão Werner Herzog deita falação sobre o monstro do lago Ness, e o papo logo descamba para a abdução, o tema da hora: objetos luminosos têm riscado os céus em diversas partes do planeta e se multiplicam relatos mirabolantes sobre experimentos em humanos por entes alienígenas. Os argumentos dão o que pensar, já que, no depoimento do homem de cinema, grande parte das sequestradas são americanas gordas e, não raro, elas incluem o estupro no cardápio de estripulias dos extraterrestres com os corpos e mentes das vítimas. Com o olhar mordaz de quem já viu de tudo, Herzog declara jamais ter ouvido falar de africanas pobres ou haitianas famélicas arrastadas para o cosmos e seduzidas na marra por corsários do espaço.

O sono bate à porta e eu o deixo entrar com finuras de mordomo inglês. Quase apagando, insisto em rabiscar uma tarefa para lembrar ao acordar, se o tempo conceder folga e a vontade soprar alento suficiente: prosseguir as anotações sobre o dançarino cósmico Shiva Nataraja, divindade indiana da transcendência que se encaixou muito bem no misticismo ocidental pós-cristão. Folheio o caderninho de viagem e encontro o trecho que estava a escrever, no percurso entre Berlim e Amsterdam, seduzido pela gravura da deidade védica de quatro braços que encontrei em uma revista de bordo: "...os movimentos do pé direito e os dois braços da frente de Shiva exprimem com graça e alteridade a dança da bem-aventurança; na mão direita de trás, segura o tambor que comanda a vibração rítmica da criação, e na palma da esquerda o fogo destruidor indispensável à renovação dos ciclos vitais. O equilíbrio entre essas duas mãos rege a harmonia dinâmica entre a gênese e o colapso do mundo. O arco da reencarnação o envolve na forma de uma auréola de chamas. Sob seus pés há o corpo de um demônio, a ignorância humana, a ser vencido por quem quer que almeje a libertação e a iluminação". A abordagem é ligante, mas não consigo manter abertos os olhos e apago sem rastro, desmemoriado.

Na manhã seguinte, o relógio informa o avanço do dia por trás das cortinas espessas que selam a janela. Faz frio, deve beirar uns 12 graus lá fora. A primazia de comparecer ao café da manhã até às dez se impõe à lombra de ficar quieto na parte mais funda e aquecida do leito, dando vazão lenta a pensamentos lúbricos e místicos, em descompassada alternância. Muito já foi feito e tudo está por ser feito. É preciso descobrir os caminhos, atos e pensamentos que garantam a mudança ou, ao menos, façam alguma diferença daqui para a frente. Qualquer conforto serve, não basta tirar a sorte grande no primeiro hotel. Tateio o lençol e encontro o caderninho, deixado aberto ao cair no sono. As folhas amarelas inspiram-me a escrever uma mensagem de náufrago solitário em sua ilha:

Percebo num lapso a natureza obscura e a frágil esperança próprias do expatriado: em todos os lugares em que botei os pés, cumpri o trajeto de um nascimento indesejado. Indesejado pelo planeta quando ainda morava na barriga da mãe, fui poupado e aparado numa bacia de alumínio, e tive o umbigo cortado pela faca da parteira rural quando o ponteiro se aproximava das dez da noite. As primeiras lágrimas vertidas no exílio, desde sempre... "Ah, mais uma boca para alimentar, mais um rabo para limpar!" Este aqui chamar-se-á Luiz, o nome de incorrigíveis celerados e também de estirpes coroadas, por que não? Os olhos sonhadores e assimétricos dessa criança, desde quando surpreenderam a mãe? Os lábios sequiosos de leite morno revelavam, já, a atração por âncoras afetivas e abismos emocionais? Aquela cabeça pensante trazia, oclusas, réplicas dos enigmas herdados de gerações ancestrais? Será que esse ser nasceu fora do tempo? Guardo as mágoas numa caixa da qual prefiro antes retirar, para que elas caibam no espaço estreito, os brinquedos que jamais possuí.

É assim que converto em letras, neste início de outono, as lamúrias da hora e a direção a seguir. Negocio, por meio do fluxo livre-pensante, com o grande oráculo do inconsciente, que me acode com sonhos reveladores. Uma ânsia surda, no entanto, faz-me interromper a escrevinhação. Corro para o banheiro e examino a imagem que o espelho devolve. Estranha a face que me observa do outro lado. Serei eu mesmo? Aqueles olhos são os meus olhos, é claro, até no tamanho um pouco desigual, o esquerdo menorzinho, mas parecem pertencer a um outro eu, incompreensível e deslocado no tempo e no espaço. Qualquer vacilo, qualquer gesto impensado me porá a descoberto, abrirá caminho para o surto. Recordo os olhares dissimulados que me lançavam no *fast-food* berlinense e nas cabines dos trens, espelhavam surpresa ante a energia implosiva emanada por aquele ente descabelado, euzinho da silva, náufrago e íntegro.

A iniciativa tem que estar comigo, ou perderei a batalha mais importante. Urge um gesto instantâneo para que não me inoculem sementes malignas, até pelo olhar elas se fazem transportar para o coração, como flechas pinceladas com venenos sutis. Libero o instinto e reajo com energia: com o punho direito golpeio o espelho e despencam no chão os cacos prateados, com estardalhaço. Espanto-me com os reflexos dispersos no chão, decompondo em fragmentos a imagem do eu que os observa do alto, alguns deles maculados por respingos vermelhos do punho ferido pelo vidro. São cacos de mim mesmo, nada além. Volto ao quarto, abro a mala e separo as roupas em montículos sobre a cama – aqui as calças, ali as camisetas e agasalhos, acolá as meias e a roupa de baixo, mais adiante os pisantes; cerro os olhos, retiro às cegas uma peça de cada monte e, uma vez vestido, espanto-me com as combinações do acaso: as meias diferentes sinalizam uma intenção para cada perna e para cada passo. A camisa vermelha prenuncia o impulso revolucionário, a calça cáqui traduz a determinação irresistível e o boné azul um pouco de serenidade, o que é sempre bem-vindo.

Estou pronto para investir contra os moinhos de vento no país que os têm como símbolos, e pressinto que suas pás insistem em girar para trás. Coisa estranha. Volto ao banheiro e tento recompor a autoimagem, a faceta do caos refletida em cada fragmento que brilha sobre o piso, a multitude de eus de um guerrilheiro niilista, um perfeito zé-ninguém, magarefe das letras que formam as palavras. Letras que afundam como bigornas no pântano negativista. Inclino-me a escolher o lado errado por predestinação, e por conta disso me aferro ao medo antes de dar um passo em qualquer direção, quero assegurar-me do êxito sem para isso despender uma gota de suor. Almejo resultados fáceis e regalias sem para isso aceitar uma contraparte minúscula do inferno criador. Os pensamentos ziguezagueiam como caranguejos evadidos da corda, andando todos de lado e cada um para o seu próprio lado. Assim não vou chegar em lugar algum. Há tantas direções a tomar, talvez seja melhor relaxar de vez e liberar aqueles euzinhos para que marchem por conta própria e conheçam o mundo cada um à sua maneira e, mais tarde, em lugar determinado e tempo datado, se reencontrem para cada qual contar a sua história, tantas que serão; juntarei todas as facetas e as guardarei no baú da memória, e dele retirarei conteúdos para escrever um livro, sempre que der veneta. Este livro que você lê agora.

Rio com a ideia maluca do príncipe dos caranguejos orientando aos seus comandados para ganharem tempo, avançando de lado... Olho mais uma vez o relógio e tomo coragem para abrir a porta do quarto e marchar em direção ao refeitório. É com esse espírito que saio para o primeiro café da manhã em solo holandês, com um lenço enrolado na mão direita, ainda a sangrar, e uma galáxia de ideias piscando na mente, camuflado nas peças de roupa colhidas ao acaso. Devo estar tipo Emília, a boneca de trapos do escritor Monteiro Lobato[14], e a surpresa e ironia no olhar das pessoas no refeitório do hotel não condiz com a lendária tolerância atribuída a esta parte do planeta.

O salão está lotado. Encontro uma mesa vaga em um canto e respiro fundo antes de partir para a coleta dos itens insípidos do café continental. Enumero mentalmente as iguarias que me fariam salivar no início da manhã, na terra das palmeiras e sabiás, e aqui estou longe de encontrar: postas fumegantes de aipim com a manteiga derretendo por cima, cuscuz de milho regado com leite de coco, beiju de tapioca, banana da terra cozida polvilhada com canela, as frutas que adornam a cabeça de Carmem Miranda, um suquinho de mangaba ou pitanga para adoçar a boca, o café seleto das terras altas da Chapada Diamantina. No bufê, encho o prato e a xícara com modos de gente, o olhar flutuante passeando entre os recipientes de alimentos e a superfície das pessoas, um olhar neutro de interrogações e pontos de vista, o faz-de-conta cotidiano em que me tornei especialista. Nem pensar em encarar os gringos com o olhar curioso e lúdico dos silvícolas.

Retorno à mesa, dou uma espiada no ambiente antes da mastigação e vejo parado na porta um homem de jaqueta branca e feições orientais. Atento, ele examina o salão e ergue um guarda-chuva colorido. Sem dúvida, um guia de turistas. Feito o sinal, entra um grupo compacto de chineses. Eles se espalham e ocupam de forma ordenada o menor espaço possível e se sentam sem o clássico arrastar de cadeiras. Marcam lugar com bolsas e mochilas e se levantam, quase em sincronia, para colecionar no bufê as porções de ovos mexidos, linguiças fritas, *croissants*, variedades de pão, rodelas magras de presunto e salame, queijos em fatias finas, geleias em quadradinhos de plástico, saladas de frutas em compota, iogurtes e o café ralo ordenhado da máquina. Fazem filas empunhando as bandejas e torcem o corpo para não esbarrarem uns nos outros. Eles estão em toda parte.

Uma sonora gargalhada em mesa próxima destoa e me chama a atenção para dois homens que, depois de ridicularizarem "os japonas", reclamam, em voz alta – e com razão –, que "a comida está uma merda!" E vão além: caçoam das pessoas evitando olhar diretamente para elas, xingam com voz melosa a mãe da garçonete que, com um sorriso profissional, tenta limpar a bagunça que fizeram na mesa. Percebo que estão se referindo a mim quando um deles comenta: "Olha só aquele ali no canto, o quietinho vestido de palhaço, só pode ser cachaceiro, olha as mãos dele como tremem quando leva o garfo à boca! Se não for maluco, tem tudo para ser boiola, morde-fronha!"

Finjo que nada ouvi, beberico o suco pasteurizado de toronja com ar de paisagem e hasteio as antenas para acompanhar a conversa. Lamentam não estar hospedados em um hotel 5 estrelas "para não dar bandeira, tem olheiro em toda parte, grana tem um magnetismo que atrai quem corre atrás de grana!"

Entendo perfeitamente cada palavra, cada insulto, o espírito delinquente e boçal inflado pela lassidão ética, a educação simplória e a impunidade crônica do país de origem. *Touchê*, brasileiros! O desleixo de modos e a esperteza pretensiosa são marcas conhecidas. Um deles ostenta um correntão de prata emoldurado pela camisa desabotoada até o peito e fala com o chiado maneiroso dos malandros cariocas, carregando nas gírias. O outro usa enormes óculos escuros com hastes douradas, tipo Waldick Soriano ou um Elvis suburbano, e dispara os "erres" rascantes do interiorzão paulista. Uma dupla confiante no anonimato do seu dialeto exótico nesta cidade na banda de cima do planeta... Estão tão à vontade que alardeiam em voz alta cifras astronômicas, comentam sobre a grana lavada que depositaram, auxiliados por gangues cambistas, em contas numeradas não muito longe daqui, no país dos canivetes; citam com familiaridade negociatas, desfalques, afanações e nomes de saqueadores notórios, um desfile de compra e venda envolvendo os parasitas históricos das formiguinhas tupiniquins: prefeitos, deputados, senadores, ministros, magistrados, empreiteiros de alto coturno, burocratas corporativos, fazendeiros medievais e pastores midiáticos, a turma cevada e gordurosa de sempre.

Acompanho os resmungos da dupla.

– Olhe aqui, mano velho, este lugar que você escolheu pra gente é o cu do mundo, a onda aqui está sinistra! Dá asco encarar tanta fuleiragem... e esta comidinha intragável... Isto aqui é um antro de pobreza, ninguém merece! Vamos procurar uma hospedagem melhor, com piscina térmica e massagem depois da sauna!

– É vero, é vero, mano!... – respondeu o outro, coçando a cabeça – mas não dá pra mudar assim de veneta, muita gente esperta foi derrubada pela afobação, não diga que não sabe... Veja só você aí, reclamando o tempo inteiro, nem parece que mastigou por anos e anos a gororoba grátis do governo... a hospedagem na prisão era melhor, era? Ficou nobre, o sapo virou príncipe de uma hora pra outra?

Compreendo o roteiro e a motivação dos cupinchas: cumprida a missão, resolveram prolongar a estadia por uns dias, anônimos, mantendo distância dos ambientes carimbados onde circula a gente pródiga e desconfiada dos esquemões, infestados de olheiros e cagoetes. A escolha de pousadas genéricas do circuito turístico era estratégica para ocultá-los dos olhos dos chefões nas escapadinhas na "cidade do pecado". Dava para gastar do mesmo jeito os dólares que lhes coçavam nos bolsos, ver uns showzinhos avançados e traçar umas buças europeias no distrito da Luz Vermelha, variar do baseado caipira para umas cachimbadas de haxixe com *terroir* da África do Norte, cheirar um pozinho "com menas maizena".

– Sossega, cara, não estou aí nem estou chegando pra suas reclamações! Para que serve hotel, afinal? Isto aqui é só pra descansar e dormir, a gente não precisa mais do que cama, água quente, TV, toalha limpa, frigobar e uns uisquezinhos para pegar o prumo! – argumenta o mais velho.

É o rastro dos grandes negócios da parte baixa da cintura, chegando até este cafundó do planeta. Com ouvidos atentos à conversação da dupla, sinto as mãos menos trêmulas e fisgo uns nacos do sofrível desjejum, só umas poucas migalhas deixo cair na toalha. A base da nuca e a mão tremem pouco, agora, quando aproximo o garfo da boca, o que é um bom sinal. A concentração organiza as ideias e flexibiliza os músculos.

Termino o rango. Na saída do refeitório, bate um encosto de caboclo rixento e não resisto ao impulso que me faz marchar a passos firmes até a mesa dos compatriotas loquazes. Eles arregalam os olhos, surpresos ante a inesperada e rápida aproximação da boneca de retalhos de que há pouco zombavam. Invado a bolha deles, encaro-os de peito aberto e descarrego em bom português e voz alta:

– Saudações, patrícios! Percebo que tudo está de boa, a maré está mansa aí pra vocês... está ou não está?

Faço uma curta pausa para criar efeito dramático e continuo, eloquente.

– Ué... não se tocaram que foram grampeados? Pois é, correram direto pro ninho de escorpiões, agora aguentem as ferroadas! É melhor começarem a pular na chapa, ou vão queimar os pezinhos!

Estupefatos, os dois inclinam os troncos para trás e olham para os lados, as atenções do salão convergem para nós. O que está à frente move a mão para a cintura, em gesto instintivo, e vocifera, movido pelo reflexo.

– Que porra é essa? Qual é a tua, ô Zé Mané? – rosnou para mim. Vira-se para o parceiro e observa, agastado – Você viu de onde saiu essa bicha montada?

Sem dar tempo para resposta, ponho as mãos nos quadris, desafiador, e dobro o ataque.

– Quer dizer que eu tenho cara de palhaço, de maluco, que sou viado? Vocês se ligaram nos retalhos e não sacaram a parte principal do enredo, o papel da boneca aqui fazendo campana, botando grampo em otário... Mas não estressem nem tentem correr atrás de mim... *Verboten*! Ficaram muito à vontade e descuidaram se tem olheiro na casa, não é? Então se recomponham e fiquem como estão, não se movam até eu sumir de vista. O que vai acontecer agora não é mais comigo!

Botei pressão na fala e no gesto, sou convincente na teatralidade, quando a ocasião dá estímulo. A contundência da abordagem paralisa os sujeitos por intermináveis segundos. Trocam entre si olhares incrédulos e esboçam uma reação, um movimento de corpo que, antevejo, se converterá em pororoca que tudo arrastará pela frente. O mais velho da dupla tem um lampejo e se detém. Segura o outro pelo braço, impede-o de se erguer e move os dedos da outra mão em círculos junto à têmpora, depois aponta para mim, a clássica sinalização de estarem lidando com gente tantã. Faz sentido. Nem pensar em armar escândalo com um doido varrido, ainda mais em território gringo.

Mas eu não passo recibo desse gesto. Embalado, ainda, pelo calor da situação ridícula, dou-lhes as costas e caio fora do salão a passos rápidos o suficiente para não lhes dar tempo de se recompor e me alcançarem para tirar pergunta, e lentos o suficiente para sinalizar destemor. Paro na porta, faço com as mãos um aceno estiloso e me despeço com um piscar de olhos, antes de escapulir pelo corredor.

Círculo de giz

Permaneci longo tempo no quarto, escutando passos no corredor e temendo batidas na porta. Nada. Ao sair para o *lobby*, bem mais tarde, não vi sombra dos dois elementos. E ninguém poderia negar o bom-senso da equipe do hotel: eles esperaram com sabedoria as coisas se acalmarem e me despacharam no momento em que cheguei ao alcance deles no balcão, sem trégua nem arrego. Estavam informados da minha contenda, no refeitório, com a dupla notória de mal-educados, em dialeto para eles incompreensível. Nada perguntei sobre eles. Ponto contra para todos, por pertencimento às tribos bárbaras do Hemisfério Sul.

Expulso do ninho mais uma vez, desta feita por causa de um espelho quebrado no banheiro e comportamento impróprio no café da manhã. É luxo em demasia perder o pouso em momento de escassez. Lembrei das uvas de cera e da trombada com o anão no hotelzinho de Munique, e atualizo a contagem: dois a zero de eu contra eu mesmo. Perdi de novo.

Pego um bonde para o centro da ferradura urbana e vagueio, com mala e mochila, pelas calçadas cosmopolitas da rua Danrak, em busca de um novo pouso. Enfrento a balbúrdia dos arredores da estação ferroviária central e acho muito boa a primeira espelunca onde encontro uma vaga de solteiro. Pago adiantado por cinco dias o que daria para igual tempo em um resort estrelado no litoral norte da Bahia, com direito a dossel no leito, fronhas e lençóis de linho egípcio, praia a poucos metros com os pés na areia, piscina térmica, espumante francês e ostras vivas no café da manhã. Mas isto aqui é o ralo do primeiro mundo, não posso esquecer e muito menos escorregar.

Muita gente entrando e saindo na passagem estreita e atulhada da portaria, o telefone de serviço não para de tocar. Depois do registro a toque de caixa, dão-me as chaves e indicam a direção do quarto. Após dois lances de escadas para baixo da linha do solo, deparo-me com um emaranhado de corredores de carpete puído e uma fileira de portas cinzentas. Sigo procurando nelas o número gravado no trambolho de madeira atrelado à chave. "*Private shower? Yes! Yes!*" A recepcionista hipermaquiada garantira isso no balcão, com seu sorriso de aeromoça, e de fato encontro um banheiro completo no cubículo, com água quente, maior quase do que a peça acanhada onde conseguiram enfiar uma cama estreita. Na parede lateral, a infalível janela para lugar-nenhum, o poço de ventilação, a base subterrânea dos que ficam à margem. A cortina tosca pouco corre e menos ainda veda. No máximo atrapalha botar o travesseiro no lado onde entra um pouco de luz natural. Não tem lâmpada de leitura ou, sequer, no teto; tento inverter a posição do abajur colocando-o aos pés da cama, o fio não alcança a cabeceira. Ao lado, uma TV minúscula e o intraduzível controle remoto, além do cofrezinho de segredo no fundo do armário, luxo apropriado para traficantes.

Com dificuldade, ligo o aparelhinho e vou clicando números no remoto até achar um canal em inglês. Uma sessão de videoclipes mostra um sujeito despencando de um arranha-céu, em queda livre, cantando o rock da hora, enquanto as janelas passantes sucedem-se interminavelmente até o final da música. "Deve ser o edifício mais alto do mundo!", ironizo. Sobrévem na telinha um âncora relatando as novas sobre a perda de controle dos bombeiros na onda de incêndios que devasta a Península Ibérica. Idem a Califórnia, no continente de Colombo. Estão dizendo que este será o verão mais quente de que se tem registro e as geleiras, tanto na Groenlândia como na Patagônia, tendem a virar suco, o fenômeno deve se completar ainda na primeira metade deste século. Zapeio para um documentário que modela o homem do milênio à luz dos evolucionistas pós-darwinianos. Confinado nesta caverna de cal e cimento no subsolo da urbe nórdica, reflito que a evolução não foi tão favorável assim, e venho a saber que os meus tetranetos serão morenos, esbeltos em seus dois metros e tanto de altura, e seus pênis serão maiores... meno male. Claro, especula-se sobre o preço a pagar, a decadência depois do apogeu: a vingança da natureza se dará pelo enfraquecimento gradativo da resistência às doenças, por serem poupados pela ciência os genes que não subsistiriam *per se* aos vírus implacáveis, às superbactérias refratárias aos antibióticos de ponta e gravames mis que se prenunciam. É o inverso da cadeia darwiniana da seleção natural, empenhada em se aperfeiçoar e ganhar fichas no jogo da sobrevivência, nas dobras do tempo geológico.

Salva-se o indivíduo, perde-se a espécie. Primata cético, prefiro antes preservar a memória. Pego na mochila o caderninho dourado comprado em uma loja de quinquilharias de Florença, um ano antes, e anoto o tema para desenvolver o roteiro de ciência-ficção iniciado na viagem Praga-Berlim: misturo apocalipse, aliens e viagens espaciais, tema manjado e onipresente. Desligo a TV e resolvo sair da toca, subir à tona para ver como a cidade funciona.

Para voltar à portaria tenho que encarar de novo o labirinto de corredores e portas, uma versão cinzenta do filme do submarino amarelo, dá para sentir as vibrações das colônias de ácaros que proliferam no carpete pegajoso. Sorrio e lembro que nesta cidade libertária tal imagem não faz sentido, embora assemelhem-se sempre os subterrâneos e as cloacas, onde quer que se esteja. Para compensar, a recepção do hotel parece entrada de prostíbulo de segunda no centro velho de São Paulo, guardada pela recepcionista de boca melosa e seu fiel assistente, um gordinho risonho cheio de anéis e rico de trejeitos. Um dormitório-bunker com jeito de toca de caranguejo, enterrado sob o nível das calçadas, trilhos e multidões que pululam na zona central de Amsterdam.

Sem muito esforço, percebo a roda do destino mover-se em tempo real, enquanto sincronizo os passos com os fluxos da rua.

Quando o giro a faz ganhar tração e ritmo, as coisas acontecem de forma encadeada. Com certeza virão novas emoções, anunciam os repiques do tambor troglodita que bate em meu peito. É só abrir as condições (as chaves da paciência penitente ou da ousadia mundana, depende da hora) para que seja liberada adrenalina suficiente para atravessar a rua. Soletro lentamente as palavras mágicas que guardei numa leitura de bordo: *leapfrog technology* – a tecnologia do salto da rã. Coisa de gringo pernóstico que não se contenta com o pós-evolucionismo, quer adiantar a chegada na estação desejada sem cumprir os protocolos de viagem. Parece pouco, mas paro e anoto no caderno a reflexão da hora: "É preciso garantir às rãs a oportunidade de saltar".

Prossigo. Meditações de calçadagem afluem enquanto vagueio entre lugares que me chamam a atenção, um bar aqui para molhar a garganta, uma livraria acolá para folhear compêndios e xingar o holandês voador, um *coffee-shop* enfumaçado escada abaixo: no prato rodam CDs de Emerson, Lake and Palmer, Lou Reed e as velhas e boas feras do *rythm and blues*, John Lee Hooker, Etta James, B.B. King, Buddy Guy, Chuck Berry, Muddy Waters, Bo Didley e seus seguidores branquelos da pesada, os roqueiros ingleses Stones, desferindo socos no estômago com o hit *Gimme Shelter*. E depois a ligante gosma astral de Pink Floyd. Gostei do lugar.

Escuto o burburinho de conversas que fluem, macias e animadas, em meio a cachimbadas, morrões, guimbas e narguilés alimentados em bandejas *a la carte*, com ervas de variados tipos e procedências; sento-me a uma mesa ao lado de uma pequena janela que dá para o canal e vislumbro a especial sensibilidade que aflora das águas onde os barcos fazem graciosos volteios, como cisnes tecnologizados, guiados por sucedâneos dos lobos do mar trajando vistosas jaquetas azuis, as barbas brancas e faces vermelhas encimadas por impecáveis quepes de comandante. Sucessores das linhagens batavas que, a soldo de uma corporação privada e bem armada, cruzaram o hemisfério e assediaram o império colonial do açúcar no longínquo Nordeste brasileiro. Saquearam a primeira capital, os sítios produtivos da Baía de Todos os Santos e os engenhos de açúcar às margens do rio Paraguaçu. Postos a correr pelas forças híbridas da Bahia abastada, estabeleceram-se em uma capitania ao norte, na cidade do Recife, onde construíram palácios, bibliotecas e pontes sobre os canais. Trouxeram homens da ciência, de letras e de pincéis para informar à corte os prodígios ao sul do Equador – e foram mandados de volta pelos carolas ibéricos que os precederam na exploração da terra, ajudados por índios convertidos na marra. Reflito que a crônica da predação não carece de distinguir vencedores e vencidos.

Pago a conta, subo de volta as escadas e sigo pela avenida povoada de vistosos prédios de tijolos ocres, ao som de chiados metálicos dos bondes nos trilhos. Os emissários do planeta cumprem sua porção diária de sobrevivência, chega a hora dos povos do Islã prostrarem-se em direção a Meca e louvarem o poder supremo do Profeta; encosto o corpo numa mureta e me deixo invadir pela vibração vermelha do Oriente refletida na água, varejada pelo disco solar em retirada. Retomo o percurso até uma loja de *souvenirs*, onde compro uma cueca de cânhamo para mim e outra para o amigo Beto Ogum de Ronda, ativista circulante do bairro do Rio Vermelho. Penso nas atividades na banda de baixo do planeta e olho o relógio, faço o cálculo de quatro horas para trás, onde a Terra está recebendo a luz do sol em outro quadrante. E desfila pela mente o transe carnavalesco na praça Castro Alves, eu e Beto vestidos de mulher, circulando de batom e trancinhas no meio das barracas de bebidas, abrindo com os cotovelos o caminho na multidão em frenesi, cortejando com trejeitos cênicos as mulheres de verdade e temperando a cerveja com "conhaque" Dreher. Ele de bailarina, com *collant* branco e tutu rendado, a meia arrastão deixando passar os tufos de pelos das pernas, e eu com um tomara-que-caia de chitão florido, emprestado da minha irmã. E acordamos escornados aos pés do Poeta dos Escravos, sob o sol já alto da quarta-feira de Cinzas, com rudes sacudidelas dos garis que iniciavam a varrição e a lavagem da praça.

Quem sabe, Beto encontre-se agora no Largo da Mariquita, encarando uma sessão de destilados e tira-gostos na brasa com os pescadores do Mercado do Peixe, ou do outro lado da praça, enfiado no boteco do Manu, anarquista galego que logrou safar-se da falange franquista. Vejo-o com um copo de cerveja na mão e na mesa uma dose com gelo de uísque Teachers, cofiando o bigode estilo limpa-trilhos e celebrando afeições de balcão, atiçando a insurgência dos injustiçados e denunciando os fatos e personas abomináveis da política provinciana.

Fecho os parênteses com um sorriso e retorno à perambulação nórdica. Entro numa tabacaria e saio com um embrulho de rapé e charutos *made in Brazil*; em outra porta, escolho gravuras com figurações védicas e um pequeno sino de bronze do Nepal, incensos e rebuscadas quinquilharias indianas, porta-retratos com imagens de ídolos da Hollywood clássica, postais-denúncias sobre os criminosos devastadores da natureza no Terceiro Mundo, nada dessemelhantes ao que as expedições coloniais perpetraram nas três américas e a seus nativos.

Mais à frente, em uma pequena feira de arte e objetos usados na beira do canal, estaco diante de uma pilha de capacetes germânicos da Segunda Guerra. "São autênticos, sim!", garante o vendedor de cabeça raspada a zero, musculoso e ultra tatuado com motivos góticos. Para comprovar, saca um deles da pilha e exibe uma perfuração na lateral. "Veja este aqui, tem um buraco de bala na altura da orelha, tem história, tem sangue! Claro que valoriza a peça, custa mais caro!" Agradeço a oferta e sigo andando. Encontro numa esquina uma loja de artefatos de festas e me comovo com evocações dos aniversários e estripulias da infância ao mexer com as máscaras, chapéus coloridos e vassouras de bruxas, velas que reacendem depois do sopro, fósforos que estralejam, canecas que vazam, esguichos que mancham a roupa, aranholas semoventes, sacos de risadas, chicletes que azulam a boca, bolhas que liberam peidos, pó de mico, realejos, reco-recos, matracas, fantasias de sapos, príncipes, odaliscas e cinderelas, penachos, cartolas, sianinhas, purpurina, a imaginação sem limites quando se trata da velha e boa cultura festeira do ocidente. Saco o caderno e anoto:

Uma mola deslocou-se do encaixe e o boneco pôs-se a rodopiar em movimentos desajeitados, fora do ritmo e do prumo. Reconheço-me nesse boneco, ele sou eu, descalibrado e sem meios para pular fora da corrida de obstáculos a que me imponho, dia após dia. Desnorteado e sem opções, insisto em tatear o vazio, a escuridão e a incerteza. Esta é a vida, esta é a hora de dar o meu show e danço fora do compasso. Como uma marionete sem futuro, teatralizo a esperança de encontrar um manipulador.

Miro as estilosas edificações de tijolos vermelhos, certifico-me de que a velha e sólida igreja de São Nicolas está no lugar, próxima à estação central, o núcleo da ferradura e umbigo geográfico dos humores voláteis da cidade retalhada em canais. Não muito longe, o navio-hotel continua aportado. Começo a perceber aonde meus passos me levam. Corto distâncias, paro num boteco para um par de heinekens espumantes drenadas alegremente de barris, espero ativarem-se as endorfinas enquanto observo um grupo ruidoso de argentinos jogando bilhar. No canto do balcão o barman melífluo encaixa um bolachão analógico dos Beatles em uma vitrola de museu e conversa em voz baixa com uma trinca de garotas serelepes e carregadas no batom, trajando nanossaias de couro e meias arrastão.

Desfaço o embrulho da tabacaria, acendo um charuto e nele reconheço o sabor adocicado do Recôncavo baiano: abro novos parênteses mentais e contemplo, nostálgico entre as volutas de fumo azul, a imagem das casinhas escalando o vale verde-dourado do rio Paraguaçu sob o sol do final da tarde, um presépio encravado na grande encosta que aperta São Félix, cidade-irmã da histórica Cachoeira, dela separada pela imponente ponte de ferro do tempo do imperador Pedro II. E afloram na mente, por associação, as peripécias de uma expedição fotográfica aos candomblés ancestrais da região, há um par de anos. Depois de atravessarmos a ponte e cruzarmos o centro de São Félix, avistei o prédio da cadeia pública, baixo e comprimido contra o paredão do morro. Pedi ao parceiro Siqueira para brecar o carro e saltei porta afora, explicando em rápidas palavras:

– Preciso falar com os presos!

E entrei no prédio. Decorreu cerca de meia hora até concluir-se o que eu fora fazer lá e voltei para o carro, a passos firmes. Bati a porta e falei:

– Pronto, agora podemos ir!

Permaneci em silêncio, ele não fez perguntas. Acelerou a máquina na estrada serpeante para o altiplano, escalando a lateral da encosta e desdobrando, no fundo do vale, o cenário deslumbrante das duas cidades ribeirinhas umbilicadas pela ponte. No rumo do casarão centenário da família, na Muritiba das jaqueiras veneráveis, construído pelo bisa Ramiro no final do século XIX. Sob aquele teto alto e largo nasceu Enoe, mulher à frente do seu tempo, a minha mãe. Adentramos pela via lateral, calçada de pedras. Havia chovido bastante na semana e o pasto zebuíno estava verdinho, úmido e repleto de colônias branco-douradas de cogumelos *psilocybe cubensis*.

Cancelo a divagação e retorno aos humores vaporosos do balcão em Amsterdam. As garotas se foram e o barman me observa à distância, entediado. Esvazio o copo e separo as moedas da rainha laranja. Deixo-as tilintar no tampo de granito desgastado e reinicio a marcha, com disposição de legionário, para o distrito da Luz Vermelha. Estou com a iniciativa do caçador e dela não abrirei mão.

Eva na vitrine

As luzes vermelhas começam a se acender no final da tarde e encompridam seus reflexos nas águas do canal Singel, embaralhando-os com os últimos lampejos do poente, enquanto percorro a passo lento as ruas onde de tudo se pode encontrar sobre o tema universal da lubricidade. Ao lado de sex-shops, bares, inferninhos e redutos onde se pode fumar ervas de grife e comprar vídeos, publicações e acessórios do que se possa imaginar na esfera da putaria, sobressaem-se rotundas e vitrines estilosas nas fachadas térreas dos sobrados, onde mulheres de todos os tipos e para todos os gostos dão plantão de corpo e ostentam figurinos apelativos para a clientela curiosa que perambula nas calçadas. Nesses aquários customizados elas posam com lingeries e acessórios-fetiches, corpetes e calcinhas multiformes, peles, luvas, botas, vestuários do ártico e do deserto e modelitos do fundo da noite e da terra de ninguém, em aleatória variação. Os trejeitos sensuais se mesclam com um raso impessoalismo ante a testosterona desatada dos passantes para quem elas dançam, fumam, folheiam revistas de sacanagem, lixam as unhas, passeiam a língua nos lábios, sorriem ou coram como colegiais impúberes, miram espectros acima das cabeças, mascam chicletes, posam em cadeiras, bicicletas, mesas, cavaletes, olham para o nada, rezam para suas divindades e demônios, enfadam-se.

Uma parada para apurar o contato visual pode levar ao acerto de cinquenta dinheiros para um papai-e-mamãe básico de 15 minutos, outros tantos para um boquete no capricho e são desconhecidas as restrições para atender o gosto do freguês disposto a pagar, com a clássica ressalva: "Pode tudo, menos beijar na boca". Uma das moças, com face de anjo e cabelos louros escorridos, vai com a minha cara e se dispõe a conversar pela porta de vidro entreaberta, sentada em um tamborete: aluguel do espaço, impostos e infraestrutura de limpeza, segurança, energia, água, aquecimento, cafetão e acessórios sexuais levam boa parte do que fatura, não há tempo para parolagem, mas hoje está enfadada, cansada do mundo, triste, resolvida a gastar o tempo a troco de nada. Explica que encalhou naquele mafuá porque gosta de fazer o trabalho, o seu negócio é sexo e ponto final; assim que a idade arredondou-lhe as curvas, pulou a cerca dos laços familiares e da estagnação do vilarejo polonês onde foi sodomizada por primos e tios, pelo leiteiro e pelo comissário da juventude do partido. Agora chegou o momento de fazer a coisa por opção e porque gosta, não precisa mais do que seu corpinho roliço para ordenhar, com as mãos e os três buracos do corpo, o ouro dos homens do ocidente e do oriente, tanto faz.

– Faço sexo sem hipocrisia, o mesmo sexo que qualquer mulher faz, abro as pernas de forma igual a essas donas aí que não dispensam o convite para jantar, as milongas de sedução e ostentação do poder macho e a aceitação pela dama que finge escolher e de fato escolhe mesmo! Com os animais é outra coisa? Fazem diferente o pavão, o lobo e o alce, com seus penachos, danças, chifres e cabeçadas? Essa baboseira de príncipe encantado, sapatinho de cristal e carruagem de abóbora já me encheu as medidas. Em que uns presentinhos, um jantar com bons vinhos e modos civilizados ou uma sessão de pavoneio seriam diferentes do dinheiro vivo para os homens comerem a gente?

Ela espera a resposta que não vem, pergunta de onde eu sou, mera formalidade para quem costuma receber entre as pernas contribuintes de todas as partes do planeta. Faz um beicinho irônico ao ouvir o nome do meu país e quer saber se é verdade o que dizem, se é mesmo o paraíso dos escroques endinheirados e das castas dos bem-sucedidos. Se os senhores de escravos reciclados e o baronato das altas rodas são tratados com reverência e ocupam capas de revistas, balcões de negócios, púlpitos de templos faraônicos e assentos suntuosos nos parlamentos e tribunais. Relata as imagens que vê na TV com a glorificação do luxo, assalto ao meio ambiente incitado por quem o devia defender, arrastões, homicídios, crianças de rua, barbárie, despojados de terra acampados nas porteiras de propriedades do tamanho de países, esquemões corrompidos e corruptores, colapso dos serviços públicos, favelas do tamanho de cidades grandes. Enquanto fala, seus olhos faíscam e mudam de cor, refletindo o amarelo-âmbar dos últimos raios de sol deste começo de outono no Hemisfério Norte, ainda aquecido.

Era o que faltava! Papear, em plena zona, com uma mulher da vida informada e opiniática, de língua afiada em usos diversos daqueles triviais à profissão... Ela diz que gosta de ler e ver noticiários da TV e se mostra veramente compadecida dos pecados sociais do meu país, essa prostituta nascida na Europa oriental. Mas as tramas mais complexas da ficção tropicalista, ao que parece, não cabem por inteiro em sua cabecinha de Barbie escolada... E não havia mesmo como explicar os cinturões de miséria e os rios de esgoto nas cidadelas inchadas do infortúnio, as gerações de zumbis do crack e aviõezinhos do pó, a escalada triunfal dos lavadores de cérebros, dos saqueadores públicos e dos camelôs midiáticos, o choro dos macacos nas florestas raspadas a trator e corrente e incendiadas para virar pasto, os pajés obesos circulando em grandes picapes trocadas por gemas brutas e troncos de árvores nobres, o passaporte libertário da educação enterrado na vala comum dos jovens sem futuro.

– Então são as prostitutas que carregam nas costas os grandes pecados do mundo? E essa gente hedionda, onde se encaixa? – ela pergunta, desafiadora, com as mãos na cintura. Parece ler meus pensamentos e me mantém sob pressão:

– Vi na TV que em seu país, do tamanho de um continente, existem castas de intocáveis no sentido inverso aos da Índia... os homens que fazem as leis dão sempre um jeito de modelá-las em benefício próprio ou para se colocarem acima delas... os magistrados condenados por delinquência não perdem os altos salários e mantêm até o fim da vida as regalias de paxás, é verdade isso? Vocês não se rebelam, não fazem nada?

Como ela sabe de tudo isso? Ah, a comunicação instantânea globalizada... todo mundo sabe de tudo o que acontece nos quintais e cafuas dos quatro cantos do mundo... meus olhos constrangidos deslizam até os rasgões chiques da calça jeans de grife *made in* China, o umbigo desnudo trespassado por um *piercing* dourado, a linha baixa da cintura envolta em um cinturão de couro de quatro dedos de largura, tatuagem de borboleta no bíceps e os adereços e badulaques que as mulheres conseguem adicionar ao corpo. O perfil curvilíneo das pernas e a bundinha arrebitada não parecem mal... Mas o papo é cabeça e prefiro emudecer sobre o inferno das prisões superlotadas e os guetos da miséria, as gerações de marginais parindo novas gerações de marginais, o *homo brasiliensis* convertendo-se em horda sob as bandeiras do vácuo educacional, da trambicagem que compensa e da lei da vantagem que se eterniza para os barões cevados. Permaneço em silêncio sobre a soberba amoral e a empáfia de juízes e parlamentares que moram de graça e se concedem cotas leoninas do grande saque como se por direito divino lhes coubessem tais privilégios. Silencio sobre a pilhagem sistemática do Estado pelos gestores públicos e funcionários de elite, prostituídos como qualquer puta europeia – credores, no entanto, de impagável michê: o futuro de uma população por eles mesmos abastardada. Dou voltas, mas não consigo sair de tão pegajoso tema. Disparo:

– Olhe bem, há casos de um ou outro que exagera, fica tudo fácil porque nada acontece com eles, só vai preso quem é pau-mandado, todo o sistema funciona desse jeito desde o tempo da escravatura, que sobrevive sob outros rótulos e formatos, reconheço... mas isso se entranhou na sociedade, tornou-se cultura, são vantagens seculares e cumulativas, você não consegue pisar no breque e parar de imediato um transatlântico ou um trem de muitos vagões, consegue?

Tento, com isso, desviar da mente o caso do inimputável ministro capa-preta que foi dormir tarde para que um banqueiro não dormisse na prisão... Com a caneta que prende e solta legitimada pelo mandato inamovível e imprescritível, este mesmo bufou indignado e travou luta aberta, pelas janelas escancaradas da mídia, contra as algemas assim que viu, no noticiário da TV, gente da laia dele próprio sendo algemada... os luminares da alta corte, a casta dos obesos e intoxicados pelo açúcar da soberba, vezeiros nos contorcionismos formais para justificar e preservar exorbitâncias e penduricalhos... e sua excelência meritíssima não enxergou, na mesma sequência de imagens, o empurrão truculento do cana federal no preposto, no bagrinho musculoso de terno preto e óculos escuros que acompanhava o figurão. E não parou por aí. Fazendo uso do dogma para tirar da sala o sofá do mérito, não perde ocasião para abastardar toda a sociedade, negando-lhe o direito pétreo de se defender dos predadores bem relacionados no topo da pirâmide.

Ela fica me espiando com a face meio de lado, os olhinhos estreitos e compridos como os de uma gravura asteca. Definitivamente, não está compreendendo o conjunto da obra, o grande cenário armado desde a chegada dos caras-pálidas ibéricos às miríficas praias tropicais e seus habitantes seminus, complacentes e lúdicos. Deu no que deu... Remancho, resigno-me, coço-me. Se a conversa chegou até aqui, não há como não ir até o fim. Apelo para o argumento recorrente e certeiro:

– Ora, ora, tenha dó! Coisa muito pior pode acontecer nos países que se dizem civilizados! Até no Japão tem dessa coisa, embora lá exista um pouco de vergonha e seja facultada à autoridade desonrada a expiação com o próprio sangue... Mas o que dizem das torturas e massacres na Idade Média os livros de história que você leu na escola? As centenas de milhares de mulheres acusadas de bruxaria, martirizadas por inquisidores da Igreja e queimadas em fogueiras em nome da fé cristã? Quantas dezenas de milhões de inocentes morreram nas duas grandes guerras por genocídio e crimes hediondos em massa, organizados em ritmo industrial? – argumento, desviando os olhos, e continuo – com o nosso povo é diferente, nós temos um tipo especial de cultura, prazenteira e tolerante com a transgressão, isso tem a ver com o calor do sol e vem dos aborígenes que amam os banhos de rio e o despojamento natural, veneram entes da natureza como seres dotados de espírito e não acham apropriado castigar os curumins[15]... é exagero chamar de pecado passar a mão na cabeça do pequeno infrator ou na bunda da serviçal caseira, a coisa vem do berço, você precisa dar um desconto, enxergar com outros olhos as nossas tradições, tão diferentes das suas...

Ali estávamos os dois tentando construir pontes entre descaminhos, algemados à liberdade de escolha: ela, a de vender o próprio corpo e eu a de frequentar lugares *en passant*, solto ao bel-prazer na grande gaiola do mundo, forasteiro por formação e convicção. O papo avança e ela é toda ouvidos quando desvio o tema e discorro sobre o pôr do sol entre os laranjais dos tabuleiros férteis no altiplano do rio Paraguaçu, no Recôncavo profundo da Bahia, o mesmo sol que nos aquece, em ângulo mais inclinado, nesta ponta do Hemisfério Norte; evoco os frutos dourados e aromáticos pendurados nos cajueiros, as colônias de cogumelos brotando sobre bosta de zebu, os pés de fruta-pão com suas grandes folhas espalmadas, as copas frondosas das jaqueiras, mangueiras e cajazeiras seculares e o vermelho flamejante das pitangas, as longas conversações que mantive com as plantas na varanda do casarão secular do avô, o fumacê lilás que subia por entre as brechas dos paralelepípedos enquanto eu esperava o ônibus para voltar à capital: as fachadas das casas se estorciam e lampejos de arco-íris despejavam suas oferendas naquela cesta de Pandora de ponta-cabeça...

Ela acha engraçada a minha eloquência – um tanto barroca, admito – e libera umas risadinhas mornas enquanto comenta algo incompreensível sobre a queima de bilhões de neurônios numa única viagem...

– Cogumelos no pasto, brotando do esterco de boi, hein? Sim, já ouvi falar... No México eles mascam peiote nas regiões desérticas... li também sobre os cipós do Amazonas que abrem a mente em rituais e viagens místicas... Aqui a gente prefere os sintéticos, o ecstasy é fácil de achar e guardar e o impacto é bem maior... Mas se prepare, pode ser alto o preço a pagar algum dia, meu caro, se é que já não está pagando... conheci um bocado de garotos que fritaram o cérebro... eles não conseguem mais ligar lé com lé nem cré com cré, tem uns por aí que mal reconhecem o próprio nome...
– Ah, mas essas viagens aconteceram há décadas, meus miolos estão recompostos, hoje eu sou normal até demais, acho que este é o problema... – contraponho, sem conseguir esconder a preocupação.
Ela vacila, interrompe o sermão. Suas pupilas dilatam-se e me olham fundo, parece que descobriu em meu eu interior algo que a intriga, uma janela que se abriu e ela gostou do que vislumbrou lá dento. Esse negócio de energia é assim mesmo, a gente nunca sabe o que vai rolar, inclusive onde profissionalismo e impessoalidade são regras invioláveis.
Mais inviolável do que todas as regras é a atração instintiva entre os que se desequilibram no fio da navalha, o sentimento sem nome que emerge como boia de salvação entre os escombros dos náufragos emocionais, o dialeto sem bandeira dos que ousaram despregar-se da cruz das conveniências e das comodidades cotidianas. Um olhar, basta um olhar para o mundo se desviar da rota.

O fio de Ariadne

A agenda marca 3 de outubro e os surtos da estação outonal não dão trégua, nunca me aliviaram o lombo, nunca abandonaram o pano de fundo, apenas consigo afugentá-los da cena por algum tempo, vou segurando as pontas até que chega a lua-nova e os fluidos afetivos, influenciados pela gravitação do satélite, voltam a sair das tocas, infiltram-se na minha vontade e capturam as ideias como um buraco negro aos íons de luz, jogam-me na lona. Nunca falha.

Em procura do botão de pânico, recorro à banda positiva do desvario. Considero que as gemas raras, ainda que escassas, estão ao alcance das mãos: não tem segredo, basta cavucar, tudo entra em ordem se não atrapalharmos o desenlace natural das tendências. O inconsciente joga a nosso favor e desafia a desgastada segunda lei da termodinâmica, que preceitua o caos como vocação tendencial a partir da situação de equilíbrio. Sim, sim, o fundão do eu conspira em prol do instinto freudiano da vida. Valho-me, ademais, do impulso evolucionista pós-darwiniano[16] que aponta, com a constância de uma agulha magnética, para a sobrevivência e aprimoramento das espécies, na sua interação com o ambiente ao longo das eras geológicas e a procriação, em maior escala, dos mais aptos, passando adiante a combinação cromossômica vencedora. A novidade é o desvendamento da consistência binária dos genes: eles não se fundem, como o café ao leite, mas sim, acoplam-se, estruturam-se em hélices cuja seleção de "este-sim-e-este-não", sem lugar para a geleia do talvez ou do mais ou menos, determina a combinação final do novo ser no momento da concepção. Sim, os nossos traços e tendências são carteados – não misturados, como muitos acreditam – no nascedouro! Então, no patamar da célula, a natureza do escorpião não passa de um desvio de conduta, e a vida sobrepuja a morte, ao menos tendencialmente e dentro do prazo de validade. É só relaxar e deixar fluir que o mundo se rearruma com as próprias energias e direções.

A ciência e a filosofia não são suficientes, no entanto, para desentortar o tronco de árvore que cresceu errado, ou remodelar o cântaro cujo barro troncho foi endurecido no forno. Tento aliviar as sequelas das desconformidades fugindo do covil onde estou entocado para um papo-cabeça com a garçonete do bar do hotel, no pavimento térreo, um andar acima. Descobri que fecha tarde e abre cedo, é uma boia de salvação para os náufragos etílicos flutuarem em horários de pouco movimento. Talvez para isso tenha sido criado, por dádiva de uma boa alma preocupada em salvar do afundamento as consciências perdidas. Para lá chegar, sequer careço de trocar os chinelos de dedo pelo pisante de rua, sou da casa e posso subir de robe de chambre, que ninguém vai reparar... Basta atravessar uma linha de corredores e subir dois lances de escadas para o térreo, sem essa de não beber antes das onze, está tudo certo e tudo perto, tudo à mão para reverenciar a imagem estimulante, na placa de neon sobre a porta de vaivém estilo caubói, de duas grandes canecas de cerveja fazendo tintim, com as espumas transbordando.

Adentro a passos rápidos o *saloon* ainda vazio, aboleto-me em um banco de pernas compridas do balcão, faço o aceno de costume e, sem demora, a atendente empurra em minha direção o copázio de meio litro da beberagem dourada e borbulhante. Em apenas duas manhãs de frequência eu já me sentia *habitué* e, para meu agrado, ela não se afasta enquanto sorvo o primeiro gole, longo, aguilhoante e ultra gelado ao ponto de queimar o palato. As papilas gustativas aplaudem, os olhos se umedecem e dou uma lambida discreta na espuma no canto dos lábios. Um novo homem emerge do casulo, vivaz e resoluto, pronto para enfrentar as demandas e desatinos da vida. Há pouco o que fazer nesta hora e a mulher encara uma conversação que mistura francês de aeroporto, parisiense que é ou diz ser, e o inglês macarrônico do nômade sul-americano.

"*Oui, oui, monsieur!*" Sim, a ela interessam os esquemas de sinalização nas estações de trem e concorda que a Bahnhof centro-berlinense é um nó cego para quem não domina o complicado idioma de Goethe, cheio de consoantes enfileiradas, ásperas e intraduzíveis. "Eles saíram da aniquilação total e se sentem donos do mundo, poucas décadas depois de suas cidades virarem pó e escombros!", ela sentencia. A luz mortiça alivia os traços do seu rosto cansado, abranda as pregas da idade e lhe edulcora a aura. Fala com o sotaque carregado e rouco de quem fuma dois a três maços por dia e passou metade da vida em caves enfumaçadas.

– A confusão é total, *mon chér!* Eu transitei naquela estação algumas vezes e é fácil perceber quão poucos contatos humanos acontecem ali. As pessoas estão mais distantes de quem está ao lado do que do país para onde tiraram passagem ou de onde vieram. Tive amores de ocasião na cidade reconstruída a partir do zero, uns homens gentis, ativos, asseados e docemente melancólicos, de gélida e insuportável beleza, discípulos da ordem e *trés charmants* na cama, nórdicos viris, a beleza loura me faz perder a cabeça, me derreto só de pensar... Sim, a estação de trens... para quem não entende o que está escrito nas placas, aquilo é um labirinto bárbaro, as palavras são enormes e recheadas de consoantes, as pessoas se lixam se você está perdido ou está achado, tem gente demais circulando, tem gente de todas as partes do oriente e do ocidente falando um coquetel de línguas, menos a nossa, a que interessa... Estação central é sucursal enviesada de Babel, pois não se ergue como uma torre em direção aos céus, mas sim, se ramifica no chão – e abaixo dele – com dialetos estranhos como uma doença ruim, está em todo lugar e é a mesma em qualquer lugar...

Respondo, pensativo:

– É, é difícil encontrar as direções quando a informação é

bolada por quem não entende e entregue a quem não precisa, funciona apenas para transmitir obviedades, para mostrar serviço, coisa de burocrata lerdo e desinteressado, funcionário de governo – confirmo. Penso no intento real de Proust ao dizer que "todos os lugares são iguais", devem abundar lugares assim em algum contraplano obscuro do planeta... Comento que estão fazendo uma grande reforma no prédio, que ganhará um grande arco central de vidro, quem sabe um monumento a essa transparência que tanto nos falta no cotidiano...

Ela retruca, repetindo com alguma arte e saber a imagem desgastada:

– Ora, ora, é impossível o contato humano verdadeiro em meio à enxurrada de gente... os gregos e depois os romanos chamavam de selvagens a esses teutões sabidos, quando não passavam de tribos belicosas dispersas na grande floresta negra, do lado de lá do rio Reno! Agora eles querem, uma vez mais, ditar as regras? Sequer eram reconhecidos pelos gregos como bárbaros, distinção conferida aos persas... Estes sim, sabiam o que era bom para gozar a vida, os escravizadores abastados, claro... aqueles que chicoteavam os soldados... ajuntados em escala de formigueiro, foram postos para correr por um número cem vezes menor de gregos livres, letrados e motivados, que obedeciam aos chefes por convicção e cuidavam dos cabelos antes de entrar nas batalhas... O que messiê me diz?

– É verdade, é verdade, mademoiselle – respondo rápido, destilando um tema favorito – o próprio Alexandre deve ter se sentido um bárbaro quando invadiu o palácio de Dario e viu toneladas de ouro nas paredes, nos tetos, nos adornos, nas roupas e em tudo o que a mão pudesse tocar... o historiador Plutarco[18] registra 20 mil burros e cinco mil camelos carregando as riquezas saqueadas, é como se cada soldado macedônio houvesse ganhado na loteria.

Desfilo meus saberes de almanaque, enquanto ela parece sonhar com os ex-namorados germânicos e um quinhão do ouro da Babilônia guardado embaixo da sua cama de solteira, os olhos perdidos nas paredes do bar, decoradas com figurações jazzísticas. E quando volta a falar, é para desancar mais uma vez os hunos que tanto lhe apetecem, parece ideia fixa, certamente rolou desilusão amorosa. Sorrindo e acenando mecanicamente com a cabeça para demonstrar atenção, agora é minha vez de escorregar para fora daquele papo-aranha: ao som do lero-lero, deixo rolar no cinema mental o fado da Persépolis em chamas, promulgado pelo gracejo de uma cortesã encharcada de vinho em meio aos generais macedônios em celebração... Thaís era o seu nome, guardado nas prateleiras da História como o feito de uma cortesã anônima que fez cair sobre a palha da vaidade dos vencedores, intencionalmente, uma brasa provocadora...

Volto à tona sob o impacto da voz que se torna estridente do outro lado do balcão. Ela não consegue segurar o palavreado. Acho de bom-tom cadenciar o desfile de imagens e amaciar os humores da sujeita. "Que mocréia disgramada, que mau pedaço deve ser ela na cama, que buça descalibrada, que secura!", não resisto a pensar. Retorno ao assunto que é a minha obsessão da hora: a confusão entre o que é central e o que é lateral, entre o que é decisivo e o que é ordinário nas estações ferroviárias e onde mais se ajuntem multidões, a carência de uma informação universal e inteligível à diversidade de fronteiras, tribos e nacionalidades, o hermetismo da sinalização nos acessos, o desencontro dos protocolos e dos algoritmos... mas ao primeiro vacilo a mulher retoma a palavra e tagarela, em tocada irritante *a la* Piaff. Escuto-a no modo "atenção e cortesia", sem me preocupar em atinar o que dizem suas palavras, até que o ar lhe falta, obrigando-a a uma pausa para injetar oxigênio nos pulmões. Aproveito o vácuo e reentro na rinha, de bate-pronto.

– Por que, então, eles não usam as cores e os macetes que até em país atrasado são de domínio público? Um balcão de informações em lugar acessível já ajuda bastante, é um sinal de inteligência e de preocupação com o forasteiro, o viajante, a pessoa anônima, a gota d'água no barril de Babel... Veja só, andei alguns quarteirões no centro de Berlim para no final alguém me dizer que não havia vagas nos hotéis e por pouco escapei de ser trucidado, em plena luz da manhã, por um bando de *skinheads* lunáticos! Ela quer saber mais sobre esse episódio, tudo o que desmerece a teutônia a atrai, e aproveito a atenção ao tema para envolvê-la mais a fundo e logo em seguida desviar para o sistema que bolei no covil subterrâneo da rua Danrak, varejando as noites insones do baixo-outubro até achar a resposta: uma teoria para superar o pânico e a confusão dos lugares desconhecidos, os labirintos tão ao gosto dos filosofistas lacanianos. Um corpo de ideias tão elementar que até crianças e analfabetos funcionais possam entender. Simples e desfrutável como chupar o próprio dedo ou comer macarrão.

– Pensei em chamar de Projeto Ariadne a esse esquema de orientação. Não fica bem? Dei-lhe esse nome em homenagem à filha do rei Minos, na Creta mítica, que, apaixonada à primeira vista pelo herói Teseu, cedeu-lhe o fio de linha do seu novelo, o que permitiu a ele voltar do âmago do labirinto, depois de matar o Minotauro. Excito a atenção da parceira relatando o roteiro lendário em que o ente monstruoso foi gerado por uma relação adúltera da esposa de Minos com um touro sagrado enviado pelo deus Poseidon. Deslumbrada pela formosura do animal, a rainha cretense encomendou ao inventor Dédalo uma imitação de vaca em madeira, na qual se inseriu e, com tal artifício, atraiu o touro e foi por ele inseminada...

Os olhos da mulher se apertam, acho que levei a conversa longe demais. Percebo um fio de ironia alongar-se nas pontas dos lábios quase invisíveis, de tão finos. Não sei se me leva a sério ou está apenas fazendo hora, curtindo o sul-americano desarvorado. Enxuga as mãos no avental e fica muda para variar, enquanto eu avanço na montagem do Projeto Ariadne:

– Qualquer transeunte que conhecer as letras do alfabeto, identificar cores e contar com os dedos poderá acessar serviços amigáveis e autoexplicativos. Aí está o futuro, é como uma reinvenção da roda: transformar em simplicidade o complexo, descer a ingresilha para um patamar abaixo da consciência útil, onde perturbe menos, e bolar linguagens fáceis como uma camada facilitadora sobre sistemas intrincados, possibilitando, com o apertar de um botão, deslocar a pessoa pouco letrada da margem para o centro, encaixar na rede de informações os desbussolados e os desassistidos. A solução está na interface, é ela que vai fazer o trabalho duro de traduzir e alinhar símbolos complicados e signos desiguais, convertê-los em beabás sensoriais legíveis! O segredo é estimular o hemisfério cerebral direito e alinhá-lo com o esquerdo em informações que ativem os dois lados... para quem planejar isso, claro, é crítico o domínio e desdobramento de algoritmos fractais...

A entrada de um grupo de orientais dá a pausa para um gole comprido e o pedido de mais uma caneca. O álcool no estômago vazio tornou o clima fluido e os zaponas zanzam pela sala, harmônicos nos gestos e nas falas, e acabam se acomodando numa mesa comprida, fazendo intermináveis mesuras uns para os outros enquanto escolhem os lugares. Um garçom emerge da sombra e se adianta, também fazendo mesuras, para anotar os pedidos. Enquanto eles tentam se entender e a comanda não chega cá no balcão, entorno mais um gole e prossigo:

– O jogo é o seguinte, *mamzele*: o Projeto Ariadne só terá êxito se for entendido pelos chimpanzés, os nossos dignos ancestrais, digo, primos que tomaram o caminho errado, acharam mais confortável continuar pendurados em árvores do que se arriscar em penosas caçadas na pradaria! Sim, aqueles símios capazes de encaixar umas nas outras as peças de um brinquedo de armar feito para crianças de dois a quatro anos: depois de umas poucas horas de treinamento, sem hesitação nem erro eles casam o círculo com o círculo, o quadrado com o quadrado, o triângulo com o triângulo. Elementar, não acha? Pois está provado que, no tempo infinito, combinações do acaso possibilitarão a esses macacos escrever uma enciclopédia apenas mexendo com letrinhas, juntando palavras ao léu, criando sentido em sequências aleatórias. O que acha disso?

Ela desvia a face para o lado, observa a atuação do garçom na mesa ocupada. Não dá para atinar no que está pensando, mas vou em frente, insisto:

– Dá para comparar isso com a evolução do homem primitivo que, de tanto olhar a própria mão, percebeu que os dedos são partes separadas dessa mesma mão; percebeu também que eles, os dedos, são mais do que uma coisa só, são diferentes de uma unidade indistinta "mão e dedos, dedos e mão, e mais tarde dedos e dedos, cada um diferente do outro"... nasceu daí a controvérsia, depois a política, deu-se uma baita evolução... Foi assim que os antepassados aprenderam a contar e o cérebro juntou a reflexão cognitiva do hemisfério esquerdo com o estímulo da imagem e da emoção do direito. E os sujeitos acabaram estendendo a descoberta até os pés, cada pessoa com dois pés, para andar ereto e para correr, até para ficar parado, dois pés, o direito e o esquerdo, cada um deles também com cinco dedos, está ligada?

A memória falha, nos dias que correm, sobre os efeitos da defesa entusiasmada que fiz dos desdobramentos do Projeto Ariadne. Até porque a garçonete, cuja atenção eu cortejava por solitária necessidade, retirou de mim a primazia dos ouvidos, sacudiu o avental e foi cuidar da freguesia, que começava a engrossar. Fiquei ainda algum tempo com a barriga encostada no balcão, fechando e abrindo a caixa mental do Projeto Ariadne, costurando reminiscências e planos de voo. Ao me despedir, o grande salão estava lotado, fumarento e rumoroso.

Lembro-me de ter flanado pelas ruas, sem direção, até o final da tarde, quando me acomodei em uma mesa no café Van Gogh, em uma rua próxima à praça dos museus. Na TV desfilavam cidades devastadas por incêndios fora de controle na Califórnia, os ventos fortes tangendo as labaredas do centro do inferno até os palacetes da nobreza cinematográfica em Hollywood. Astros de grosso calibre dão entrevista e não é difícil adivinhar a perplexidade e desalento por trás dos óculos escuros do ator famoso que viu incinerar-se a sua mansão suntuosa no alto da colina. Não me permito sensibilizar senão pelo fogo que não escolhe vítimas, deitem-se elas na palha de estábulos ou em lençóis de linho egípcio. Para mim tanto faz que sejam torradas agora ou daqui a algumas décadas.

Os bichos que Noé esqueceu

Quinta-feira, 5 de outubro, horas tantas da madrugada. Recolhido no cubículo abaixo do nível do solo na rua Danrak, desbravo os territórios selvagens do inconsciente com ímpeto de caçador destemido. Reconheço, entre as marcas estampadas nos circuitos mentais, aquelas que não podem ser apagadas e outras tantas que se fazem malsoantes, como arranhões que se perenizam em um disco de vinil. Debruço-me sobre o caderninho dourado e escrevo sobre as marcações sensoriais que o eu-criança sofreu nas funduras da memória, na epifania longínqua de uma sessão de cinema.

Sigo pela trilha mnemônica: eu contava com menos anos de vida do que os dedos das mãos, quando tive as retinas feridas pelo carrossel de lampejos em uma sala escura de cinema. Atacado por afiados punhais de luz, contraí-me na cadeira como um molusco no interior da concha. Na tela, as cenas finais de um filme roliudiano sobre um estouro de elefantes em uma possessão colonial inglesa no Ceilão, dedicada à plantação de chá em área desbastada da floresta. Aquelas imagens me marcaram a mente de forma semelhante a um talho profundo de lâmina fina, e se tornaram cicatriz com o passar do tempo.

Ainda que aguilhoado pela sucessão estroboscópica de quadros de luz, eu não conseguia afastar os olhos daquelas imagens em movimento: os paquidermes enlouquecidos reduziam a escombros o palacete erguido pelos colonizadores, um grupo de homens arrogantes que aparecem no grande salão contando vantagens e mexendo com os dedos o gelo nos seus copos de uísque. Eles haviam interditado a trilha natural que a manada estava habituada a seguir na selva por séculos, quiçá milênios, para se dessedentar no rio. Irados, os paquidermes irromperam em estouro, com o seu caminhar desajeitado e balouçante, as testas-aríetes e as possantes trombas derrubando paredes e muros da construção imponente, destroçando o mobiliário e pondo abaixo as colunas de ébano que sustentavam as escadas e varandas entalhadas com figurações de deidades védicas. As cortinas de seda e as teceduras de linho propagaram as chamas iniciadas com o revirar de tonéis de querosene sobre fogueiras onde os nativos assavam castanhas ou algo parecido, a memória é curta e o tempo é comprido. O vermelho-laranja do fogo imprimia emoções chispantes na minha mente, marcava trilhas indeléveis entre os neurônios hiper excitados, e os leviatãs em cena não ficavam por menos, instigados pelos adestradores a uma marcha rápida no *set* de filmagem para que fossem alcançados, com um mínimo de ordem, os efeitos prescritos no roteiro.

Mas, em certo momento, os animais refugaram o controle e assumiram o espírito da manada, possuídos pelo ímpeto de retomar os caminhos ancestrais, e a filmagem desandou. Em sua arremetida, aqueles extras desvairados valiam as toneladas que pesavam. O diretor, a produção e a equipe de filmagem entraram em pânico com a sinfonia walkiriana dos bramidos, alheios ao significado latente de tal irrupção nas vias embargadas de cal e pedra. Os animais enfurecidos cumpriram, assim, o seu papel à perfeição – e foram muito além. O filme, modelado para seduzir multidões, disseminar a ideologia consumista do pós-guerra e faturar grana alta, convertera-se em reportagem testemunhal sobre a desordem provocada no meio ambiente pela estupidez humana e, na sequência fílmica, em salve-se quem puder. A superficialidade careta mexera, sem disso se dar conta, em profundezas insondáveis e despertara arquétipos cuja erupção cênica me deu a conhecer, no verdor da infância, a arquitetura aniquilante da desordem.

Na passagem final o mocinho e a mocinha, atracados um ao outro no alto da colina onde se refugiaram, contemplam a ruptura quimérica do portal da Sombra, de cuja existência pouco suspeitavam, quiçá o diretor do filme. Para o menino em transe na sala de exibição, no entanto, abrira-se um umbral para lá de assustador: acabara de ver, em dramático esboço, a complexidade do mundo que enfrentaria nos anos vindouros. Naquele momento, alguns bichos que Noé esqueceu de embarcar na sua arca começavam a se prenunciar.

A imagem patética projetada nas retinas está gravada, de forma perene, no meu aparato neural: o herói com as feições esgazeadas e a amante rompida em lágrimas, que lhe descem pela face como diamantes líquidos. O garoto na plateia ignorava quem era Liz Taylor, mas penetrou-lhe na alma o resplendor daqueles olhos translúcidos, cujas ametistas encaixavam-se com inexcedível harmonia no semblante clássico. Ignorava, em igual medida, que a vida não seria mais a mesma depois daquela catarse, introjetada como uma tempestade de relâmpagos na sua massa cinzenta, na sala escura do cinema São João, localizado na rua principal de Estância, denominada "cidade-jardim" pelo Imperador D. Pedro II em sua visitação, quase um século antes.

A projeção mental acaba e retorno à cena real no cubículo em Amsterdam. Com o coração acelerado e pressuroso ante tais reminiscências, ergo-me e abro as cortinas. O dia nasceu lá fora. Volto à cama e combato o vazio interior folheando páginas avulsas e auscultando trechos escolhidos a esmo, à procura de um contato profundo, um sinal de positividade, a visão de um rabo de cometa, um disco-voador de verdade, um pequeno milagre que vire as coisas pelo avesso e me anestesie a percepção do tempo real que insiste em desfilar além das janelas, prenunciando o grande declínio físico e mental que encararei dentro de duas décadas a pouco mais, se a carga genética for benevolente e alguma doença ruim não me emboscar no caminho. Sem um plano para sair do encalhe e me abrir ao fluxo vital, a roda de Shiva não se moverá do lugar. A resiliência que me empaca nos atalhos que garantem o conforto e a segurança está em compasso com o obsoletismo etário, em etapa preocupante do percurso, em que a sedução das comodidades se sobrepõe ao espírito aventureiro. Necas de energia para atualizar o cenário ou reativar a libido desalentada. Falta madeira para alimentar essa fogueira, penso. Será preferível a doença que faz as mãos trêmulas derramarem a cerveja ou aqueloutra que nos faz esquecer de bebê-la?

Indiferente a tais prenúncios e aos desígnios de forasteiro errante e pensante, a grande parada da vida passa ao largo e eu prefiro pouco ver e nada provocar, estirado neste leito votivo. Meus elefantes interiores estão confortáveis no grande pedaço de floresta que lhes reservei com gosto e previdência. Em benefício próprio, eu respeito o peso deles no limbo do inconsciente e lanço mão de desvios para aliviar o ímpeto, que eles condensam, de forçar a passagem em caminhos que fatalmente colidirão com as couraças defensivas do ego, o colonizador do instinto, precipitando rompimentos e tumultos incontroláveis. Não os provoco, no afã de marcar pontos em favor da estabilidade mental. Obcecado pelo tema, vasculho páginas pregressas do caderninho de notas e encontro a citação de Richard Dawkins sobre bichos que poderiam ter existido: "Estamos incluindo aqueles que jamais teriam sobrevivido, ainda que tivessem um dia chegado a existir, assim como aqueles que talvez tivessem sobrevivido caso tivessem existido um dia, mas que, na realidade, jamais existiram"[19].

Palavras e mais palavras que dançam em círculo e nada respondem... tem horas que a ciência não faz mais do que complicar, enquanto a natureza humana não costuma falhar quando o instinto está no comando, é tiro e queda nas escolhas diretas e imediatas. A manhã demora a avançar e o olho cego vagueia, em ritmo com a toada nordestina. É cedo para abandonar o subsolo, a cidade ressona. Sequer o bar do piso térreo deve estar aberto a esta hora. Cantarolo a ária imortal de Puccini, *Nessum dorma*, para afastar a sonolência, e continuo a visitação mental aos bichos e aos significados além do além.

Assim é que o tema zoológico continua a fazer a hora, e volta a comparecer no cinema mental, em novo e imprevisível cenário: vejo-me perambulando na praça do mercado de Nazaré das Farinhas, cidade histórica no sudoeste do Recôncavo baiano, uns três anos antes, em plena sexta-feira penitencial da Crucificação. Eis que estaco diante de um boizinho desengonçado exposto em uma barraca da feira de caxixis, como é chamado o artesanato de barro na região. Atraído pela bizarria da peça, agarro-a com as duas mãos e pergunto ao vendedor:

– Isto aqui veio de onde?

– Ah, esse boi aí não tem outro igual, é autêntico, peça única! Foi feito em uma olaria de Maragogipinho, aqui perto... chegou hoje cedo, a carregação subiu o rio Jaguaripe de saveiro, no embalo da maré enchente! – responde o homenzinho, com um sorriso de dentes falhos. Compro o bicho sem regatear.

E o filme mental tem sequência em fatos acontecidos: dois dias depois, domingo de Páscoa, um espírito de encosto sussurrou-me que era propício presentear com o boi "aquele seu amigo do trabalho". "O quê? Qual amigo?", perguntei à aparição, ao lampejo que se dissipou sem responder. "Quem?", indaguei em seguida à minha própria consciência perturbada. Ela não demorou a matar a charada e de repente fez-se luz, uma figura se encaixava a pleno: só podia ser o colega de repartição, o Zito, contraparte invertida do meu perfil, como todos diziam; alma gêmea nas farras e estripulias nos botecos e baladas das duas cidades da Bahia, a Alta e a Baixa, em um arco etílico que se estendia do restaurante panorâmico Boca de Galinha, no subúrbio plataformense, à muvuca dionisíaca da Barraca do Juvená, no território livre e musical de Itapuã. Éramos, juntos, o marfim e o ébano, perfeitamente diferentes um do outro e perfeitamente compatíveis nos domínios da boemia, cada qual resguardando, no entanto, o seu cercadinho de vida particular.

Foi, pois, com um misto de surpresa e curiosidade que dele recebi o convite para a festa de confirmação. Revelou que seria consagrado como ogã em um terreiro de candomblé.

Era um sábado luminoso de praia, quando nos esbaldávamos com amigos em uma roda de conversa, petiscos e cerveja na Barraca do Luciano, avatar védico que, siderado pelas vibrações marinhas de Iemanjá, reencarnou na Bahia e fundou na sua barraca uma república lúdico-praiana na orla de Pituaçu, equidistante do circo Picolino e do parque das esculturas do "ferreiro de Exu", o genial Mário Cravo. No balcão e nas mesas da barraca se misturavam, pouco antes de desaguar no oceano da opinião pública, as águas da militância política de calção de banho com as da intelectualidade lúdica e boêmia da cidade.

Enquanto a conversação na mesa fazia desfilar lendas urbanas e prosopopeias da hora, a minha cabeça rodava em outra frequência. Remexi a areia com os dedos dos pés e gracejei com o amigo, querendo saber mais sobre o tal do convite.

– Ogã, você? Ora, quem diria... – falei para ele – não me surpreende, com os seus sumiços e mistérios, os colares de contas e o branco total da roupa nas sextas-feiras... mas que terreiro é esse? Onde é que fica?

A festa aconteceu uma semana depois, na roça do Ilê Omorodé Axé Orixá N´Lá, território sagrado regido pelo babalorixá Augusto César[20], conhecido pelo tino artístico e estampa de galã, venerado pela gente simples da comunidade e por expoentes da sociedade e do circuito musical, hoje um encantado nos campos celestiais do Orum.

Esse filme projeta na memória a tarde em que cheguei na comunidade do Portão, quase à margem do rio Joanes. Ao longe, o foguetório riscava o azul do céu com estrias cinzento-azuladas e flocos ruidosos de fumaça. Encontrei festa e alegria no terreiro ornado de bandeirolas com a cor branca de Oxalufã ou Oxalá velho, o venerável pai das entidades, e o azul-turquesa de Logum Edé, poderoso caçador e orixá-guia da casa. Bati de cara, ao entrar no barracão, com uma versão compenetrada de Zito, sentado em uma cadeira de alto espaldar no estrado honorário, trajando impecável roupa branca, na cabeça um filá vistoso que, à primeira vista, confundi com um bonezinho de marinheiro.

Contagiado pelo frenesi rítmico do *rum*, do *rumpi* e do *lé*, os atabaques rituais, eu assistia, na arquibancada ocupada pelos filhos da casa e convidados, a dança dos orixás, iniciada com a entrada rutilante de Exu, trajado em vermelho e preto, orixá que abre as portas, medeia a conversação entre humanos e entidades e comanda as encruzilhadas. As vibrações das batidas percutiram nos feixes de nervos, passearam pelos chacras, desceram pelo labirinto das vidas ancestrais embutidas no limbo, abriram-se para o sopro presencial de deidades imemoriais. O ritmo e a respiração se encaixavam, o um e a outra. Nesse embalo, senti-me flechado à distância pelo olhar flamejante de outro orixá presente, o Guia da casa, manifestado ali na roda em seu "cavalo" dileto, o babalorixá Augusto César.

Fazendo volteios de aproximação no ritmo dos atabaques, Logum Edé se plantou na minha frente, sem interromper a dança, e fixou nos meus os seus olhos intensos como brasas. Olhei para os lados, atônito, e percebi toda aquela gente magnetizada pelo momento. O "cavalo" da entidade sacudiu-se para um lado e para o outro, mantendo o ritmo, e estendeu os braços em minha direção. Com um gesto firme, puxou-me pelos pulsos da arquibancada para o centro da roda, onde, sem perder o ritmo, passou-me o Ofá de prata, o arco de uma só flecha, insígnia do orixá caçador. Por algum tempo dançamos abraçados lado a lado ao som dos atabaques, palmas e cantos propiciatórios a Logum Edé, o arco ritual nas minhas mãos, para lá e para cá. Ainda que siderado pela pulsação rítmica, não devo ter oferecido uma boa performance, desajeitado para a dança que sempre fui. Quando a apresentação acabou e me deixaram aos cuidados da ekede Nazaré, na antessala, ela me comunicou, reverente, que o orixá me havia distinguido para ser ogã da casa. Na sua festa de confirmação, Zito agregava a parceria do amigo Lula no axé devocional.

Meses se passaram e hesitei em me submeter à iniciação, não evoluí do estágio provisório de ogã suspenso. Eu relutava e remanchava, pesando e medindo os relatos de Zito sobre as rotinas da iniciação. Dormir em esteira de palha por uma semana, recolhido na camarinha, e comer inhame sem sal requeria preparação de espírito. Eu queria e não queria entrar em comunhão com as liturgias e obrigações do terreiro, e empurrava a decisão com a barriga, esperando arrefecer a chama ou, no limite oposto, ser possuído pela determinação que me impeliria para os procedimentos rituais.

Rememoro a segunda-feira pós-Páscoa em que, chegando à repartição, anunciei triunfalmente para o amigo, na porta da sala:
– Trouxe um presente para você!

Ao revelar-se por inteiro a crueza da peça desembrulhada sobre a mesa, Zito deu um passo para trás e estacou, petrificado. Confirmei, naquele momento, que o boi de barro trazido da feira dos caxixis desprendia uma vibração incomum, parecia concentrar e replicar aleivosias de entes desencarnados à procura de encaixes no mundo dos encarnados. Olhando-o com vagar, desconcertaram-me a assimetria das formas, as orelhas enormes e decaídas, o cangote descomunal, os chifres desparelhos, os pés torcidos, o torso disforme, os olhos assíncronos um com o outro, as pinceladas desajeitadas em prata e azul sobre a base porosa vermelho-pálida, tudo recheado de mistérios e mandingas! Uma peça disfuncional, cuja urdidura no barro deve ter-se dado por um espírito talvez desaprumado, uma entidade torta dos territórios da argila e dos ocos de pau, errante nas matas e nas bocas de mangues do Recôncavo profundo, manifestada em um artesão de Maragogipinho que amassou o barro com os pés e laborou na peça a incompletude astral do ente que lhe guiou as mãos. E eu fui o correio que a transportou para o destinatário. A peça queria evoluir o significado.

Tudo isso ficou em suspensão no ar, como um humor vaporoso, enquanto o dia corria. Na manhã seguinte, ao entrar na sala para a jornada, o boizinho ocupava lugar de honra na mesa de Zito, montado e aprestado com as realezas de divindade em

seu altar. Exuberante, ornado de colares com as cores do orixá-
-guia do dono, ele reinava e desprendia encantamentos cerimoniais, entre eles a fragrância de alecrim de tabuleiro que lhe fora aspergido. Ninguém da repartição ousou comentar, não havia palavras, a relíquia estabeleceu-se pródiga no pedaço de mesa que lhe foi destinado, tornando-o peji, a poucos metros da sala da doutora Emília, comandante e guardiã do turismo na Bahia. Uma pedra fora atirada em alguma laguna remota, e as marolas se alastraram onde quer que o seu representante fidedigno, o desengonçado boi de barro, viesse a marcar presença.

Cansei, essa fieira de histórias de bichos e evocações de façanhas e entidades dos trópicos não vai acabar nunca. Confiro, na minúscula mesa ao lado da cama, o espaço que reservei para botar caneta e papel, óculos de leitura, manuscritos redigidos em balcões e mesas de bar, pílulas para dormir e para acelerar, os pequenos pertences que deixo na retaguarda a cada vez que subo para a superfície. Está tudo lá, cada badulaque no centímetro quadrado em que o depositei, sob a guarda da pequena boneca de pano preto. Comprada no mercado público de Aracaju e trazida na mala como talismã, ícone notório da santeria, não faltam as agulhas que lhe enfiei no corpo. O velho e bom fetichismo afro-brasileiro assombrando as metódicas arrumadeiras nórdicas. Todas unidas pelo mesmo temor lá e cá, o Valhalla e o Orum irmanados, lado a lado, como uma dupla bivitelina de erês. No círculo de proteção da boneca de bozó, nenhum espanador chegou perto. A poeira era a prova.

Interlúdio: os ventos que sopraram na janela

Sexta, 6 de outubro. A peregrinação por caminhos de ferro, estações, cidades e quartos de hotel, iniciada em Marselha e desviada do rumo em Barcelona, transmutou-se em fabulagens e devaneios nesta caverna distópica onde encalhei, a uns quinze palmos abaixo do nível do solo na rua Danrak, em Amsterdam. Encontrei aqui as amenidades de recolhimento do molusco letárgico, estirado neste catre com as pernas para o alto, lendo trechos avulsos de um exemplar esbodegado do Trópico de Capricórnio[21], de Henry Miller, apanhado na cesta de livros do hotel.

Anjo promíscuo da modernidade literária da segunda metade do século passado, Miller surtou com o *establishment* e surfou com os pioneiros da onda insurgente – e meteu o pé na porta do puritanismo anglo-americano, abrindo caminho para que uma safra de heresiarcas, entre eles Timothy Leary, Allen Ginsberg[22], William Burroughs e o bardo Dylan empunhassem a chave-mestra do underground delirante; escarafunchou o baixo-fundo da sociedade opulenta e consumista de Nova Iorque, aceitou o emprego de coveiro para não se deixar enredar pelo sistema, vagabundou com o estômago vazio em meio ao festim hedonista dos cafés parisienses; foi contemplado com o mandato de escritor-maldito, outorgado pelos fundamentalistas retrógrados, pelas confrarias hipócritas "do bem" e até pelos deslumbrados pés-na-estrada que ainda hoje lambem o relato de viagem de Jack Kerouac[23] como se fosse o sal da terra. No front vanguardista, até Honoré de Balzac[24], aspirante a aristocrata na França pós-bonapartista do século XIX, deixaria na poeira, com sua exuberante carruagem literária, o automóvel estradeiro de Kerouac com a rapidez da lebre da fábula.

No meio desse território minado e saturado de voluntarismo e sedição, o meu espírito é assaltado pela aparição, aos pés da cama, de um grupo de espectros sisudos, envoltos em capas pretas. Com voz rouca e grave, um deles questiona:

"E John dos Passos, modernista americano que mr. Miller tanto apreciava, não entra nessa parada?"

"John dos Passos... sim, claro, este aí entra!" – respondo, observando o grupo e tentando entender suas motivações. Quem são eles, saíram de onde? Deduzo serem corregedores literários, categoria da retaguarda que, incipiente em criatividade, insiste em ignorar, em proveito próprio, as variações da moda, a arte da conveniência e o despontar de talentos. De alguma forma eles se embrenharam em um portal que permite transposições no espaço-tempo, e vieram me atazanar o juízo aqui embaixo. Sem opções de escape à vista, prossigo na resposta ao ente interpelante. Eis o que lhe falei:

"Dos Passos[25] contestava o sistema usando a lógica e os ardis típicos do sistema... não hesitou em lambuzar os pés na lama das sarjetas e exaltava os despossuídos e os marginais... com o peso deles nas costas, a sua porção King Kong escalava a pirâmide social até o topo e ali desfolhava a bandeira da insubmissão, denunciando o abismo existente entre o betume da base e os brilhos da ribalta... possuía um fluxo criativo deslizante, coloquial e dramático, ótimo de ser lido... dá para o leitor salivar, acompanhando o que os seus personagens comem e bebem!"

A voz não se dá por achada. Pigarreia e acrescenta.

"Essa louvação sem dúvida se aplica também a mr. Hemingway[26]. Ele é da mesma época, escritor consagrado, de estatura maior... concorda?"

Retomo a palavra, sem perder o fôlego nem o tom.

"Maior em quê? – contraponho – Só se for no tamanho físico. Atente-se que, em seus melhores momentos, Dos Passos é sutil e minimalista tal qual Hemingway, membro honorário da "geração perdida"... ambos pareiam no artesanato cru e intimista dos personagens e na criação de enredos envolventes e modernistas. Enquanto Hemingway é conciso em cada frase como um acorde de João Gilberto em seu violão, Dos Passos é untuoso como o bom azeite português, tem o foco mais aberto, passa em revista as manhas e entranhas dos grandes negócios corporativos e acompanha passo a passo a evolução dos seus personagens em diferentes planos. Não deu a mesma sorte de Hemingway, chamou menos a atenção do grande público, era pouco chegado a mesa de bar e a peripécias do macho alfa que gosta de caçar, guerrear e assistir touradas, e encerrou a carreira com um tiro de fuzil na cabeça... menos aventureiro do que Hemingway, Dos Passos começou a escrever jovem e socialista, com a velhice apegou-se a correntes reacionárias. Aliás, os dois se encontraram no *front* da Itália, beberam todas e aprontaram juntos. Eram motoristas de ambulância na Primeira Guerra, e o mundo literário e documental ganhou um monte de relatos que um e outro escreveram sobre o tema".

"E ambos nasceram na última década do século XIX, a mesma de Henry Miller. A mesma, também, de F. Scott Fitzgerald[27], cuja carreira interrompeu-se aos 44 anos, idade em que boa parte dos escritores célebres penava ainda no anonimato. Preciosista na lapidação de palavras e romanesco nos enredos, Fitzgerald recheava com elegância e método a loucura e as bebedeiras da burguesia opulenta dos anos 20 e 30, e seguiu os passos de personagens que modelou, vencidos pelo álcool".

Mais uma pausa. Observo o grupo de capas-pretas, imóveis e silenciosos, assemelhados a morcegos de cabeça para cima. Sem esconder a excitação, exclamo:

"Ocorre, senhores, que essas quatro sumidades que citei devem baldes de inspiração e estilo ao médico francês Louis-Ferdinand Céline, expoente da mesma safra literária, um extraordinário *vintage*. Ferido no front da Primeira Guerra e simpatizante da eugenia nacional-socialista na Segunda, Céline era dotado de poderio intelectual para criar relatos sísmicos e avivar com seu talento o Iluminismo gaulês. No entanto deixou-se embaçar, no ritual de passagem, pelo vapor mefítico emanado do abismo totalitário – e decaiu ao sobrevoá-lo em círculos, como um anjo de asas tortas, na inútil tentativa de decifrar o código-fonte da sandice humana elevada ao grau de catástrofe!"

Não encontro refutação a tal arroubo e prossigo no modo *prise* para avançar o mais longe possível, antes que algum membro do grupo se dê conta do truque retórico e mude a direção da conversa ou simplesmente se desvaneça no ar.

"Sim, Céline tentou decifrar as inscrições entalhadas na pedra infernal que vislumbrou no poço da sordidez, e se alinhou com os verdugos em infames libelos racistas. Ousou descer até o fundo e não perdeu a viagem, fez-se arauto dos entes ignóbeis ao decifrar os códigos e pulsões que os mobilizam, catalogou os principais demônios da época – e não eram poucos! Deixou-se inocular intencionalmente pela peçonha deles para embrenhar-se nos mistérios valpurgianos e trazer à tona os seus nomes, perfis e rituais, traduzindo em palavras legíveis os horrores do seu tempo!"

Interrompo o ditirambo ao perceber que estou indo demasiado longe e corro o risco de perder a atenção dos corregedores, impelindo-os a retornar ao lugar de onde vieram. Mas não, eles me dão corda com um silêncio obsequioso, o que significa não lhes desagradar a linha do discurso nem arrefecer a curiosidade. Noto, ademais, que a voz interpelante, conquanto acurada nos méritos dos favoritos por ela lançados no colóquio, não consegue disfarçar o sotaque arrogante e bravateiro dos que desdenham o que se escreve abaixo da linha do Equador. Pior para eles, decido. Com os brios feridos, emudeço a menção aos pioneiros e insurgentes do modernismo gringo e agito na linha de frente o estandarte auriverde.

"Mas vejam, senhores... nenhum desses cabras que eu citei se compara com a maestria de Guimarães Rosa[28] para modelar em criativas palavras os tipos psicológicos mais singulares e esculpir cenários de tocante brasilidade nas veredas mineiras e baianas; e o que dizer do regionalismo épico de Ariano Suassuna[29]? E quem há de negar que a epopeia de Euclides da Cunha[30] sobre a Canudos de Antônio Conselheiro rivaliza os rincões ressequidos do Nordeste com a fissão literária da queda de Tróia, imortalizada por Homero, com o relato imponente de Herodoto sobre as invasões persas na Grécia e com a crônica de Tucídides sobre a Guerra do Peloponeso?"

O entusiasmo me faz eloquente. Sigo adiante no tema belicista, pronto para desabilitar qualquer interrupção.

"Eis aí, senhores, Euclides descortinou para o mundo a legião de anti-heróis que empunhavam a clava messiânica da sobrevivência à crueza ambiental! Subnutridos e mal armados, os conselheiristas puseram para correr três expedições enviadas dos quatro cantos do país para extinguir o foco da insurreição utópica nos ermos sertanejos. O ambiente árido abraçou com poeira e espinhos os invasores numerosos e equipados e acolheu por igual, no mesmo solo, os corpos dos vencedores estropiados e dos vencidos que caíram de pé. Estes, sitiados nos escombros da cidadela bombardeada dia e noite, ao fim sucumbiram aos assaltos massivos das tropas federais, que estriparam e degolaram prisioneiros e aniquilaram pelo fogo a Tróia de taipa, a Belo Monte que não se rendeu!"

Apresto-me, assim, animado pelo espírito insurgente do jagunço, para combater na rinha literária com as armas nativistas de Gregório de Matos, Gilberto Freyre, Monteiro Lobato, Graciliano Ramos, José Lins do Rego, Jorge Amado e os modernistas da pauliceia, expoentes que, em ângulos variados, instilaram o germe libertário no âmago das clausuras culturais e expuseram ao sol o mofo das mentes retrógradas. Afadigou-me, entretanto, a releitura do ilibado Machado de Assis, cuja extensa, profunda e bem lavrada obra prodigaliza polainas, bengalas, luvas e cartolas, não me sendo suficientes a fina ironia e o estilo apurado para arejar os sobrados das convenções. Penso, por fim, em ventilar os desvãos do bolor velhaguardista com as peripécias insulares do Caboco Capiroba, na Itaparica mítica de João Ubaldo Ribeiro:

em seu cercadinho de pau-a-pique no fundo da maloca, o caboclo engordava os soldados holandeses que capturava nas sendas da ilha, garantindo na mesa da família a carne branca que era para ele um supremo manjar.

Pego embalo e vou em frente na investida. Passo batido por Nelson Rodrigues[31], o lendário intérprete da bandalhice nacional, peço passagem às entidades sul-americanas Jorge Luís Borges e Gabriel Garcia Marquez e pulo umas décadas, depois de nadar no caldeirão multicultural dos anos 50 e início dos 60 e sua galáxia de celebridades da literatura, música, artes plásticas, dança, teatro, cinema e arquitetura. Época em que foi criado na Cidade da Bahia "um ecossistema propício ao aparecimento, à formação e ao desenvolvimento de uma personalidade cultural criativa que se encarnou em artistas-pensadores (...)", no dizer do antropólogo e polemista Antonio Risério[32]. Desfila nesse index uma plêiade estelar, uma geração constelada por nomes do quilate de Mário Cravo Júnior, Carybé, Carlos Bastos, Pierre Verger, Martim Gonçalves, Lina Bo Bardi, Ernst Widmer, Walter Smetak, Hans-Joachim Koellreuter, Genaro de Carvalho, Jenner Augusto, Calasans Neto, Juarez Paraíso, Sante Scaldaferri, Emanuel Araújo, Udo Knoff, Diógenes Rebouças, Anísio Teixeira, Milton Santos, Lev Smarcevski, Walter da Silveira e Edgar Santos, o reitor visionário que preparou a terra para a semeadura de talentos.

Cumprida a etapa precursora, mergulho de cabeça no que mais me interessa: a cultura "do contra" que sobreveio a essa primeira onda, quando os pilares do *establishment* consumista do pós-guerra foram corroídos por uma descoberta acidental do químico suíço Albert Hofmann. E o professor Timothy Leary, psicólogo, neurocientista, escritor, futurista, ícone libertário dos anos 1960, ficou famoso como sumo-sacerdote dos efeitos terapêuticos e espirituais do LSD. Proclamou que os Beatles, embalados pelo ácido, abriram a cultura pop com a banda do clube dos corações solitários do sargento Pimenta, e seus livros e pregações viraram de ponta-cabeça as mentes de milhões de jovens em todo o planeta. Foi considerado pelo presidente Nixon como "o homem mais perigoso da atualidade", e o sistema o colocou atrás das grades entre 1970 e 1976. Aproveitou para escrever livros, e suas palavras voejaram pelo mundo.

Os ventos libertários do Hemisfério Norte sopraram na janela do cineasta baiano André Luiz Oliveira, inspirando-o a partejar, em 1969, "Meteorango Kid: herói intergaláctico". O cinema novo de Glauber Rocha e o cinema marginal de Rogério Sganzerla, linhas avançadas do *front* cinéfilo, ganhavam reforços da psicodelia no descarrilamento da cultura sonífera, careta e patriarcal.

Anárquico, telúrico e disruptivo como bolas de bilhar em canaletas de zinco, o movimento rolou, incontrolável, por toda a década de 70 com a estética polimórfica e vanguardista de Caetano Veloso, Gilberto Gil, Torquato Neto, Tom Zé, Rogério Duprat, Hélio Oiticica, Zé Celso Martinez, Tuzé de Abreu, José Carlos Capinan e os mais que vieram. E os "idos, tidos, ditos, dados, consumidos e consumados atos motores"[33] alçaram-se de experimentalismos de fronteira para fenômenos midiáticos. Avessos ao conformismo de águas rasas por um lado, e às nuvens de chumbo da repressão pelo outro, os nômades utópicos cruzaram a linha bipolar do ideologismo e palmilharam com gosto as liberalidades hedonistas, prodigalizando a transgressão criativa e o requebro na estética quadrada.

Um pouco antes de abrir o bico de gás no banheiro de seu apartamento, no final de 1972, Torquato desfolhou os poemas e os foi lendo em voz alta para que moradores do prédio o ouvissem, lançando pela janela cada página declamada. Caetano caminhou no sentido contrário aos ventos dominantes e espocou a bolha das virtuoses melódicas da dor de cotovelo, introduzindo no letrário nacional a solaridade quase-dezembrista sobre bancas de revistas e o neoconcretismo herético de coca-colas, espaçonaves e guerrilhas. Seguindo esse mesmo curso, Luzia Luluza, ópera-táxi intimista de Gil, mapeou a largueza da avenida tropicalista que à frente se abria.

E sobrevém o mosaico épico da época: no bairro do Curuzu, Antonio Carlos dos Santos, o Vovô, recebeu de Mãe Hilda, do terreiro Ilê Axé Jitolu, o legado espiritual e cultural para fundar, em 1974, a nação Ilê Aiyê, que fez desfilar nas ruas e praças de Salvador os valores profundos, a arte, a beleza cênica e o ludismo da africanidade. O filósofo, místico e designer Rogério Duarte, que ornou a senda tropicalista com o seu figurativismo coruscante, sofreu na carne e na alma as atribulações dos entes trevosos da repressão e emigrou para a luminância védica de Krishna; o pá-virada Gramiro de Mattos recebeu caboclos totêmicos na ilha de Itaparica e forjou um título insuperável para um livro impenetrável: "Os morcegos estão comendo os mamões maduros"[34]; o cosmofotógrafo Mariozinho Cravo resolveu sentir na pele a cena underground de Manhattan no final dos anos 60 e início dos 70 (época em que o pintor e performer Andy Wharol e o cantor Lou Reed esnobavam os hippies solarizados da Califórnia), e expôs a mostra futurível *Butterflies and Zebras*. Enquanto isso, o seu parceiro Gordilhão internou-se no hospital Espanhol, em Salvador, depois de passar toda uma noite em desavenças com os diabretes que subiram no telhado da casa pelo tronco de um mamoeiro.

Eu passeava entediado pelo Porto da Barra naquela tarde de sábado, e resolvi visitá-lo. Percorri o corredor até achar o número do quarto, empurrei a porta entreaberta e encontrei-o estirado na cama, o corpo de quase dois metros com a coberta puxada até o queixo, a face pálida como uma vela de cera. Ao me ver, fez com o dedo nos lábios o sinal clássico de psiu, não me deixou falar. Ergueu-se do leito de ferro esmaltado, abotoou o pijama e me conduziu pelo corredor até o varandão da frente do prédio, sem trocar palavra. Havia um belo crepúsculo e contemplamos o sol se pôr lentamente por trás das colinas baixas da ilha de Itaparica. Só então ele se animou a falar sobre os pequenos diabos vermelhos que o assediavam.

– Totalmente fantástico, Lula! O telhado de minha casa estava infestado por uns entezinhos horrendos e ridículos, pareciam aratus de mangue... e não ficou por aí, descobri que eles se replicam a partir do nada e se espalham por toda parte! Hoje, quando acordei, percebi que me espionavam pela telinha da TV... corri para desligar o aparelho, mas sei que eles continuam lá à espreita, esperando que eu dê vacilo e abra uma brecha! Quem os enviou? Como é que me acharam? O que querem de mim? – lamuriou-se.

E assim corria o baile, ao tempo em que o buraco negro da brutalidade policial e da caretice comodista deixava-se inundar pelo tsunami contracultural que invadia as praias e rincões da Bahia, do Rio e de São Paulo. Nessa levada, o músico Raul Seixas foi torturado para entregar aos inquisidores os nomes dos subversivos da "sociedade alternativa" que ele próprio idealizou, e o poeta Waly Salomão, submetido, como Raul e Rogério Duarte, à maquininha de choque elétrico nos porões infernais, agonizou em carne trêmula a cada volta da manivela, e pariu o livro-conceito "Me segura qu'eu vou dar um troço" para relatar os abismos da prisão superlotada onde foi jogado depois de um flagra por porte de maconha. Descobriu que "na cadeia tudo é proibido e tudo o que é proibido tem"[35]. No embalo da vertigem tropicalista, Waly compôs os petardos Vapor Barato e Mal Secreto, em parceria com o cantador Jards Macalé, no comecinho dos anos 70, com os quais o gorjeio cristalino da musa Gal Costa, no show Fa-tal, cantou a rima atordoante da loucura com a agonia e criou um microcosmo, uma bolha de luz e desbunde no teatro Tereza Rachel, na Zona Sul do Rio, em pleno terror da repressão, quando pessoas sumiam do mapa e Gil e Caetano estavam no exílio em Londres. Romarias de telúricos e loucos geniais mantiveram a plateia lotada em longa temporada, noite após noite, e o próprio grão-sacerdote da Bossa Nova, João Gilberto, que não concedia ser visto em locais públicos, foi flagrado mais de uma vez acompanhando o show numa discreta cadeira no fundo do palco.

Sob as nuvens de chumbo da repressão, nada pareceu tão

revolucionário na época como Caetano Veloso e Chico Buarque cantando juntos e ao vivo no show apoteótico no Teatro Castro Alves, em novembro de 1972. O ideário tropicalista fervia na estética delirante das letras e até no silêncio eloquente do vate santamarense, recém-retornado de Londres, que, ao impronunciar a palavra censurada "brasileiro" ao fim de uma estrofe, sacramentou o sentido político da música Partido Alto, de Chico. Nesse lendário encontro ante uma plateia clamorosa, nunca antes o comedido Chico foi tão desbundado, e nunca antes o requebrante Caetano foi tão Chico.

A atriz e modelo internacional Vera Valdez, que também passou pelos porões da tortura por alegado porte de um papelote de cocaína, deu o bizu dos tempos de riponga: "Arembepe era a *moda nu*. Soninha Dias trabalhava numa revista de Tarso de Castro, eu também colaborava e ele me pediu um dia para escrever sobre a moda livre. Ora, moda livre! O que seria a moda livre? Moda livre é o nu!! Arembepe foi o ponto alto do final dos 60 e início dos 70, onde se exercia a moda livre. Íamos para a praia pelados, vivíamos em comunidade e tinha gente de todo lugar, tudo doidão, careta não dava pé!"[36]

Tantos foram os que desencarnaram no ápice da caminhada vanguardista, tantos outros que se perderam em becos sem saída, outros tantos ainda que desvendaram novos caminhos e jeitos de ser e fazer, e deixaram legados pródigos e duradouros. Um desses caras, Lula do Grão de Arroz, fez do seu restaurante vegano, numa travessa entre a praça da Piedade e o bairro cercano dos Barris, o templo avançado da macrobiótica Zen[37], balanceando a saúde e a sanidade dos artistas, dos *outsiders* e das tribos alternativas com alimentação natural, filosofia oriental e equilíbrio entre o yin e o yang. No dia da inauguração, Lula Wendhausen, à frente da fila que se formou para o rango, foi o primeiro cliente a receber no prato a sua porção de arroz integral básico com nituke de bardana ao molho de soja e cenoura ralada, secundados por chá de raiz de lótus.

A roda da memória não parou de girar, e o andarilho enclausurado continua a desfolhar a bandeira para os corregedores literários que o visitam no bunker a 15 palmos de fundura na zona central de Amsterdam: o diretor teatral João Augusto alçou o teatro Vila Velha à ribalta como berçário de talentos estelares e caixa de ressonância cênica e musical no país; e a energia cosmogônica da ilha de Itaparica inspirou o beletrista João Ubaldo Ribeiro, que tão cedo nos deixou, a escrever a saga imortal "Viva o povo brasileiro[38]"; no Corredor da Vitória, o diretor Rolland Schaffner garantiu o Instituto Brasil-Alemanha como território livre onde a inteligência baiana circulava, sob o cerco feroz dos prepostos e alcaguetes da ditadura; a pouco mais de uma centena de metros da enseada onde Tomé de Souza desembarcou em 1549 com um projeto para o Brasil colonial, no Porto da Barra, o *night man* Charles Pereira comandou, quatro séculos e algumas décadas depois, a artistagem e a boemia da cidade nos agitos noturnos do charmoso Berro d'Água, por onde passaram expoentes de primeira grandeza.

E houve mais, muito mais. Álvaro Guimarães e Armindo Bião ajuntaram os cacos geniais do *under* baiano no tabloide Verbo Encantado, os irmãos Sérgio e Marcos Maciel abriram na ladeira da Barra Avenida o estúdio cult Lambe Lambe, o ativista multicultural Sérgio Siqueira estetizou em fotos e colagens a loucura anárquica do cotidiano na exposição Por Prazer, no Solar do Unhão; o etnólogo Pierre Fatumbi Verger cruzou caminhos com o designer Enéas Guerra e a fotografia inspiradora se fez livro de arte, e os Novos Baianos enrolaram em um só baseado João Gilberto, Jackson do Pandeiro e o rock telúrico-nativista de Pepeu Gomes e Baby Consuelo; Moraes Moreira reinventou o carnaval de rua, colocando voz no trio elétrico; o cineasta Lula Wendhausen promoveu um tomataço na beira do Dique do Tororó, na filmagem do superoito A Barca de Noel; o nativo My Friend foi elevado ao status de guru por mochileiros desbundados na praia de Berlinque, e o guitarrista Lanny Gordin surtou e ateou fogo nas próprias mãos.

Bem no espírito daqueles tempos de vertigem, sumarizados em um livro não menos revolucionário lançado cinco décadas depois por Lula Afonso e Sérgio Siqueira, "Anos 70 Bahia"[39], os anos loucos em que a geração anárquica saiu de casa para virar o *establishment* de ponta-cabeça, em cruzada libertária antropologizada por Risério, para quem o LSD foi a pedra filosofal da contracultura[40], Joildo Góes, o Tuareg, atiçou o imaginário coletivo com o retrato falado de um avistamento de discos voadores na orla de Salvador e em Arembepe, muito em moda na época. Provocado, Joildo não negou fogo e conta o que viu:

> Eu, Mario Lorenzo e Norival saímos de uma boate nos Aflitos e seguimos com destino a Amaralina pela orla, onde deixaria Norival e depois seguiria via Brotas, onde deixaria Lorenzo. Logo depois do quartel, avistamos uma luz arredondada, ladeada por dois anéis azul-diamante, lindíssima. Mario ficou com medo e não quis saltar do carro, acompanhou-nos até o Largo de Amaralina, onde encontramos umas cinquenta pessoas aglomeradas, todos boquiabertos ante o espetáculo! Paramos o carro, saltamos e ficamos a admirar aquela luz maravilhosa no céu. Depois de uns dez minutos o objeto continuava no lugar e chegou Saback, um amigo que morava na ladeira do Acupe, muito ligado em armas de fogo. Ele ficou louco com o que viu, sacou uma pistola e apontou em direção à luz, estacionada a uns 600 metros da superfície, e detonou! A reação se deu no segundo tiro: a luz deu um giro para a esquerda e ele continuou metendo bala, no total foram seis tiros, até que a luz desapareceu em direção ao mar. Todos em estado de choque, impressionante! Daí que a notícia correu rápido e a Rádio Sociedade nos convidou a narrar o ocorrido. Foi um sucesso da porra! Voltamos com muitos amigos para rever o fenômeno e seguimos até o aeroporto, Salvador estava com pouco tráfego na orla, era outra cidade, quantas saudades! Paramos o carro antes do aeroporto e caminhamos mansamente até o muro da Aeronáutica. No que estávamos lá, admirando aquele espetá-

culo, chegaram três soldados e nos levaram à sede do comando, para explicarmos o porquê de tanta gente. Esclareci tudo e convenci um oficial (acho que era major), que determinou a saída de um avião médio para ver aquilo de perto, no céu. Vimos a decolagem e a aproximação do avião à luz. Ela voltou a desaparecer. Daí o major nos liberou, pegou o carro dele e se picou para casa, assim como eu e uma porrada de amigos! Não demorou muito tempo e rolou de novo a estrela luzente em Arembepe, em 1971, anunciando que a Nova Era estava a caminho! A era do amor, das auras, dos milagres e da criação, modelando donzelas, lagos, uvas, flores, crianças e cisnes!

Interrompo a leitura desse relato que atravessou dois continentes na mochila, ergo os olhos e percebo que estou falando com ninguém. Ao que parece entediados com o rumo do palavrório, os espectros corregedores haviam abandonado, em silêncio e sem deixar rastros, o meu covil de reflexões. No vácuo daqueles visitantes ilustres, comento com os meus botões: "Escutem bem, não carece de provar nada, está tudo aí, tudo falado, cantado, gravado e escrito". Tento, assim, arrumar nos escaninhos do pensamento esse intrincado painel em que as peças insistem em escapulir pelas bordas, cada uma para um lado, como caranguejos desatados de uma corda.

Algumas décadas à frente, menos tempo do que o Diabo leva para piscar um olho, o diretor de teatro José Celso Martinez colocou seus atores para desfilar nus, em procissão, nas ruas da Canudos ressurreta. E a figura mítica de Antonio Conselheiro foi enrabada simbolicamente em cena, pondo a cidade em estado de choque. Mas o atrevimento performático não segurou o rojão e os retrógrados estavam de tocaia, a postos para dar as cartas ao menor vacilo: o planeta não só voltou a encaretar, como apressa a marcha em direção ao despenhadeiro. Sob as bênçãos complacentes da geração que fez escolhas erradas e alçou ao poder flautistas desafinados, o rebanho é conduzido até a borda. O sistema venceu e foi mais longe do que previu o músico Tom Zé: a educação aviltante na base da pirâmide emprenhou a cultura da horda, à qual a comunicação de massa se deixou subjugar dócil e lucrativamente e hoje se multiplica em sofrências fúteis, pagodes levianos, funks quadrilheiros, rancharias água com açúcar e gospels lavacionistas.

De repente tudo se tornou estranho, a cultura involuiu e poucos se tocaram ou fingiram dar importância ao deserto de ideias que sobreveio à mobilização vanguardista que iluminou por quase duas décadas a segunda metade do século XX. Concluo que o eclipse de protagonismos na cultura e na arte do "nosso antigo Estado" deriva menos da criatividade acomodada – ou amancebada com os vendilhões – do que da autofagia oportunista e vaidosa dos que erguem altares aos bezerros de ouro do consumismo. Incensam enlatados de ocasião, encadernações vistosas e esquemões paroquiais e escanteiam o mérito dos que insistem em manter a cabeça acima das águas estagnadas do conformismo. Cenário em que a crítica midiática encastelou-se em capitanias literárias nas redações decadentes e a cobertura das artes na Bahia naufragou a si própria em panelinhas rasas. Nesse clima de "farinha pouca, meu pirão primeiro", os mamulengos do medievalismo se deslocaram das coxias, onde ninguém lhes prestava atenção, para as posições de comando na boca de cena, onde formaram falanges que se valem da tecnologia das redes sociais para propagar o que lhes apetece: embromar, difamar, prevaricar, degradar, desmatar, poluir, surrupiar, ultrajar, rebaixar, humilhar, ameaçar, demonizar tudo o que se relaciona à razão, à sensibilidade e à arte, começando por pisotear as flores do jardim de Voltaire[41].

Fecho com um estalo seco o livro de Henry Miller que deu ignição a este interlúdio voluntarioso e mal alinhavado, não mais que um vodu exorcista para me aliviar do lombo a carga pesada da cultura letrada, que ganhou pressão desmedida e me assombra, nas funduras da noite, com tochas ardendo e espectros dançando em volta de totens negacionistas. "Tudo é cultura, inclusive a negação da cultura!", consolo-me. Abraço, por gosto, o ludismo anárquico e transgressivo da artistagem e me esforço para cumprir a parte que que me toca, se é que alguma parte me toca. Com o controle remoto da TV pousado na barriga, luto para que as unanimidades burras que me assediam o espírito não logrem entortar o livre-arbítrio com sectarismos casca-grossa, acuado que estou nesta ridícula cafua subterrânea.

Farejo o embotamento coletivo dos humanos sem eira nem beira e dos ativistas caçadores de oportunidades, os medíocres que fizeram naufragar o legado contracultural no afã de defendê-lo. Incorporo, de forma igual ao parceiro acidental em uma mesa de bar na Oktoberfest, a loucura como praxe organizadora da normalidade. E, como ele, concluo que a realidade cotidiana não passa de um filme ruim. Avanço, ainda, no entendimento de que "o próprio Inferno pode parecer estranho e desagradável aos que nele estrearem". Mas, com o tempo, adaptar-se-ão ao ponto de acharem anormal o que destoar de suas rotinas.

Homem dividido em dois, ouço os tics e os tacs de relógios desparelhos e assíncronos, cada pulso percutindo um fragmento binário da realidade errante. Estranhas conjunções neste mundo que diariamente pisoteamos e nele somos pisoteados, sempre e sempre.

TRANSBORDO 3

Estilhaços e mirações

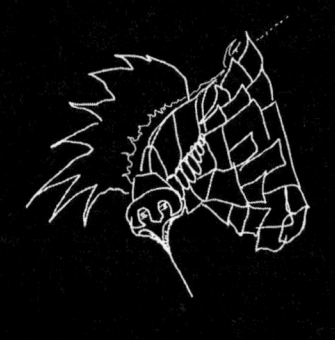

*Eu era onda, eu era partícula,
eu era viagem.*

A dádiva do desembarque

Engulo uma pílula para provocar o sono. Os humores estão atiçados e continuam seu balanço bipolar, de um lado para o outro, como uma gangorra apinhada de meninos no parque de uma cidade do interior: ora um suspiro relaxante pende o humor para um lado, ora o entesamento que impele à atividade pende-o para o outro. Abro o campo para os devaneios que pululam na mente como tainhas prateadas na ilha onde o eu-criança foi bafejado pelos primeiros surtos de inspiração, nas praias onde mexi nas conchas e nelas identifiquei marcações do código-fonte da vida e os arcanos nascituros da estética. Praias onde perambulei nas formações de corais quando a maré estava baixa, e, mergulhando na água morna das poças, redescobri as plenitudes do mundo uterino.

"Ora, para que serve tudo isto?", era a pergunta da hora. A resposta veio saturada de obviedades: o projeto de escritor sobreviveu aos traumas primais de encaixe no mundo hostil que o recebeu e embarca com gosto, sempre que pode e onde quer que esteja, para o território livre e sagrado dos símbolos e encantamentos. E nesse território separei um recorte vívido, uma reminiscência de intenso teor afetivo.

Era assim que era: no meio da tarde de um sábado, eu rondava a velha ponte de madeira, perscrutando as lonjuras das águas da baía, ávido por identificar no horizonte o primeiro sinal da lancha que fazia a linha Salvador-Amoreiras-Itaparica, com paradas eventuais onde houvesse passageiro a desembarcar. Uma mancha escura, afinal, se formou do nada e cresceu lentamente. Quando não restava dúvida de que era a Gaivota, aumentando de tamanho até ser possível identificar suas cores vivas, ou o Avante, com seu casco preto de ferro, ou, ainda, a bojuda e veloz Belanizia, qualquer que fosse a embarcação, eu mal continha o ímpeto e disparava os pés descalços até a cabeceira de atracação, onde, depois de uns minutos de ansiosa espera, imergia os sentidos nos movimentos e ruídos que se aproximavam com a carcaça balouçante e fumacenta, um mundo cheio de vida em oscilação, bolha formatada em casco de madeira. Dava-se, então, a desaceleração do motor ao retinir do sino de comando, orientando a atracação rápida para deixar um passageiro em Bom Despacho. Enseada paradisíaca então ocupada pelas instalações de uma cerâmica de telhas e tijolos, ladeada por uma minúscula igreja da época colonial em que ali existia um lazareto, um pátio preenchido por pés de fruta-pão seculares e meia dúzia de casas. Ali eu vivi entre os seis e oito anos.

E a lancha encostava na ponte, ao som acelerado do motor em reversão, até atingir a estabilidade balouçante junto à estrutura. A corda de atracação era atirada pelo marujo musculoso de chapeuzinho branco e eu me sentia varejado pelos olhares dos passageiros aboletados nos bancos compridos, mareados pelos balanços na travessia da baía e pela fumaça oleosa do motor rascante, que emergia do escapamento na popa, quase na linha d'água, e invadia a cabine.

"Que menino esquisito é esse aí, de onde saiu?" Alguém há de ter se perguntado ou ajuizado... posso imaginar os pensamentos daqueles entes que me olhavam, curiosos decerto com as minhas roupas, o boné com a aba arregaçada para cima, os olhos apertados pela luz do sol, o calção e a camisa de uma mesma estampa, vistosa e por vezes floral, originada de vestidos da mocidade que minha mãe desfazia e com os tecidos costurava as peças que eu e minha irmã usávamos.

Acontecia, então, o momento mágico em que a figura dourada do tio Eduardo irrompia do interior do barco e saltava para o cais como um ente olímpico, um semideus desembutido num flash vigoroso, equilibrando embrulhos em uma mão e a sacola de viagem na outra – desta, especialmente, eu não tirava os olhos e, com o sorriso aberto de orelha a orelha, avançava para abraçar as pernas do navegante pródigo e dar-lhe boas-vindas.

Possuía-me, então, uma fervilhante alegria e, não menos, uma inconfessável ansiedade. Aquele salto do barco para a terra-firme era a epifania, tal qual a representação da Capela Sistina: no teto do meu templo interior, o Criador estará por certo transmitindo de sua nuvem celestial a graça suprema do conhecimento, inserida entre as pontas do indicador e do dedo médio – uma revista em quadrinhos, a mim concedida como dádiva, sempre que aquele arcanjo louro e sorridente, o tio, saltava, nos sábados à tarde, da lancha vinda de Salvador.

Caminhando a meu lado na extensão da ponte, ele adivinhava os meus pensamentos, mas não perdia a chance de aplicar uma pegadinha no sobrinho que dizia favorito: delongava-se em pronunciar qualquer palavra ou fazer menção ao que eu ardia por saber e, algumas vezes, exerceu a cruel regalia de proclamar, batendo teatralmente a mão na testa, que, na correria do embarque, esquecera de comprar o bendito gibi. Em um momento como aquele era mais que previsível o meu esgar de decepção e reconhecerei, para sempre, o pavio curto da compaixão do tio – que o levava a reverter o dito cruel e a retirar da sacola, em rápido movimento, a revistinha de capa luminosa sob o sol da tarde e, com um arco de alegria nos lábios menor apenas que o meu, passava para minhas mãos a oferenda áurea. Metamorfoseada em páginas coloridas cujo título e capa eu já devorava ao me caírem nas mãos, alheando-me do mundo e tropeçando aqui e ali no caminho, não tirando por nada os olhos das historinhas até chegar em casa, onde, estendendo-me na primeira rede, cadeira ou batente que aparecesse em frente, seguia a leitura até o final da última história sem que houvesse força suficiente para me mexer do lugar, incluindo a convocação de minha mãe ou os bramidos do pai, para me sentar à mesa do jantar. Antes de obedecer, eu já virara e revirara pelo avesso as aventuras, cheirara a tinta das páginas, esquadrinhara de frente para trás e de trás para a frente o mosaico de imagens multicores que pulsavam como se vivas estivessem. E para mim elas estavam. Era o momento em que a cultura do mundo civilizado do além-mar sobrepujava os apelos sensoriais da natureza, impondo irresistível domínio aos neurônios em formação no hemisfério cerebral esquerdo, aquele que pensa, escolhe e dá nome às coisas, e também na sua contraparte no lado direito, nos patamares da entrega e da contemplação.

Na boca da noite de um daqueles sábados, sentado em um tamborete e olhando o tio enfiar-se no chuveiro, lembrei do trauma ocorrido duas semanas antes, na tarde em que ele me trouxe de volta para a ilha, depois de cruzarmos a baía para eu ir ao médico e visitarmos parentes em Salvador. Com a maré baixa, a viagem de retorno se deu no João das Botas, um dos navios da Companhia de Navegação Baiana que fazia a linha de Itaparica, na ponta norte da ilha. No percurso, a parada mais próxima de Bom Despacho era Amoreiras, uma populosa vila de pescadores. Não havia cais e uns saveiros pequenos, movidos a remo, acercaram-se para recolher os passageiros ficantes e levá-los à praia. Lá estava o pequeno eu atento ao transbordo, segurando com firmeza as mãos do tio, em meio ao movimento das pessoas que se aglomeravam na portada de desembarque.

Naquela tarde havia um bocado de passageiros e bagagens, e o primeiro barco que encostou no navio saiu lotado, balançando. Quando chegou a nossa vez, no segundo barco, o tio suspendeu o meu corpo magro e o passou para um remador colocar-me no banco, em meio ao sobe e desce das ondas parrudas sopradas pelo vento nordeste da tarde. E não parava de entrar gente, os corpos se apinhando nas três fileiras de bancos e as bagagens na área central. Finda a transferência, o navio soou o apito e acelerou o motor no rumo para o porto final, enquanto no barco o condutor e o ajudante puseram-se a remar vigorosamente em direção à praia, onde se estendia a linha de casas e as colinas baixas mais atrás. Devia dar pouco mais de cem metros até a terra firme e os ocupantes se acotovelavam nos bancos estreitos. As ondas por vezes quebravam por cima do costado, que estava a somente um palmo, se tanto, da linha do mar. A situação se complicou no meio do caminho, quando uma sucessão de vagas altas despejou jorros de água dentro do barco e os passageiros, inquietos e tensos, contrabalançavam com os corpos as oscilações. A uns dez metros da praia, a calafetagem de estopa e alcatrão entre as ripas do madeirame não resistiu e abriram-se brechas por onde mais água esguichou para o interior casco. Coletes salva-vidas, nem pensar naqueles tempos. Mulheres gritaram e invocaram santos e orixás, um princípio de pânico estabeleceu-se e alguns exclamaram não saber nadar. Ao contrário deles, eu sabia muito bem lidar com as águas, nadava e mergulhava com gosto e leveza, o que não impediu o pavor coletivo de se infiltrar na minha mente em forma de vertigem, o coração disparou e lágrimas me rolaram face abaixo. O tio me fitou bem de perto com os seus olhos de um azul claro e intenso, apertou com força o meu braço, forçou um sorriso e me encorajou: "Não tem nada não, não se preocupe, veja lá, já estamos chegando na areia!"

Ainda que inundado, o barco conseguiu flutuar até onde os pés atingiam o chão. Uns três ou quatro homens pularam rápido para fora, com água pela cintura, ajudando a levar até o ponto de encalhe os restos flutuantes e os quase-náufragos encharcados. Folheio esse registro na memória e reexperimento a indelével sensação de segurança ao sentir sob os pés a areia firme da praia, ao ser nela depositado por braços fortes.

Ruminando tais flashes enquanto o tio se ensaboa, sinto voltar à tona o medo excruciante que me paralisou naquele final de travessia, e me acabrunha o significado da morte, a aniquilante suposição do barco ter afundado e eu me afogado. Depois enfiariam meu corpo em um caixão onde eu ficaria para sempre deitado embaixo da terra, sem nada ver e nada sentir. Acometido pelo pavor do impensável, pela ideia absurda de deixar de existir, pergunto ao tio:

– Se aquele barco de Amoreiras afundasse antes de chegar na praia e eu morresse, não ia dar mais para ver minha mãe, meu pai, minha irmã, não é?

O tio parou por um instante, refletiu, não encontrou paliativo àquela questão direta e inoportuna, e admitiu:

– Sim, sim, isso é verdade... com a morte a gente se apaga, como uma vela que não pode mais ser acesa... é igual a dormir e não acordar... é como mergulhar numa escuridão em que a gente nada sente e nada vê... – aqui, ele interrompe e tenta aliviar a carga – mas, como a pessoa vai estar morta, os sentidos também não existirão e não vai haver quem possa sentir agonia, dor ou saudade... quando se morre, o pensamento acaba e o sofrimento também nos deixa, como tudo o mais.

Fecha a torneira. Com a toalha na mão, observa a minha face transida e recorre ao tradicional argumento aliviante.

– Mas veja bem, isso acontece somente com o corpo. As almas dos meninos são encantadas, quando morrem voam direto para o Céu e ficam passeando no meio das nuvens, brincando com os anjos!

Não senti tanta certeza, não pisei na terra firme de tais confortos de almanaque, ele próprio proferiu tais palavras sem o peso da convicção. Para mim, falou mais alto o agnosticismo meia-sola de ambas as bandas da família, católicos por tradição mas pouco entusiastas de convicções, hóstias e penitências. Uma parte deles certamente oriunda de cristãos-novos, os clãs semitas saqueados e convertidos na marra para não serem atirados nas grelhas da Inquisição. Deduzi tais conexões décadas mais tarde, quando ingeri uns cogumelos no pasto e me liguei na centelha cósmica das religiões orientais. Todo esse conteúdo envolto na casca da cultura, tornado quase instinto, o suficiente para cunhar atitudes espontâneas e táticas de sobrevivência em ambientes hostis. E eu não passava de um menino na idade dos porquês. Perguntei, então:

– E você, tio, também vai morrer?

– Claro que eu vou morrer. Todo mundo tem que morrer.
– E minha mãe também vai? E o meu pai?
– Sim, todo mundo que você conhece, todas as pessoas, o papa, os jogadores de futebol, os operários da cerâmica, os desenhistas de histórias em quadrinhos, as galinhas do quintal, os remadores do barco, o capitão do navio, tudo. Basta estar vivo para um dia a morte aparecer e levar!

Fiquei a pensar sobre de quem eu gostava mais, minha mãe ou meu pai, por qual deles eu ia derramar mais lágrimas, quando morressem. E havia também a irmã, convalescente, aos três anos, do atropelo por uma vagonete de tijolos que quase a levara ao convívio precoce com os anjos. O próprio tio, fumante inveterado, ocupava um lugar no topo da lista e amargaria a morte consciente e precoce uma década e meia depois. E se eu morresse antes, eles todos chorariam vendo o meu corpo estendido no caixão? Tomei o atalho clássico para acomodar tais ideias e não cair na heresia de pensar na morte dos meus pais.

– E todo mundo tem alma?
– Sim, cada pessoa tem a sua alma e é preciso cuidar para que ela não se corrompa, não se perca no caminho. É por isso que a gente precisa se afastar da gente ruim, dos malfeitos, das maldades, em especial dos pecados mortais, aqueles que nos condenam ao Inferno, o lugar onde queimam para sempre os que não se arrependem. Por tudo isso, você precisa rezar e se manter longe do que é errado... Na hora de ir pra cama, não esqueça de dizer as orações que sua mãe lhe ensinou!

– Como é que pode uma alma queimar para sempre? A eternidade é um tempo que nunca acaba, não é? Se Deus pode tudo, para que Ele precisa condenar uma pessoa, por mais malvada que seja, a queimar sem nunca ter descanso? Não dá para o pecador se arrepender e a alma dele ser perdoada, o castigo ter um fim?

Com tantas e tais perguntas sobre o impensável não-ser e o prenúncio insuportável das penas eternas e das presumíveis perdas afetivas, eu abdicava das almas individuais e das lonjuras do Céu e do Inferno, que, já naquela idade, atinava como zonas impenetráveis da escuridão insensível, onde ventos gélidos sopravam as faces dos que não mais existiam. Medo de morrer, sim. Eu tentava, encalhado no limiar do pânico, afastar da consciência o vislumbre do abismo que se abrira sob meus pés na agonia do quase naufrágio. Abismo a que se juntariam outros, preexistentes e supervenientes, formando o nadir, o buraco negro que se pôs a sugar, por décadas, o cerne da minha vitalidade.

O diabo meio hippie

Sábado, 7 de outubro. Na meia-luz da madrugada eu desperto de mais uma noite de sono irrequieto, com a sensação de haver enfiado a chave errada na fechadura que dá acesso aos cantos escondidos da alma. Deu para ouvir o clique malsoante e o mecanismo emperrando. Ergo a cabeça no leito e vislumbro, pela janela que dá para o poço de ventilação, os restos de um caixote de maçãs. Ou, quem sabe, o simulacro de um pequeno esquife. Poderia ser tecida em palha, a tal caixa, com os despojos do cesto flutuante em que o infante Moisés foi posto a deslizar nas águas do Nilo; poderia ser de alumínio, como a bacia em que fui aparado ao desembarcar no mundo, tendo o umbigo cortado pela parteira rural com uma faca de cozinha; poderia revestir-se dos metais de carbono nanomodificado que agasalham os primatas futuristas lançados no espaço, tanto faz. Se a história – ou o destino – não podem ser mexidos, resta confiar na guardiã Pandora: ela saberá o que fazer com o conteúdo da cesta que lhe foi entregue. E as coisas ficarão fora de controle, como estava escrito!

Estava escrito que o primeiro passo que levará ao portal da perdição pode ser não-intencional. Uma motivação mínima será suficiente para aproximar da pólvora a tocha acesa. Basta um espirro ou um olhar de esguelha para despertar a atenção do Diabo. Consta no *script* que qualquer humano pode entrar em regressão e abandonar no relento o seu bem mais precioso, no afã de que não lhe caiam nas costas os pingos ácidos das chuvas de outono. Estava escrito tudo isso e muito mais virá, página após página.

Contraponho a tais imagens depressivas o velho ardil de superá-las com evocações calorosas dos tempos do underground delirante. Eis aí uma chave que funciona e está sempre azeitada, abre fácil a fechadura que dá acesso aos túneis pulsantes da libido. Animado com o sucesso desse encaixe, abro o portal e desço a escadaria até os baixios da alma, por onde perambulo até escutar, vindo de um salão no fundo do corredor, o solo vigoroso do guitarrista Keith Richards, aquele cara que nunca morre. Está sendo tocada a música em que o vocal rascante do parceiro Mick Jagger bajula o diabo e exalta o lado trevoso com frases dúbias e abracadabras aliciadoras de abastança, transgressões e profanidades: o petardo *Sympathy for the devil*, este mesmo. Energizado pelo magnetismo blueseiro-antilhano da percussão e dos acordes, reflito que se Mick é o verbo cantante e requebrante, arauto e mestre de cerimônias da grande celebração pagã, Keith é o bode velho escondido em um socavão, o mensageiro da força sombria, o herege licencioso que se compraz em golpear, com suas botinas de couro de serpente, as portas do puritanismo careta. As cordas da guitarra que seus dedos fazem vibrar como feixes de nervos esticados ao limite são a senha, o chamamento aos protocolos rituais da possessão.

E reza a lenda que o líder dos Stones bateu os costados no solo sagrado de Arembepe, vila paradisíaca de pescadores ao norte de Salvador, ocupada, entre o final dos anos 60 e o início dos 70, por peregrinos mochileiros de várias partes do planeta, atraídos pela conjunção do sol, praia, rio, lagoas, dunas e coqueirais, a vida despojada e barata em contato com a natureza, vibrações telúricas, gente interessante e muita droga circulando. Depois do sinistro concerto de Altamont, o lado B de Woodstock, Mick resolveu arrefecer os ânimos e dar um tempo curtindo o clima dos trópicos com a sua mulher, Marianne Faithful. Fez breve passagem no Rio de Janeiro e pegou o avião em busca do shangrilá ensolarado anunciado pelos roqueiros e *outsiders* como reduto ecológico-aquariano. Em Salvador da Bahia, alugou uma casa de praia no território livre de Itapuã. Em pouco tempo, ele e sua *entourage* foram vistos na orla norte, passeando a bordo de jipes ruidosos sobre as dunas que ladeiam a aldeia hippie de Arembepe, em visita à Casa do Sol Nascente.

Única edificação de alvenaria na área, essa casa tinha as tábuas da porta marcadas com entalhes e assinaturas, frases, desenhos e signos cabalísticos de gente de todos os tipos que por ali passou, gente que rodou o mundo e fez a época, como a cantora pop Janis Joplin, os atores Jack Nicholson, Dennis Hopper e Richard Gere, o cineasta Roman Polanski e uma constelação de músicos brasileiros como Rita Lee, Ney Matogrosso, Tim Maia, Luiz Melodia, Jorge Mautner, Walter Smetak, Novos Baianos, Gilberto Gil e os tropicalistas de elevado quilate que revolveram a cultura do país e encontraram na aldeia um poço de fervida inspiração, em meio a um ecossistema mirífico e pouco mexido pelos humanos...

O escritor Beto Hoisel descreve em seu livro-testemunho[42] as andanças e performances de protagonistas como o desbravador Missival, o estilista Manu, o místico Cândido, o designer John Chien Lee, a naturista Sandete. E a avatar Camino, que em certo fim de tarde saiu de casa para lavar pratos na lagoa e foi percebida como ente infotografável pelos olhos de Vicente Sampaio, um esteta da imagem clicável; por ali andava o *performer* argentino Fernando Noy, por alguns alcunhado de Barbarela e por outros de Evita, com seu molejo de arcanjo rebelde e a cabeleira dourada de querubim mítico solta ao vento, presente e bailante onde rolasse o desbunde. Compartilhavam daquele paraíso xamãs, demiurgos, músicos, *freaks*, porraloucas, jovens desbussoladas, artesãos de pulseirinhas e miçangas, socialites em crise de consciência (isto foi dito por Hoisel), evadidos do sistema e fugitivos da repressão política, animistas, tantãs, apóstatas, treiteiros, iluminados sem disso saberem, aliens que gostaram da camuflagem humanoide e resolveram se estabelecer, orixás encarnados, praticantes Zen e arautos da nova ordem aquariana prestes a baixar no planeta, uma miríade de perfis no atacado e a granel.

Eu mal saíra da adolescência, o bigode não passava de uma penugem e por conta do jeitão imaturo passei a vergonha de ser retirado por Terrezão, uma colega de belas pernas e voz de sereia, de um encontro clandestino da liderança estudantil insurreta, no início daquele verão tórrido. Por conta do meu vigor físico, davam-me a missão de empunhar, nas passeatas no centro da cidade, faixas com palavras de ordem que desafiavam a ditadura, o que me dava autoconfiança e pertencimento, mas era pouco para quem se sentia tocado pelas asas da Musa e insistia em buscar os merecimentos do intelecto. Sim, não era suficiente despontar com poemas de lavra própria e divagações existencialistas nos serões engajados do Colégio Central, onde se lia Maiakovski[43] e se discutia os filmes de Eisenstein[44]. "O destino joga com cartas marcadas e gosta de me pregar peças!", concluí, desalentado. Mas os fados me pouparam, sem disso eu ter consciência, de ingressar na militância que fez amigos desaparecerem sem deixar vestígios. Nos intervalos das aulas, circulavam os rumores da tortura ignóbil e morte nos porões da repressão.

O inferno policial e a disciplina do engajamento não estavam ainda ao meu alcance, e sem demora troquei Dostoiévski, Giap e Bakunin por Allen Ginsberg, Bob Dylan e Caetano Veloso. Passei a frequentar os guetos da contracultura e as festas de embalo, e não perdi a chance de montar no cavalo alado que pousou no teto do prédio onde eu morava, na Boa Vista de Brotas. Em uma manhã ensolarada de sábado, arrumei os teréns de aventureiro na mochila, enfiei na carteira dois quadradinhos de *yellow sunshine* e peguei o buzu para Arembepe.

A vila era pouco mais que um casario primitivo de pescadores, com duas grandes praças sombreadas por amendoeiras e coqueiros, uma pequena igreja, barcos coloridos protegidos pelo cinturão raso de recifes, a sede da colônia de pesca, botecos, pontos de venda de peixes e mariscos, umas poucas bodegas e restaurantes, pousadas improvisadas e uma fileira de palhoças ao norte, rentes à borda da praia. Saí por ali em direção à aldeia, ladeei as lagoas rasas aos pés do "camaleão" de dunas de areia alva, chapinhando na água morna. Ergui os olhos e contemplei as copas dos coqueiros agitadas pelo vento, pareciam passar mensagens que não levei em conta. Deixei para pensar naquilo mais tarde, senti que a onda começava a bater nas bordas da consciência. Alcancei a aldeia, percorri sem me deter o arruamento de cabanas de palha e madeira e segui a passos firmes até o rio Capivara, onde me joguei de roupa e tudo, impelido por um impulso irrevogável, ansiando por um segundo batismo que me recolocasse no eixo do mundo.

Emergi sôfrego do mergulho, ativado pelo choque térmico da água fresca. Respirei o oxigênio abstrato e observei a superfície do rio que deslizava em curvas, como uma serpente líquida. Os reflexos do sol começavam a ganhar o tom dourado do meio para o fim da tarde, encrespando-se como escamas de luz nas ondulações da água em movimento. Senti-me atraído pelo mosaico de formas mutantes e sensações que escapuliam da vontade e formavam o mundo externo à gaiola do ego. O próprio céu, encurvado como uma paisagem retratada por uma lente olho de peixe, queria me engolir. Daí, num ato brusco e impensado, pulei para fora de mim mesmo e me soltei na plenitude daquele espaço aberto e indivisível!

O ar livre respirava meus pulmões e não havia fundo nem frente nem antes ou depois, apenas a radiação da grande bola de hidrogênio que me esquentava o corpo e avançava lentamente no céu, em direção ao crepúsculo. Percorri com os olhos os juncos das margens curvando-se gentilmente em cifras que cantarolavam "sim, sim, está tudo bem... sim, sim, está tudo legal!" Seria a divindade das águas sussurrando para mim os seus doces segredos? "Sim, sim, por que não?", confirmaram os juncos em uníssona harmonia, bailando as hastes esguias como sedutoras ninfas, em ritmo com a brisa marinha da tarde. Entrei no enredo daquele cântico sobre a corrente de pessoas e entidades que se banharam ali no rio, tantos que foram os corpos molhados das tribos ancestrais que se perderam no tempo e os ossos viraram cinzas, as centenas de centenas de vezes que o planeta dera voltas e mais voltas em torno do Sol e nada de novo havia acontecido, até que o giro foi ficando mais rápido, denso, vertiginoso, havia agora um poder concentrado, materializou-se uma energia negativa poderosa e prestes a desandar, em um punhado de décadas, o que os milênios juntaram. "É verdade! É verdade!" – os juncos confirmavam tudo, e a cantoria celestial mudou o tom para gemidos lamentosos. Perplexo, vislumbrei o vaticínio sobre a horda malfazeja de predadores ambientais, toda a malta de gente ruim e gananciosa assumindo o poder e cortando o elo com a fonte borbulhante do santuário nativo.

Ergui os olhos e contemplei, na linha do horizonte, os castelos de areia alva que, nas cercanias do oceano, embarreiravam o fluxo do rio e o induziam a dar voltas e mais voltas para dentro, inundando as campinas rasas e formando lagoas, antes de alcançar a passagem para a foz, mais ao norte. No cocuruto das dunas, os coqueiros altos e esguios não paravam de acenar, alinhados e unânimes, ao ritmo das lufadas do vento nordeste. Era a mesma mensagem que eu vira ao passar pela borda da lagoa, replicada depois pelos juncos do rio. Soletrei-a, mentalmente: "Quando os humanos malignos tingirem com o marrom dos despejos as águas puras e transparentes, o espírito ancestral que habita estas paragens e a todos envolve perecerá – para os profanadores e para os inocentes!"

O azul com poucas nuvens doía nos olhos, de tão intenso. Ouvi trinados de bem-te-vis e vozes alegres de gente chapinhando ao lado. Voltei-me para ver quem era e percebi olhares curiosos: um punhado de faquires indianos de barbas compridas, costelas à mostra e muitas tatuagens no corpo, e graciosas odaliscas que com eles se banhavam, todos desnudos, acompanhavam os meus movimentos. Ouvi o que uma odalisca falou para um faquir:

– Olha só a aura desse cara!

No momento em que saí da água, eles gritaram para eu não esquecer a mochila, que ia ficando para trás. Apanhei-a, agradeci com um aceno e caminhei gotejando de volta à praça. Sentei-me em um banco troncho na varanda de uma palhoça-bar e pedi uma cerveja para arrumar as ideias. Na tabuleta, o nome tinha tudo a ver: Cuca Fresca.

– Está gelada de verdade, mano? – perguntei ao híbrido de nativo e hippie que mexia com uma colher de pau em uma caçarola no fogão a lenha, o tronco encorpado e roliço como um barril, olhar de índio, fita vermelha amarrada na testa, cabelos negros passando dos ombros e sandálias japonesas que a todo momento soltavam as tiras.

– A geladeira aqui é a querosene, bróder, mas dá conta... é só destampar e virar! – respondeu, com um sorriso de dentes falhados, pondo no balcão uma garrafa recoberta por um véu fino e esbranquiçado. Deu as costas e voltou para o fogão, agachando-se no curto percurso para recolocar no lugar as tiras da sandália.

Voltei à mesa, enchi o copo até a borda e entornei de uma só vez a poção dourada e espumosa, que rolou garganta abaixo como uma cascata embriagante. Gelada, sim! Tudo se encaixava, a camiseta e o bermudão secavam no corpo, não precisava mexer na mochila. A existência corria como um filme em tempo real, qualquer coisa podia acontecer e o meu eu era um roteiro ao vivo. Desejei que não se dissipasse, ao passar a onda, o *reset* existencial daquele mergulho nas águas límpidas do rio Capivara, conhecido ancestralmente como Caratingui. Bater asas de volta para o casulo, nem pensar!

O grupo que se banhava no rio veio chegando e se abancou na mesa comprida ao lado, conversando e rindo alto. Os faquires eram agora sultões, vestindo calças folgadas com bordados orientais e pedaços de espelhos pregados nos coletes de cetim, e as odaliscas serpenteavam para lá e para cá como bailarinas védicas, com os corpos envoltos em batiques, colares de conchas e adereços indianos nos braços e tornozelos. O aroma de patchuli impregnava o ar. Pesquei no ar o olhar deslizante de uma delas, desejosa, tive a certeza, de mergulhar o seu corpo sinuoso em meu lago interior, e gostei de me sentir bem-visto e cortejado por aquela ninfa ensolarada que prometia gozos siderais. Um dos sultões abriu um saco de viagem e tirou um par de borzeguins e depois um bongô, o outro sacou um alaúde, apertou as cravelhas e dedilhou as cordas, um terceiro pegou a flauta e ensaiou o hino ao condor andino que por toda parte se ouvia. O carinha do bongô abriu uma sessão rítmica de esquentamento que mexeu com todo mundo, e em pouco tempo compartilhávamos copos e cantorias dos Novos Baianos, *hits* roqueiros e baladas de protesto. Contemplei mais uma vez as palmas dos coqueirais se revirando ao vento do fim da tarde, senti roçar nas pernas o pelo de um gato. O mundo não precisava ser salvo.

Um gordinho invocado, de turbante e camisa do Coríntians, aproximou-se com passos gingados, puxou um banco ao meu lado e atacou, todo sorrisos:

– Digaê, figura! Eu vi você se jogando no rio com roupa e tudo... a viagem está pra lá de boa, dá pra ver que essa onda aí é poderosa... aproveite, vá fundo! *bon voyage*!...

Ficou ali parado, me olhando e esperando alguma reação, que não veio. A pele da face, vermelha como pimentão, soltava escamas. O sol não perdoa. Senti que viria mais conversa, e veio.

– Olhe só pra mim, irmãozinho, não vê que estou numa secura braba? Tenha dó... vamos lá, faça uma pessoa feliz, descole aí pra mim uma presença, uma pedrinha, um quarto já está de bom tamanho!

– Já era, cara, nada a ver... – desconversei, preocupado com a baixa no estoque, se aquela gente viesse a saber o que eu carregava... de fato, não mais que duas quadrículas de *sunshine*, uma delas pela metade, para uso pessoal e intransferível... Encarei-o e quis cortar o papo: – Pois é, mano, eu queimei os fusíveis na cidade e caí fora, estou aqui de cara, só pra ver o que acontece... é impressão sua, não tem nada de viagem, nada em cima, nada a ver, nada de nada... zero aditivo, a loucura é o meu jeito de ser, sou assim mesmo, podes crer!

Claro que ele não acreditou e ficou insistindo, com uma conversa mole que me desviou o pensamento do centro para as beiradas. Mas foi chegando gente e um pouco mais tarde, quando o álcool e o fumo tomaram conta da roda, vi-me enturmado com os ocupantes da Casa do Sol Nascente, território livre no topo de uma duna alta, onde me arrumaram uma esteira em um canto da sala e lá dormi um par de noites. Devia estar fazendo uns três, quatro anos que mister Jagger e miss Joplin haviam passado por ali, em momentos diferentes, e o rústico fogão a lenha era agora a peça principal da casa. Em volta dele nos reuníamos para um café, vinho de garrafão, um chazinho maneiro ou um rango macrobiótico em panela de barro, sentados em esteiras e bancos compridos, de pernas desparelhas. Aquele aldeamento permissivo distendeu-me a consciência e o tempo fragmentou-se em flashes sensoriais em que me senti figurante de um filme rodado no modo quântico, partícula e onda enlaçadas e imprevisíveis, no qual tudo podia acontecer ao mesmo tempo e fora do tempo, naquele espaço e além dele.

Erguida em um ponto elevado das dunas, a Casa do Sol dava vista para o mar na banda leste, enquanto na outra o olhar podia pousar nos coqueirais, nas lagoas e nas cabanas que formavam a aldeia, erguidas em criativas estruturas de até dois pisos, convivendo com aglomerações de palhoças precárias e um formigueiro de gente dourada pelo sol. Santuário ambiental onde circulavam viajantes descolados e peregrinos da expansão da consciência, palco de verão para praticantes do despojamento e do naturismo à moda dos índios, das religiões orientais e do sexo desenrustido. Os badejos, tainhas, carapebas e olhos-de-boi nos cestos dos pescadores que por lá circulavam reluziam as escamas ao sol e as lagostas recém-tiradas do mar, atadas em tiras de palha de coqueiro, pareciam metamorfoses encarnadas, com suas escultóricas antenas e pares de pernas ainda se mexendo ao longo do dorso. As endorfinas fluíam aos borbotões e espectros sem face, avistamentos de discos voadores e revelações sobre o ciclo aquariano de renovação regida pela energia cósmica eram os temas das rodas de conversa. Bem no espírito da inocência sem pecado, as tribos se desnudavam no rio Capivara à hora do pôr do sol, e à noite se esbaldavam nos serões musicais em volta da fogueira comunitária, inspiradas na batida totêmica das malocas indígenas e dos terreiros de candomblé, e derivações emepebistas, roqueiras e free-jazzísticas.

Eu havia, sim, saltado para a banda de lá da cerca e deixado para trás as cândidas baladas dos quatro rapazes de Liverpool, mergulhando com gosto nas águas revoltas e energizantes dos blueseiros negros da América, caldeadores da pulsação pop-roqueira que se seguiria, mesclando-se na pegada telúrico-anárquica dos tropicalistas. Era época de promessas e risos fáceis, e pairava no ar um verão sem fim nem começo. Se o espírito ambivalente da sombra exerce algum tipo de predileção musical, decerto inspirou os Stones no vendaval febril do final dos anos sessenta e início dos setenta, fazendo ecoar nos rincões do planeta os atabaques rituais que, nas cerimônias dos candomblés caribenhos e afrobaianos faziam dançar orixás manifestados em humanos.

Um par de anos depois daquela peregrinação à aldeia, o vodu antilhano *Sympathy for the devil* continuava a rodar na minha radiola, confirmando que alguém havia, enfim, assumido a narrativa insubmissa de um Diabo maneiroso, chegado menos ao fogo intolerante do Inferno cristão do que aos exus festeiros e irreverentes dos terreiros africanos: transgressivo, sensual, arteiro e, no entanto, avesso à violência gratuita, à rispidez e à hipocrisia que sentaram praça no mundo. Pela própria natureza, o diabo nada tinha a esconder, e pode-se dizer que ele era meio hippie.

Na toca do lobo

Cantarolando e tamborilando na tampa do criado-mudo os acordes da música que confabula com o diabo, em um subsolo de Amsterdam, mantenho a ligação direta com os trópicos solares e evoco o dia em que levei a namorada nova para a casa que eu havia alugado com o amigo Lula Wendhausen, cineasta baiano recém-chegado da Meca cinemática do Terceiro Mundo, o Idhec de Paris, antenado na nova ordem aquariana e na conversão à luz das mentes obscuras que ensombreciam o país. A areia alva do quintal encompridava-se em declive até a beira da lagoa de Pituaçu, na época um nicho geográfico de águas límpidas, fora do sistema, cercado de dunas e uma mata ainda não profanada pelo bicho-homem, frequentado pelas tribos da contracultura que fervilhavam nos quatro cantos da Cidade da Bahia.

Para minha sorte, aquela garota não me conhecia e nada sabia da má fama que eu gozava no bairro, adquirida um par de meses antes. Como foi mesmo? Recupero na memória os detalhes: tudo começou quando, no auge de uma viagem lisérgica, deixei-me enfeitiçar por uma perfeita encarnação da deusa indiana Shakti, baixada à Terra em missão amorosa. Ela se inseriu no dia a dia e descia e subia a rua com os passos graciosos de dançarina védica, tintilando uns sininhos do Nepal amarrados em uma fita cor de açafrão que lhe ornava os tornozelos, desfilando sua beleza perturbadora, tântrica. Os incensos, o Bhagavad Gita e a roda do karma estavam na moda, e sem demora acalentei a ideia corrente de que nada acontecia por acaso, então ela fora enviada pelas deidades orientais para satisfazer os meus desejos – e eu me perguntava a razão de tal honraria, da qual não hesitei em colher as benesses.

Preparei-me, então, de espírito e corpo, e iniciei os chamamentos propiciatórios para que aquela avatar cumprisse com êxito a sua missão. Enlouqueciam-me as suas pernas torneadas e morenas, insinuadas na transparência dos saris, o perfume resinoso extraído das cascas de árvores sagradas, os cabelos bastos e anelados caindo em pirâmide sobre os ombros, o nariz levemente afilado e os olhos negros alongados nas bordas, em linha com as deidades femininas do panteão vedanta. Ela trazia uma promessa bem guardada, um segredo pronto para ser revelado, disso eu tinha certeza. Colocava, então, ragas indianos na radiola, aumentava o volume e corria para o portão nos horários em que ela costumava passar rua acima ou rua abaixo, assim que ouvia o retinir dos sininhos a distância. Em pouco tempo trocávamos ois, olás e sorrisos de benquerença, uma guimba, um souza cruz, uma banana-passa, um copo de água fresca de moringa que eu oferecia com cultivada delicadeza quando ela dava uma paradinha no portão para se refrescar e trocar ideias, à sombra de um cajueiro frondoso.

Quando se aproximou a lua cheia, senti que era chegada a hora, e não economizei manobras até conseguir atrair a ave até o raposeiro, como se dizia, apostando em papos-cabeça que com ela entabulei no armazém de Dandão. E não faltava assunto: música oriental, gurus, comida macrobiótica e aparições de discos voadores em Itapuã, em Arembepe e nas dunas da lagoa, tema que não saía de moda. Puxei a conversa para a roda do carma e a visão védica do corpo como espaço de transcendência e recepção do Atman cósmico, preceituando a sensualidade tântrica no patamar de arte religiosa, bem diferente dos cânones cristãos de culpa e do pecado que depreciam o corpo e transmutam o desejo em perversão. Ela se agradava e sorria, e achou engraçada a revelação de que eu possuía dois signos, tendo mudado, uns dois anos antes, do industrioso Sagitário para o luxurioso Escorpião, e que me sentia muito bem sob a nova influência astral.

– Dois signos... como é possível? – ela perguntou, entre divertida e incrédula.

Expliquei que a causa da duplicidade era bastante terrena: um erro intencional da avó, que, ao me registrar, cravou como dia de nascimento um mês depois da data real. Dentro do espírito da época, era cabível ocultar a gravidez da mãe antes do casamento. E assumi com gosto, por décadas, o perfil do signo errado, confirmado em detalhes por quem quer que fizesse a leitura do meu mapa astral.

Os astros pareciam estar do meu lado e disseram sim em um fim de tarde em que a lua cheia estava prestes a mostrar a cara, quando ela aceitou o convite para ouvirmos uns LPs de Ravi Shankar e George Harrison. Ultrapassou o batente da porta na hora em que o astro da noite estendia o seu manto sobre as dunas e tecia filetes de ouro deslizantes sobre as águas escuras da lagoa. Estendi a mão e conduzi a dama com delicadeza até o recanto da sala onde havia espalhado almofadas de tecido indiano sobre esteiras, e acendi varetas de incenso comprado dos *hare krishnas* no centro da cidade. Tive a certeza de que o caminho estava livre e me cabia a primazia de abrir a porteira orgásmica no momento em que, às horas tantas, rodava no prato *Shine on you crazy diamond*. Ao som dos acordes lunares, ela me presenteou com um sorriso enigmático, sentada com as pernas cruzadas em posição de lótus, com uma taça de vinho tinto em uma mão e um cigarro na outra, meio louca e meio iluminada, envolta em espirais de fumaça, falando pelos cotovelos. A onda do *sunshine* começava a bater, o astral estava nas alturas e eu senti na pele uns arrepios que sinalizavam o momento certo de avançar. As esteiras de junco tornaram-se o altar sacrifical onde a vítima, ela própria, entregava-se docemente à roda do destino, e eu não hesitei em fazer o meu papel de sacerdote ritual. Mas, no ato da aproximação e por circunstâncias que permanecem nas brumas, alguma coisa desandou. Bateu de repente uma energia estranha, o astral embaçou e os olhos da moça se arregalaram. Ergueu-se de um salto, como se as pernas ganhassem molas, apanhou a bolsa na passagem e correu espavorida porta afora, gritando por socorro e apregoando aos vizinhos, trêmula e fora de si, que um lobisomem havia avançado sobre o seu corpo.

Não passei recibo e corri para dentro de casa, cerrei portas e janelas, apaguei as luzes, recolhi-me na parte mais escura do quarto. "Mais uma aprontação desses hippies desordeiros!", ouvi alguém reclamar lá fora. Havia evangélicos e uns tipos caretas e repressivos na área, os comentários eram claramente desfavoráveis ao cabeludo e barbudo que recebia em casa um monte de gente esquisita como ele próprio. Ora, nada mais fiz do que aproximar da pele da moça as minhas mãos, que ela enxergou como patas peludas. E o meu nariz, quando me inclinei para beijar os seus joelhos torneados, pareceu-lhe um comprido e temerário focinho úmido. E os meus olhos lançavam chispas que ela preferiu não encarar.

Sobrevieram semanas de depressão, em que me entoquei dentro de casa e fui rejeitado pelas garotas do bairro e escanteado pelos vizinhos, que davam as costas e atravessavam a rua para não dizer bom dia ou boa tarde ao hippie que virava lobisomem em noite de lua. No armazém, encaravam-me com desconfiança, tardavam para atender o pedido e os papos reduziam-se ao essencial. Sentia nas costas, ao sair, a energia negativa com que me dardejavam.

O tempo, como sempre, amenizou as sequelas. Quando a primavera despontou e a natureza fez o seu chamado, senti-me preparado para uma nova estação de caça. Desta feita, longe do covil e apartado das lisergias, patchulis, incensos e motivações ligadas ao prana místico e às energias esotéricas. O desejo tornou-se mais carnal, a inspiração enraizou-se nas vibrações da Terra e a música dos Stones impôs-se como trilha sonora apropriada àquela conversão. Menos Pink Floyd e música astral, mais o blues basal e o rock transgressivo dos subterrâneos e dos anfiteatros superlotados. Com afinco, eu amealhei atrativos e comodidades e com eles reaparelhei e adornei a casa em novas bases, no afã de habilitar-me à polaridade aconchegante das mulheres e para descarregar as nuvens escuras que pairavam na minha aura.

O clima pop e largadão da sala, as velas assentadas em castiçais estilosos comprados no Mercado Modelo, as almofadas douradas sobre o sofá forrado de vermelho-vivo, as taças de vinho de bojo largo e os discos selecionados a dedo deram clima ao ambiente e influenciaram em meu favor o espírito da nova conquista, capturada nos agitos de uma sexta-feira. Desta feita, uma moça básica pescada na praia de Amaralina, louca para pecar, mais do mar do que da terra, baladeira de festa de largo e barzinho da moda, ligada em minissaias e corpetes na linha tomara-que-caia, nada assemelhada às musas e deidades vedantas.

Saltamos do buzu em conversação animada, naquela tarde de sábado. Pegamos a estradinha de terra e adentramos na casa. Ela gostou do que viu, desde o portãozinho de madeira sombreado pelo cajueiro. Convenci-a sem dificuldade a aceitar um vinho tinto encorpado.

– Desce mais legal do que cerveja! – argumentei, observando a face maquiada além do necessário. E havia uma razão para isso, que eu descobriria logo depois.

Entre um gole e outro, ela perguntou se eu tinha algum disco de Jamelão.

– É um cantor de dor de cotovelo, pra lá de dramático, toca fundo nos sentimentos, eu ando meio banzeira nestes tempos! – ela disse.

Procurei e não achei, conhecia a música do cara e até gostava, mas ele não estava lá. Ela derivou, então, para Jorge Ben, Tim Maia, Luiz Melodia, um desses artistas bambas de ritmo e de voz, depois lembrou de Gal Costa, Gilberto Gil, Rita Lee e Jards Macalé, "ligantes e pirantes". Enquanto falava, contagiou-se, de início sem perceber, com a pulsação roqueira de Mick, Keith e sua gangue, que eu colocara como música de fundo, em volume discreto, com o intento de seduzir a caça sem espantá-la. Como que despertando de devaneios, ela sorveu um gole longo e me segurou pelo braço quando me movi para trocar o disco, depois de debulhar a pilha de bolachões em busca dos cantores por ela citados.

– Espere, não mude ainda... deixe aí, deixe esse som... aumente, por favor! – ela pediu.

"Prazer em conhecê-lo / Acho que você já sabe o meu nome!"

Sim, tocava a música da simpatia dos Stones pelo ente trevoso. Girei para mais o dial do volume, o ritmo poderoso fez a casa vibrar, e sem demora a garota estava fisgada. Não posso negar que eu sentia os eflúvios maliciosos do diabo roqueiro, ele próprio, fazendo-me "cavalo" da sua vontade e liberando os meus instintos ao modo dele, que dava em troca um lance de dados em meu favor. Homem de gosto, lubricidade e poder era o que ele era e eu não reclamava nem um pouco de tais afinidades, deixei rolar o climão, a troca de vibrações fazia-se vantajosa e surfei naquela onda de influência e luxúria. Todo sorrisos, prodigalizei cortesias à dama. O tempo estava do nosso lado. No calor de um ímpeto irrefreável, ergui-me e chacoalhei a pélvis e os ombros em movimentos rítmicos que traduziam a embriaguez da possessão pagã. Puxei-a pelas mãos e ela se ergueu ofegante, seduzida pela música e pela pulsação do fauno. Depois de alguns balanços a dois na sala, convenci-a a conhecer a minha coleção de posters e figurinhas de astros do pop-rock, no quarto, e fi-la sentar-se a meu lado no velho colchão sobre esteiras. Completei generosamente a sua taça, beijei-a com delicada devoção e não demorou para que ela descansasse a mão nas minhas pernas e, rendida, me deixasse à vontade para ir adiante e exercer o ritual de livrá-la das roupas, peça por peça, no ritmo trepidante dos Stones.

Enquanto praticávamos arranjos de corpo naquela cama do fim do mundo, as pontas das molas saltavam para fora e nos cutucavam as costelas, e a janela aberta para o quintal dava vista para as dunas enluaradas. Com o suor e o roçar de peles, o creme-base na face da moça derreteu, expondo as marcas de espinhas juvenis que ela tentava ocultar com trejeitos e gestos evasivos. Percebi o quanto aguilhoavam a sua autoestima e, sem dúvida, maculavam cruelmente a carinha de anjo que encimava um corpo de capa de revista, durinho, de carne apetecível a mordiscos. Ela virava sempre o rosto para esconder a humilhação da acne e prometeu, afogueada, dar-me uma recompensa pela aceitação do seu infortúnio visual sem ressalvas nem comentários, um presente especial, para provar o quanto valia. A hora era propícia e a testosterona entrou em ebulição, a excitação gongou no limite; beijei com ímpeto juvenil o botão entre as pernas douradas, fazendo-a esgazear os olhos e tremelicar em surtos até que, num gesto impulsivo, resolveu dar o troco, girou na cama como uma hélice e deslizou a cabeça para o sul do meu corpo, empunhou o objeto do desejo com gulodice e ficou ali se divertindo o quanto pôde, com as mãos e a boca, até que me possuiu a vertigem das águas que rolam corredeira abaixo, de que não daria para conter o fluxo nem seria isso fora do esquadro, quem sabe a garota apreciasse um mingau... avisei-a da irrupção iminente e ela não deu ouvidos, então deixei fluir a descarga prazerosa. Ela não havia ainda obtido a sua cota de prazer, não havia gozado, não fui competente para lhe proporcionar o justo merecimento, não porque não me tocasse tal intenção, apenas não havia ainda rolado, foi tudo mais rápido do que devia e injusto com a parceira, reconheço. Ela ficou grogue com o jato e se engasgou, enxugou os lábios no lençol.

– Nunca fiz isto antes! – ela choramingou. Com um afogueamento, contudo, de que não desgostara do sabor da poção.

Quem poderia controlar tais ardores? Passeei com leveza as mãos na base dos seus cabelos volumosos, aspirei a fragrância adocicada das raízes, afaguei-lhe a nuca, beijei os olhos e mordisquei os lóbulos das orelhas, apertei de leve os bicos dos seios e tateei as curvas macias costas abaixo. Ela reagiu calorosamente e sussurrou a meus ouvidos, cálida, louca, intempestiva: "Por que tantas dificuldades pra gente se chegar um ao outro quando rola esta atração, este tesão doido que não dá para segurar?"

E por aí seguia o baile. Havia uma noite inteira pela frente para explorarmos as diferentes combinações do instinto, elevando-o ao grau da luxúria alcançado desde a mudança de signo para Escorpião, e satisfazendo, enfim, o gozo da moça, além de pôr em alfa o meu amor-próprio. Nas paradas para aliviar a exaustão e secar o suor, meus olhos perdiam-se nas fileiras de ripas e telhas vermelhas do teto e ela me contemplava com o rabo do olho, tentava adivinhar os meus pensamentos. O mundo aceitava os extremos para quem ensaiava passos para além do além. E o disco dos Stones, sob o comando *repeat*, rodava e rodava no prato da vitrola Telefunken de pernas-palito.

A mão que apedreja

Reluto em abandonar tão abrasantes lembranças e benquerenças amorosas, mas acabo batendo asas e voando em marcha ré, recuo na memória até as cercanias da grande queda do ninho familiar, na primeira infância. Debulhei lentamente, página por página, o *script* desse acontecimento nas sessões das quartas-feiras, décadas depois, à curadora dos meus desencaixes mentais, na tentativa de dar ordem e sentido aos estilhaços pesados que se prenderam no fundo do inconsciente e aos restos flutuantes dos naufrágios e rescaldos desde os tempos em que eu esperneava no berço. O desafio, agora, é juntar os cacos e remontar, peça por peça e em configuração mais aberta e permissiva, o grande pote existencial.

Escolho o caminho direto e regrido mais uma vez até a abertura dos sentidos à natureza, com uns seis ou sete anos, na ilha de Itaparica. Revejo o moleque magrelo correndo no quintal com uma pipa nas mãos, em êxtase lúdico. Ele solta no ar a quadrícula de papel de seda em cores vivas assim que sente uma lufada do vento, para que suba bem alto e se destaque no azul do céu, sob o sol da manhã. Maneja-a com gestos largos e compassados na linha, anunciando ao mundo, em código, os segredos que só ele conhece, sem com isso entregar o conteúdo, que é particular, ninguém mete a mão.

Como se vê, travar boas relações com os símbolos e abrir as velas para os ventos favoráveis era a estratégia, desde os anos verdes. Foi assim, desse jeito, que o menino começou a reagir ao aniquilamento, antes mesmo de aprender a se equilibrar sobre o fio de navalha da sanidade, entre o avesso que lhe era natural e o direito que lhe aguilhoava. Pressionado pela família e por decreto do avô todo-poderoso, o pai havia aliviado a pressão e desistira de praticar severidades extremadas para o "colocar no eixo". O garoto não valia mais uns trompaços, ou talvez o pai não mais o amasse, na linha da anedota perversa sobre mulheres russas espancadas pelos maridos. Enfim, o universo dava o troco e começava a conspirar em favor do ser em formação que, aos poucos, encontrava brechas, descortinava a sensibilidade que lhe era própria e dela fazia uso para dar nome e sentido aos objetos e percepções, seguindo as emoções sensoriais que lhe atiçavam a curiosidade. "Coisa de mulher!", grunhiam o pai e os tios, os entes que lhe modelaram o teor masculino no final da fase edípica. Deixavam escapar, aqui e ali, comentários de que houvera uma inversão na natureza e que o primogênito sensível e contemplativo devia ter nascido mulher, enquanto a irmã que se lhe seguiu quadraria melhor como herdeira do espírito mandão do avô.

Está tudo bem guardado na memória, as proezas daqueles tempos miríficos, confirmadas pela mãe que, décadas depois, já nonagenária, reclamando da pouca mobilidade na poltrona em que se aboletava, abrandando a consciência depressiva do final de linha com o frescor do vento nordeste que entrava pelo janelão da sala, depois do almoço, observando os pássaros que volta e meia pousavam nos galhos altos da grande amendoeira em frente à janela do terceiro andar.

"Bem-te-vi! Bem-te-vi!" – as aves gorjeavam, alegres e inocentes, e Enoe sorria para elas. Os seus olhos de topázio tremeluziam enquanto a conversa se prolongava e ela evocava os banhos de mar na enseada de Bom Despacho, na ilha, pela manhã e no fim da tarde, e as puxadas de rede nas marés de lua, quando eram arrastados à areia peixes prateados e siris ariscos que ela apanhava com um talher de pegar macarrão.

Foi a época em que um êxtase sem nome desceu à consciência do menino. A vida começava a borbulhar e fazer sentido, havia um mundo a ser explorado. Havia um bote, no qual o pai e o tio, em saída para pescar, o puseram ao leme enquanto remavam, em breve momento de glória que ele logo pôs a perder, inventando volteios de percurso e sendo por isso rapidamente destituído do posto. Paciência zero, ego negativado. Mas havia compensações solitárias. Em frente à casa, os cajueiros frondosos enfileiravam-se próximos da varanda, e neles insistia em escalar até os galhos mais altos, de onde podia observar o mundo na linha elevada dos telhados. Ousava desafiar os alertas e avançava na zona de perigo, onde testava os limites nas pontas que se encurvavam com o seu peso. Havia já ali uma cumplicidade com a vertigem e o impulso da grande queda que ele levou décadas para destrinchar.

A memória da mãe retrocedeu àqueles tempos, de menos que uma mão espalmada de anos para a idade dele, e por alguma razão evocou o papagaio deixado para trás, quando ela se casou às pressas e saiu da casa dos pais, na bucólica Cruz das Almas, montada nos tabuleiros do sul do Recôncavo, sede da escola agronômica federal. Ela, a beldade de cabelos dourados que estudou no colégio Central e apareceu na primeira página do jornal *A Tarde* encestando uma bola no campeonato de basquete; mulher à frente do seu tempo, foi a pioneira a cursar a faculdade de Agronomia, onde ia às aulas pedalando, com a cabeça erguida, a bicicleta inglesa Raleigh do pós-guerra, e decerto incitava feromônios nas hordas machistas. Desejada e paparicada pela alcateia, deixou-se encantar por um colega que finalizava o curso, "com perfil de Errol Flyn", legatário de senhores de engenho do estado de Sergipe, ao norte. Meses depois, despontava no seu ventre uma nova criatura.

O louro da casa entrou em surto com a súbita ausência da dona, casada por inadiável urgência na plenitude dos 21 anos, e gritava dia e noite o nome que parou de ser pronunciado na casa, eriçando as penas: "Noinha! Ô Noinha!" A avó materna não aguentou a algazarra e a dor da separação da filha caçula que tais chamamentos atiçavam, e despachou o bicho para Feira de Santana, onde ela fora morar, junto com o genro acidental e o rebento recém-nascido, a um dia de viagem. A partir de então, o louro acompanhou a nova família nas andanças que se sucederam e aos quatro, cinco anos, já nos domínios senhoriais do avô paterno, para onde foram enfim convidados e acolhidos, o menino se postava em frente ao poleiro, no fundo da casa grande, assoviava e lhe ensinava nomes, motes, xingamentos, anátemas e trechos das canções que se repetiam no rádio. Os olhinhos redondos e atentos e a aplicação da ave aprendiz fizeram-no cair em paixão por aquele ente vibrante de plumas coloridas, que tinha agora um novo dono e o venerava com amor incondicional, disso dando provas com arregalos, piscadelas e arrepios das penas da nuca, sempre que o seu amo se aproximava. Amor incondicional, quem pode dar conta disso?

Era desse tipo o amor que o menino dedicava ao pai, o Zeus tonitroante que não hesitava em fustigá-lo com raios chispantes a torto e a direito – por palavras e olhares empedrantes de medusa irada. Catadupas de injúrias eram lançadas da cabeceira até a ponta oposta da mesa, onde o infante engolia em seco a comida e os insultos dilacerantes que o faziam despencar no limbo pantanoso da autonegação, em conflito aberto com o amor paradoxal, de berço, por quem ora lhe concedia afagos e doces sorrisos de afeição, ora lhe espetava o coração com dardos raivosos. Não estavam ao seu alcance as razões da culpa que lhe era imputada, a de vir ao mundo em hora errada.

Foi por essa época que a mãe o flagrou deitado ao comprido na balaustrada do salão assoalhado entre o casarão e a maquinaria da usina. Tudo começou quando o garoto, em impulso irrefletido, lançou no pátio, uns três metros abaixo, um caqueiro de orquídeas que adornava a mureta de madeira. Deliciou-se com a queda em curva e o estralejar do barro espatifando-se lá embaixo, no piso de cimento: ploft! Apanhou outro e repetiu a operação, e depois outro e mais outro. Ploft! Ploft! Ploft! Seduzido pelos impactos dos vasos, que espalhavam no solo cacos e flores despetaladas, pôs-se a lançar os demais que encontrou –

e assim se foram os cravos vermelhos, as verbenas e os manacás que a mãe trouxera do Recôncavo e eram motivo de orgulho. Possuído pelo ímpeto, fez o mesmo com uns vasos decorativos de porcelana da avó, que secavam ao sol. Lançou depois o caminhãozinho de madeira, seu brinquedo favorito, sentindo com isso o coração apertar-se e lágrimas lhe escorrerem dos olhos, como se ele dispensasse no abismo os desejos não atendidos, as mágoas, a dor secreta que lhe varejava o espírito.

Esgotados os projéteis ao alcance das mãos, estirou-se sobre a mureta e ficou ali por algum tempo, sentindo o calor do sol na nuca, com a mente vazia, ouvindo a respiração intensa e o coração que dava cabriolas. Concluiu que bastava uma pequena rolagem lateral para abandonar o próprio corpo à vertigem da queda. Agora era a sua vez de despencar no vazio, esperançoso de que, ferido gravemente, escaparia da punição pelos objetos arremessados e faria jus a atenções amorosas dos pais. Enquanto assim pensava, apareceu de repente a mãe na moldura da porta. Transtornada com a cena, agarrou o pequeno transgressor pelas orelhas e o conduziu até um quarto sem janelas nos fundos da casa, onde o pôs de castigo. Trancafiado, o menino logo se deu conta dos zumbidos e uma nuvem escura que se movia no ar. Encolheu-se contra a porta e se pôs a gritar tão alto que a mãe acorreu a tempo de perceber a situação e salvá-lo dos ferrões dos marimbondos.

Interrompendo tais evocações, a mãe passou lentamente as mãos longevas nos cabelos do filho e depois mediu com elas a própria barriga, queixando-se de estar volumosa. Também entrado nos anos, o filho brincou que a barriga dela era maior no tempo em que ele estava dentro dela, nascituro. A mãe riu e cismou, cismou e avançou mais uma vez para trás no tempo, entregou uma parte crucial da sua história de vida antes do menino conhecer a luz. Murmurou, em voz clara o suficiente para ser entendida, o quanto ele fora inoportuno já no tiro de partida:

– Ah, meu filho, você não sabe de nada... quando a minha

gravidez de você se confirmou, o mundo veio abaixo, fiquei apavorada... eu pulei tanto!

O significado dessa revelação descuidada trespassou-lhe a mente e ele levou alguns segundos para arrumar as ideias: a mãe referia-se, sem dúvida, às tentativas caseiras, afortunadamente infrutíferas, de sustar a prenhez que lhe abrira o caminho para aportar no planeta. Compreendeu que ela o sentiu no ventre como um fruto indesejado, plantado em hora imprópria, no tempo em que era usual a pais desalmados expulsar de casa as filhas maculadas pela consumação carnal do amor precoce. Enoe, de bíblico nome, fez sua escolha e pagou o preço de manter vivo o embrião em seu ventre, fruto da entrega amorosa, sem ideia de como seria a face da cria nem o novo desenho do destino, mudado na íntegra após um vacilo de segundos, quem sabe o presente de aniversário para o amado em meio ao tórrido carnaval de Salvador. Foi o ano da invenção do trio elétrico pelos músicos tecnológicos Dodô e Osmar, que faziam um som eletrificado e estridente na fobica que empolgava as massas nas ruas. O destino e Darwin conspiravam a favor do guri, afinal ele tinha a seu crédito haver vencido a primeira corrida da existência, chegando à frente de trezentos milhões de espermatozoides.

Com os primeiros sinais de vida do embrião, os sonhos de juventude da mãe tombaram como um avião em chamas, o pesadelo recorrente que um dia ela contou ao filho que não era para ser. Os pais dela, oriundos de imigrantes portugueses e franceses mesclados com os nativos do Recôncavo, eram civilizados o suficiente para encaminhar a situação dentro de moldes razoáveis à cultura local, culminando com o casamento da filha a toque de caixa. Período em que ela – e mais ainda o consorte procriador – encaravam como estorvo o ventre ocupado pela criatura inoportuna. Assim, a química da negação e da rejeição temperaram os humores que antecederam o desembarque do garoto. Mas a natureza tinha o seu próprio enredo e fez ouvidos moucos a tais estipêndios: decorrido o tempo de maturação, um pouco antes até, aos oito meses, ele se moveu para a saída, em busca da luz e da expansão das moléculas, e soltou o primeiro berro como qualquer outro humano.

As coisas devem ter-se arrumado entre o instinto e a razão, com a mesma naturalidade do gesto irrefreado de amor que produz vida, uma vez perpetrado. A semente errada era ele, quando dar certo era dar errado. Pouco adiantaram os pulos da mãe, quando se sentiu inoculada. O menino estava grudado firme ao húmus uterino.

Com o passar dos anos, as agruras do destino induziram-no a modelar um compartimento secreto, um quarto de pânico, como é hoje chamado, contíguo ao salão aberto da sociabilidade. Ao abrigo desse esconderijo, pôs-se a lidar com as mazelas da alma: viu-se comprimindo os olhos para baldear lágrimas do poço quase seco do coração, e se descobriu vingativo até a medula, capaz de atear incêndios afetivos e guardar rancores duradouros e raivas de profundidade desconhecida. Na surdina, deleitou-se em escarafunchar as dobras do instinto e das mágoas represadas, criou e alimentou espectros com as iguarias revanchistas dos deuses passionais, e delas fez uso como escora existencial e escudo para retaliações coléricas, que lhe espumavam na boca com um gosto adocicado de sangue. Aprendeu a cozinhar a crueldade em caldeirões fervilhantes ocultos em esconderijos rumorosos, onde chegava palmilhando um corredor onde se atropelavam vertigens camufladas em satisfações proibidas e culposas.

Deu-se conta, enfim, de que havia uma fatura a ser paga por toda aquela permissividade da natureza ante os perigos do desvio. Além do Gólgota a galgar em pagamento à dívida coletiva da cristandade, havia para ele um débito particular pelos favores da existência. Saldou-o em intermináveis prestações, ao longo das décadas em que tentou ajustar-se ao mundo que não o desejou: qualquer pecado, culpa triplicada. Qualquer escorregada, castigo desproporcional. Sequer era necessário transgredir, pular a cerca. A peça condenatória estava escrita antes do nascimento. Restou-lhe falar o idioma do mundo que o rejeitava e, valendo-se desse mesmo idioma, arquitetar uma obra para contradizer tudo o que nele lhe desagradava, e legar à posteridade as descobertas vindouras e a dor que lhe corroía as entranhas. Resolveu, desde então, escrever livros para contar a sua história e dar sentido à vida.

Lua de ninguém

– Entrevista, está na hora da entrevista! – grita para mim, com voz estridente, o anão que irrompeu no quarto em passos miúdos e rápidos, o rosto suado como cuscuz. – Os repórteres chegaram e querem a sua resenha, estão todos lá embaixo, lotaram o salão, trouxeram câmeras, blocos de notas e gravadores! Virou multidão, eles estão fuçando o prédio em busca de novidades. É preciso que desça rápido!

Reviro-me na cama, amuado. O corre-corre do anão tem boas razões, o mundo precisa ser salvo ou, ao menos, tem gente por aí ansiosa, atrás de novidades... urgem providências de enfrentamento e a informação é uma liga essencial para a construção de uma grande muralha para deter as hordas, que emergem das zonas remotas e não cansam de forçar os limites. Ou uma narrativa que enquadre essa gente, que faça cessar a desordem.

Esfrego os olhos e a consciência oscila para lá e para cá, no patamar entre o sono e a vigília. Dou-me conta de que nada há neste quarto que mereça atenção, nada se move, o anão e suas urgências desvaneceram-se na penumbra. Na confusão mental do despertar, compadeço-me da imagem tristonha daquele pequeno arauto, com suas pernas curtas e cabeça de gente grande... Inevitável que ele tenha sofrido *bullying* nos tempos de escola, concluo, abstraindo de tudo não ter passado de um sonho. Ora, um sonho... Se o hominídeo pela metade fosse benéfico à sobrevivência da espécie, a evolução biológica nos teria encurtado a todos.

Tento focalizar as horas no relógio-despertador sobre o criado-mudo, um ching-ling de três euros, vermelho como o livro de citações do presidente Mao Tsé-Tung[45], aberto em meio à pilha de publicações destrambelhadas que peguei na cesta do hotel, derradeira leitura antes de ser vencido pelo cansaço e pelo sono.

Coço-me e vislumbro, no prefácio de um pensador francês, os avanços radicais da Revolução Cultural para zerar tradições de cinco mil anos do povo chinês. Folheio ao acaso as prédicas do assim chamado Grande Timoneiro e me detenho em uma delas, proferida em meio às convulsões sociais e políticas de 1939: "Devemos apoiar tudo o que o inimigo combate, e combater tudo o que o inimigo apoia". Ora, pois, e não tem que ser assim? Quatro séculos antes, Maquiavel[46] já formulara tal obviedade.

Ergo os olhos e observo, pela brecha da cortina, as réstas de uma claridade pálida que invade o poço de ventilação. Um novo dia que se abre lá fora. Suspiro fundo e me reviro para um lado e para o outro na cama, procurando uma posição cômoda para acalmar o ponto latejante na banda direita das costas, pouco acima da linha da cintura. Antes de salvar o mundo, preciso salvar o meu fígado.

Invade-me o peso afetivo das evocações inscritas no caderninho dourado, na noite anterior, sobre as engrenagens e armadilhas da concepção e da sorte que me bafejou, vencendo a corrida de obstáculos do aparato genômico, depois usando (sem o saber) o instinto de defesa de criança sob ameaça e, mais tarde, sobrevivendo à razia truculenta herdada da cultura patriarcal pós-escravagista. A brutalidade dos senhores sobreviveu ao lombo dos escravos e incorporou-se à praxe familiar. "Ora, de uma forma ou de outra, somos todos assim, qualquer ser vivo é um sobrevivente!", consolo-me, admitindo que tudo o que varia é estratégia de luta, e a luta e a vida são uma coisa só, uma e outra podem ser uma só palavra, para os revolucionários pragmáticos, para os filósofos e para os sonhadores. Devolvo o livro vermelho à pilha e dela retiro um compêndio sobre aberrações palacianas da Roma clássica, assinado pelo cronista Suetônio[47], meticuloso xereta dos doze imperadores que se sucederam a Caio Júlio César. Enredo clássico da História, revisitado à exaustão pela literatura e pelo teatro: impondo-se como ditador hegemônico depois de atravessar com suas legiões o rio Rubicão e vencer a guerra civil, no retorno das campanhas vitoriosas na Gália Cisalpina, César eclipsou, cinco décadas antes do nascimento de Cristo, a governança republicana de Roma, convertendo-a em Império autocrático. As tarefas de comando eram até então compartilhadas por dois cônsules nomeados pelo senado, que desta forma dividia o poder para prevenir tiranias despóticas.

Os relatos de Suetônio evidenciam que a sucessão dos césares ofereceu à História provas cabais de quão absolutamente o poder absoluto corrompe: a vida e a morte do cidadão sob a veneta de um homem que, divinizado como encarnação do poderio do Estado e pela glorificação da própria imagem, cedo ou tarde se julgará um deus ou dele se anunciará descendente direto, como o próprio Caio Júlio, que não hesitou em proclamar a sua linhagem iniciada pela conjunção carnal de Vênus com Enéas, o herói evadido do debacle troiano[48].

Estará ao alcance desse homem governar como um sábio, pois a melhor educação o assistiu e nada lhe faltará e nada o tolherá. Ou, por essa mesma razão, poderá dar livre curso às perversões e se agradará mais das funções de verdugo do que dos insípidos afazeres da burocracia palaciana; em algum momento, resgatará nos porões do instinto o inexcedível gosto do sangue alheio, o qual provará, depois se acostumará e por fim dele se agradará, passando a exigir provimento sem regras nem limitações. Cercado por bajuladores que lhe incensarão cada gesto, este homem ignorará limites e terá plenos poderes para legitimar e até declarar arte o morticínio e a rapinagem; livre para vestir sem disfarces a pele do lobo, pôr-se-á à espreita do grande rebanho, onde caçará – nas bordas, no centro e onde mais lhe aprouver – a ovelha histórica, pasto tradicional dos arquivilões.

O realejo de Suetônio toca com estridência, página após página, não consigo parar de ler. No grande palco de horrores é destaque Tibério César, sucessor de Otávio Augusto, que, alcovitado na ilha de Capri, não deixava passar um dia sem perpetrar execuções abomináveis. Insatisfeito com o tormento que infligia aos supliciados, ordenava o espancamento dos seus corpos já sem vida e vedava aos parentes chorá-los; deleitava-se com a agonia das vítimas nas sessões de tortura e, contido pela tradição que protegia as virgens do estrangulamento, mandava estuprá-las para em seguida estrangulá-las. O seu sucessor, Caio Calígula, que declarou desejar que todos os romanos tivessem um só pescoço para, de um só golpe, poder degolá-los, forçava os pais a assistir o suplício dos filhos e, como um deles não comparecesse alegando razões de saúde, mandou buscá-lo em sua liteira; aplicava morte lenta aos sentenciados, mantendo-os conscientes e conclamando aos algozes: "Bate-lhe, mas de maneira que ele se sinta morrer!" Enquanto comia ou realizava uma orgia, era comum aplicar-se a tortura ali mesmo, sob seus olhos.

O sexto da ordem, Nero César, notabilizado pela pretensão ao canto lírico e pela quantidade de sangue que fez jorrar, "matava sem escolha nem medida, sob qualquer pretexto, a quantos lhe dava gana". Tomou gosto pela coisa depois de assassinar a própria mãe, Agripina, e mais tarde a mulher, Popéia, com um chute no ventre que abrigava o filho nascituro. Obrigou seu preceptor, o filósofo Sêneca (decerto perplexo com os resultados da sua prática pedagógica), a se suicidar, e fez perecer "pelo veneno que derramava ora nos alimentos, ora nas bebidas, todos os seus libertos ricos e de idade avançada". Dedicou-se, depois, ao martírio dos parentes próximos e distantes, do círculo de conselheiros e amigos, dos artistas que lhe faziam sombra e corte e de boa parte dos cidadãos eminentes, incluindo mulheres e filhos, sequestrando-lhes os bens para custear as dissipações que empreendeu em escala jamais vista. Urdiu planos para soçobrar todo o Império em desastres e pensou em obter os serviços de um polífago egípcio, viciado em carne crua, para desmembrar e devorar partes vivas dos condenados. Extasiado com o grande incêndio que infligiu à capital imperial, subiu na torre de Mecenas e, empunhando sua lira e envergando roupa e adereços cênicos, cantou por horas *A ruína de Ílion*.

Tais relatos fazem o vermelho vibrar como uma cortina de iniquidades sobre os meus olhos e, sondando as teceduras do inconsciente individual que, no limiar interno, se enlaçam com o padrão coletivo da memória arcaica, especulo sobre os estados emocionais do imperador em seus momentos patéticos, como ele seria por dentro, que tipo de desvio ou má formação carregava na massa cinzenta. Avalio que tais desvios são menos individuais do que genéricos à espécie *sapiens*. Assim como qualquer abelha operária pode, com alimentação e cuidados apropriados, metamorfosear-se em rainha, o homem comum nasce perfeitamente apetrechado para assumir as mais vis e as mais nobres ações, a escala e o *modus operandi* dependendo, apenas, das praxes da cultura, das marés do destino e do poderio pessoal por ele enfeixado.

Concluo que os capítulos de Suetônio não passam de recortes da história, uns flagrantes vis narrados em boa prosa. Há coisa melhor e coisa pior, há escritores demais clamando por salvo-conduto na estreita passagem até a ribalta. As hordas mongóis que invadiram o Império do Meio apreciavam ferver prisioneiros em fogo lento, preâmbulo pastoral à sofisticação tecnológica da quarta década do Século XX, quando a horda nacional-socialista da civilizada Germânia disseminou o morticínio em escala nunca vista e ritmo industrial, implantando dezenas de milhares de unidades de extermínio humano na Europa ocupada. No campo de Auschwitz, os operadores zelavam pela conservação e funcionalidade dos fornos, incinerando um máximo de dois mil corpos em cada sessão. Não mais que dez por cento daqueles magarefes metódicos podiam ser considerados sádicos e psicóticos clínicos, no depoimento de uma psicóloga sobrevivente. Os demais "eram homens normais e sabiam perfeitamente o que estavam fazendo".

Parentes próximos de alguns desses operadores das câmaras da morte decerto residiam em Dresden, às margens do rio Elba, na noite de 13 de fevereiro de 1945, quando o Apocalipse se antecipou para os que se encontravam na cidade relíquia da arquitetura e das artes, declarada aberta e até então poupada dos bombardeios massivos por abrigar refugiados, gestantes, velhos, crianças, órfãos de guerra, convalescentes, multidões de párias, prisioneiros. Estava selado já o destino de Adolf, mas os bombardeiros cumpriram com zelo e competência a missão de carbonizar a urbe até então impune. O escritor americano Kurt Vonnegut, prisioneiro de guerra que sobreviveu ao fogareiro de bombas de fósforo lançadas do céu no centro urbano, em ondas sucessivas e planejadas para provocar letalidade máxima na população civil, relata o que viu ao emergir dos porões do matadouro onde se abrigara, em uma área afastada do centro: "Quando os prisioneiros e seus guardas enfim saíram da câmara, o céu estava preto de fumaça. O sol era uma cabeça de alfinete, minúscula e furiosa. Dresden estava parecida com a Lua, sem nada além de minerais. As pedras estavam quentes. Todos os moradores do bairro estavam mortos"[49].

Com os humores em queda livre, ponho de lado Vonnegut, Suetônio, Nero, os mongóis e as SS de Himmler, e faço pular da memória – de forma igual ao que faziam os piratas a seus condenados nas pranchas de execução a bordo – a extinção do império asteca pelos carniceiros espanhóis de Hernán Cortés, acometidos pela febre do ouro. O escritor Yuval Harari refere o desembarque deles no México como o equivalente a uma invasão alienígena: "alguns astecas pensaram que decerto se tratava de deuses. Outros afirmavam que eram demônios, ou o fantasma dos mortos, ou feiticeiros poderosos[50]".

Prossigo na depuração e afasto de mim o clamor nos porões dos navios negreiros e o cálice amargo das câmaras de tortura nos anos de chumbo das ditaduras sul-americanas. E distingo como porta-estandarte da cafajestice verde-amarela o Barão de Pirapuama, personagem do escritor João Ubaldo[51] que, surpreendido com dois dos seus escravos em um campo de luta no Recôncavo, no capítulo tardio da guerra da Independência, matou um deles para se lambuzar com o sangue e posar de herói ferido, e cortou a língua do outro para impedi-lo de delatar o crime e a mutreta. E se deu bem, como outros tantos no país onde a impunidade tornou-se sacerdócio. Ora, gente ruim se encontra em toda parte, não é preciso procurar, os vibriões vilões estão infiltrados no imaginário coletivo e nas consciências individuais, podemos encontrá-los olhando-nos simplesmente ao espelho ou em visitas guiadas aos escaninhos do inconsciente.

Fatigam-me, sim, as extremidades da beligerância hominídea, cujos rastros, raízes e perversões carrego íntegros em algum desvão neurônico, como qualquer pessoa normal. O compartimento mental onde se abrigam tais e tantas crueldades e perversões replica o instinto predador das matilhas, refinado com os traços das culturas afluentes, milênio após milênio, geração após geração. As abominações desenfreadas de déspotas históricos são a prova cabal da propensão inata para a transgressão, quando o poder absoluto os desobriga das formalidades de Estado e dos liames civilizatórios das tradições.

Especulo, assim, que o fio desencapado da crueldade e do fanatismo tem precedentes notórios. Encontro rastros no Livro dos Jubileus[52], onde se registra o conselho dado pelo Diabo ao Criador, induzindo-O a testar os limites da fidelidade de Abraão. Submisso ao divino comando, o patriarca que fundaria três religiões conduziu o filho bem-amado ao Monte Moriá, onde, sem hesitar, empunhou sobre o jovem pescoço a faca sacrifical. Quem ousaria duvidar de tal pertencimento como pilar dogmático da fé onipresente e cegante? O sinal estava dado, e as consequências enchem as páginas dos livros de história e continuam a regrar crenças e seitas contemporâneas.

Os fragmentos dispersos ganham sentido e se encaixam. Crueldades inomináveis povoam o Inferno nas Escrituras Sagradas, pedra basal da fé monoteísta, decretadas aos humanos desditosos que, em vida, cometeram as interdições mortais lavradas em pedra pelo próprio Todo-Poderoso. Uns três milênios depois, os verdugos de batina não poderiam encontrar, nas perpetrações dos autos de fé, arrazoados melhores para os crimes mais abomináveis, em nome da Igreja, antecipando na Terra as chamas eternas reservadas aos infiéis e pecadores. No sexto círculo infernal de Dante[53], as almas dos condenados por heresia habitam ataúdes ardentes e, já na entrada do portão abissal, é-lhes vedada qualquer esperança. As suas consciências são mantidas vivas, na forma de espectros, para que as penalidades do sofrimento eterno se façam sentir na plenitude[54]. Fico a pensar se o decaído Lucífer acaso não se terá introduzido num cochilo do Criador e mudado em surdina as disposições celestes, garantindo prosperidade e alta frequência aos seus domínios subterrâneos.

E as oportunidades se multiplicaram onde e quando a desordem e a loucura, unidas pela ambição e oportunismo, galgaram os degraus da torre onde a sanidade se refugiara, e com gosto a atiraram pela janela. Reescreveram a fábula do Barba Azul e nela fizeram triunfar a malignidade inconfessável. Mas o mundo continuou a dar voltas, e, na versão modernista do início do vigésimo século cristão, o quarto proibido do barbudo feminicida foi mais uma vez devassado – e arejado. Desta feita, a chave da porta estava não com a jovem e curiosa esposa do Barba, mas sim, nas mãos de um médico vienense, o doutor Sigmund, cuja avassaladora reengenharia mental[55] descerrou de vez as janelas e lançou um jorro de luz sobre o reinado da sombra e seu carrossel de espectros. Não satisfeito, o doutor explorou em profundidade os porões do castelo (do qual Kafka sequer passou da porta), desmascarou a superficialidade de fachada do ego como um salão protocolar, regido por um mordomo pragmático que ignora a extensão e o número de aposentos da edificação, mas tenta salvar as aparências ante quem entra e quem sai, empenha-se em apaziguar os contrários e ainda faz o possível para controlar a intensa movimentação interna. E o doutor não parou por aí, foi bem mais longe no desvendamento da construção egóica. Palmilhou, incansavelmente, as fundações e as ambiguidades repressivas e sublimadoras da cultura *sapiens*, assentada sobre a coerção aos instintos e a renúncia aos impulsos[56]. E sem demora ele percebeu que a proibição não consegue abolir o instinto, apenas o bane para o inconsciente.

Os arquicriminosos não se deixaram ficar para trás: entenderam a disposição – e dela fizeram desregrado uso – que têm os humanos de afrouxar o controle egóico sobre os impulsos reprimidos e perpetrar maldades inomináveis e gestos insanos por, digamos, um prato de sopa rala, um dia de sobrevivência ou, na outra ponta, pela vertigem do poder ou de cortejar o poder e daí retirar privilégios. Vulneráveis à manipulação tanto e quanto é modelável o barro de que somos feitos. Que o digam a propaganda e a lavagem cerebral que, pela repetição massiva, transforma em verdades – e até em crenças – os interesses de quem está no púlpito ou na cadeira de comando. A espécie hominídea não é, em absoluto, confiável.

E a roda da ignomínia não parou de girar, pensei, uma década e meia depois, ao ler a crônica da repressão sanguinária dos tiranos do Oriente Médio às insurreições populares no alvorecer do século XXI. Anoto as sequelas da hora no caderninho dourado de Florença:

> A ferocidade se esconde em uma zona imprecisa no fundo do cérebro, entre os instintos ancestrais de caça, sobrevivência e dominação, enquanto a cultura e a civilização ocupam uma camada superficial na massa cinzenta do córtex. As conexões entre as diferentes partes são acessíveis e o que importa é quem está no controle, quando o chamado da matilha desperta o ímpeto da chacina, a sede de sangue, o sadismo e a destruição. E a extinção em escala algorítmica, ao apertar de botões, é o signo dos novos tempos. Os recursos da tecnologia concedem aos neotiranos o polegar cibernético, e o carrasco pode agora dar-se ao luxo de desdenhar dos requintes da crueldade corpo-a-corpo. As mãos encharcadas de sangue nos porões cedem vantagens a avatares permissionários inseminados em salões

virtuais. Ao som dos tambores da alienação, as quinquilharias eletrônicas aceleram a escalada cotidiana do homem comum até o topo do seu Gólgota particular.

Acho tosco, desarvorado e cruel esse texto de arremate para o caldeirão fervente das delinquências, mas não o excluo do caderno, considerando que uma exposição sem trincas e obscuridades não reproduz a inteireza verossímil do que é real. Ancestral, clássico, medieval ou moderno, tanto faz. Acabo por achar atraente o entendimento pós-darwiniano de que a vida humana não foi modelada por design superior e é inútil supor que há respostas no final da linha ou, sequer, que há um final da linha. Abraçamos, por gosto e necessidade, ilusões que dão sentido ao processo evolutivo cego. Sinto o estertor de um gato asmático a roncar no peito, agasalho na alma a dor da crucificação *prêt-à--porter*, os horrores que borbulham sob o meu couro cabeludo nada devem ao index da infâmia universal. Descrever tais horrores é pouco distante de cometê-los.

Assim acordei naquela manhã no início do outono, encalhado em um subsolo na rua Danrak, depois de saltar de um trem e ter dado início a um novo modo de viagem. Sim, é preciso admitir que a peregrinação, tendo começado sobre rodas de aço percorrendo trilhos no noroeste do Mediterrâneo, atravessou o continente e empacou nesta cafua nas planícies baixas da batávia, no limiar das águas geladas do Mar do Norte. As ideias procuram ajustar-se, em prol da sanidade, à lâmina da medida exata, do espaço que falta ou sobra, ao imperativo fora de controle de quem procura exercer o controle e estar afinado com o que cada ocasião exige, como uma corda de alaúde tensionada para vibrar o som perfeito.

Exaltação encarnada

Um estalo grave e seco antecedeu a vertigem da queda, quando o chão se abriu e despenquei na poeira e no caos. Eu devia ter perto de quatro anos, quando o tabuado do salão onde um tio se casava desabou com o peso dos convidados, abrindo um vértice afundado na parte central, para onde a aglomeração escorregou. Logo depois, um novo ribombo e as laterais também foram abaixo. Guardo na memória a cena do pequeno eu tossindo e se esgueirando em meio aos escombros, no afã instintivo de alcançar a borda de alvenaria. O vulto de um homem coberto de fuligem, decerto meu pai, impulsionou o meu corpo para cima e logrei galgar o patamar com agilidade de cabrito. No alto, com o coração aos pulos, vislumbrei o fundo encaliçado onde espectros cinzentos moviam-se com estranha lentidão, erguendo-se do jeito que podiam e ajudando-se mutuamente. A minha mãe, em choque, juntava as partes de um rasgão no vestido longo de seda. Vozes estridentes clamavam por ajuda e invocavam santos. Na ponta onde instalaram o altar o tio Alberto, o noivo, segurava com um dos braços vigorosos o padre ancião, que se abraçara ao crucifixo despencado, e com o outro enlaçava pela cintura a noiva, que apertava, convulsa, o ramalhete colorido contra o vestido branco.

Tocado por tal visão e recorrentes pesadelos de desabamentos e perseguições, valho-me das armas do dr. Sapolsky[57] para combater o pânico: ao contrário dos babuínos, que, como os primos humanos, antecipam a ansiedade à ocorrência do fato temido, e como o guaxinim, que expressa a tensão em gemidos assim que enfia a cauda na toca, antes de ela ser mordida pelo caranguejo que com tal artifício será fisgado, penso e ajo como a zebra, que só se estressa quando o leão da savana já lhe morde os calcanhares. Sabem elas que o coração geográfico da manada as defenderá dos predadores que assediam os flancos, e diligenciam para acessar o centro e ali permanecer o maior tempo possível.

Apego-me, em conformidade com tais princípios de calmaria e sobrevivência, ao recurso de concentrar as forças na cidadela da sanidade e fazer pouco caso da loucura predadora que passeia por perto e ronda as bordas, à espreita de vacilos do eu-guardião. Disparar em fuga, só quando a ameaça de fato aparecer e não apenas a sombra intimidante ou o rumor que pressagia o estouro. Passado o perigo, cessa o estresse. Isso pouco tem adiantado na prática, admito. Recorro então à velha tática de driblar o pânico lançando mão de devaneios, e deixo as imagens folgarem – e até dançarem – na cabeça, enquanto o início de manhã corre como um rio subterrâneo em direção ao futuro. Ou refluindo para os acontecidos?

"Tudo vale para que não suba à tona o trauma que insisto em trancar a sete chaves!", sussurro aos botões. Sim, reluto em admitir a existência, nos baús da memória, dos fundamentos dolorosos da grande queda. Tudo se deu na primeira infância, quando o barro da identidade foi modelado para ir ao forno. Agora, se for bulido com força demasiada, esse pote pode desfazer-se em cacos.

Assim é que fujo do conteúdo incômodo dos sonhos pesados e humores avessos e evoco imagens fluidas e relaxantes, tais como a leveza das ondas azuis coroadas pela brancura da espuma, tentando apascentar o ânimo e entrar em beatitude alfa. Cedo ao vaivém das ondas que é melhor deixar soltas, inútil tentar domá-las. Mas o vermelho-sangue introduz-se sem convite na roda do pensamento e insiste em tingir os cenários verdes, brancos e azuis que elaboro: maliciosamente, as tinturas rubras crescem e aparecem nos deleites de uma manhã luminosa de setembro em uma praia da ilha (onipresente em tais recuerdos), onde eu me aplicava em atirar de través, sobre a crista movediça das vagas, calhaus finos desprendidos da rocha, polidos e arredondados. O impulso os fazia resvalar na superfície em graciosos e repetidos saltos, antes de esgotar-se o ímpeto e irem ao fundo. Mal a mente entra em regozijo com essa imagem, dá-se de súbito, em um canto remoto dela própria, a aparição de uma mancha. Emergida da ponta oeste da enseada, ela se move e cresce em minha direção. Logo, a mancha mutante ganha contornos e toma a forma de um cortejo, desviando-me a atenção e o prazer de atirar pedras no mar.

O sol ofuscante dá contraste e nitidez àquele grupo compacto de pessoas que se aproximam a passos rápidos, tanto que, vislumbradas há pouco na curva mais distante da praia, logo escuto e entendo o que dizem as vozes alteradas e urgentes. A uns vinte metros consigo identificar o tipo de andor que levam, as extremidades apoiadas nos ombros dos carregadores: trata-se de uma rede armada de improviso em um mastro de saveiro. Quando o grupo passa, rente a mim, flagro num *flash* o tronco humano que eles carregam, a cabeça pendida para trás, obscurecida por uma mescla de fuligem e sangue, os braços caídos balançando no ritmo das passadas, neles despontando uns tocos enfaixados e sanguinolentos onde deviam estar as mãos. Uma mulher que caminha ao lado chora, outra suspira e reza em voz alta, uma terceira grita: "Vamos lá, vamos lá, minha gente! Temos que chegar em Mar Grande antes da hora da lancha sair, com esta lerdeza não vai dar, o rapaz está nos estertores, os olhos estão revirando"

Os grandalhões esbaforidos que levam a liteira resmungam e aceleram como podem as passadas na areia fofa da praia. Naqueles intermináveis segundos testemunhei a primeira mulher suspender a ponta do lençol encardido para conferir a face do agonizante, gritando-lhe: "Fala comigo, meu filho! Pelo amor de Jesus Cristo, respire fundo! Não desista, estamos chegando na lancha, daí até o hospital em Salvador vai ser um pulo!" Com o coração aos trancos flagrei o torso sanguinolento e arfante, os tocos dos braços movendo-se em gestos convulsivos para além das bordas da rede, como se tentassem escapar da sorte madrasta, pular por vontade própria para fora do inferno. Sim, ele estava vivo, o que não parecia grande vantagem. Passado o cortejo, os ecos levaram longos segundos para desvanecer. No chão, identifiquei aqui e ali gotas de sangue misturados às pegadas na areia. "Isso foi pesca de bomba, deve ter estourado nas mãos dele!", concluí com a agudeza infantil de quem já havia presenciado desastres humanos tingidos de vermelho aqui mesmo, perto de casa, menos de um ano antes. Episódio este cujos detalhes, interditados pela vítima, só o tempo desvelará.

Sim, o vermelho impõe-se como a cor da capa atrás da qual tentei, em certa ocasião, esconder-me de um touro ameaçador no pasto; igualmente vermelho foi o sangue que esguichou de um corte profundo no pescoço de uma galinha, no pátio dos fundos do sobradão do avô, quando eu tinha uns quatro para cinco anos: Joana, a cozinheira asmática, deu pouca atenção ao menino curioso plantado a dois passos de distância, de olhos arregalados. Encurvada em um banco de madeira, ela depenou rapidamente o pescoço da ave, que se esbatia em seus braços, para em seguida prender a cabeça sob uma das asas, expondo o pescoço pelado. Com um corte preciso da faca de cozinha, abriu ali um talho fundo e o sangue esguichou, respingando na face do menino, antes dela direcionar o jorro à panela preparada para colher o ingrediente do molho pardo. E grunhiu:

– Arreda pra lá, ô menino ranhento! Não era pra você estar aqui, depois seus pais vão reclamar comigo. Vamos, desafasta daí, vá lavar a cara ali na pia e depois volte pros seus brinquedos!

Enquanto assim ralhava, a sua atenção desconcentrou-se e o bicho agonizante lhe escapuliu dos braços e ensaiou uns passos trôpegos e sem direção, as asas se agitando desconformes, a cabeça meio que pendida sobre o pescoço secionado. Como podia? O corpo avançou um ou dois metros até despencar de vez no chão e ficar estertorando, em espasmos. O garoto não esperou o desfecho e deu as costas, correu para a área social do sobrado. Tarde demais. O esguicho daquele sangue vermelho lhe tingira para sempre os mais fundos tecidos do pensamento.

Fatigado com o insistente retorno da coloração sanguínea nessas divagações, forço a barra para arrefecer o pensamento. Tento imprimir leveza e ritmo na respiração e busco imagens apaziguantes. Visualizo o cenário de um deserto onde faço, em câmera lenta, um *travelling* sobre as dunas que se sucedem em ondulações amarelas até onde a vista alcança, marcadas aqui e ali por tufos magros de vegetação rasteira. Calmaria total, sequer um sopro de vento para perturbar. Mas o ambiente mais ressequido tem suas manifestações de vida e acaba por incitar inquietudes inesperadas, que povoam a cena na forma de serpentes que rastejam entre as pedras e agitam chocalhos. Chocalhos? Não está dando certo.

Forço mais uma vez o roteiro na direção do desvio, e recupero estilhaços dos anos verdes, quando o afeto se mesclava ao medo e à perplexidade, no patamar dos sete anos. As imagens ganham definição e aparece um mecânico sueco hospedado na nossa casa, na ilha de Itaparica. Magro e pálido como uma vela, cabelos louro-palha e sorrisos de esgar marcando o maxilar proeminente, atravessara a baía para orientar a instalação da máquina importada que iria acelerar a fabricação de tijolos e telhas na cerâmica. Era domingo e ele desfrutava as regalias de convidado especial para almoço com os meus pais, tios e visitas de fim de semana. Um estrangeiro, coisa rara, curiosidades acesas. Bebeu cerveja a rodo, contemplou o mar à frente com olhos melancólicos, interessou-se por um fuzil trancado no armário envidraçado da sala. Pediu para ver e manuseou o ferrolho, desmontou e remontou com rapidez e perícia os mecanismos. Ante as perguntas que choveram sobre a guerra, encerrada pouco mais de uma década e meia antes, foi arredio nos comentários. O pai e os tios insistiam para que ele contasse histórias do que vira. Respondeu que não havia combatido, o seu país tivera a fortuna de permanecer neutro em meio ao pesadelo geral... e mesmo que quisesse comentar, não iria encontrar palavras suficientes... recebera treinamento militar, sim, e acompanhou os desdobramentos à distância, vigiou em serviço as cercanias do *front*... do lado de fora as coisas aconteciam e os rumores circulavam, não paravam de chegar fugitivos com relatos indizíveis, pessoas mutiladas de corpo e alma, um fluxo interminável de torpezas, o sangue e o sofrimento cruzavam a fronteira e encharcavam o chão do seu belo país. "Vi seres humanos inclassificáveis cometendo bestialidades que repugnariam as feras... nem queiram saber do que era capaz aquela gente insana e fanatizada e as hienas oportunistas que os bajulavam!", concluiu, batendo ruidosamente as palmas das mãos e encerrando o assunto. Ergueu-se, andou até a varanda e ali estacou por alguns minutos, contemplando em silêncio o mar.

Na manhã anterior, um sábado ensolarado, entre um arranjo e outro da nova máquina no galpão, ele surpreendera a todos lançando no ar uma faca peixeira, em gesto desavisado. A lâmina deu dois giros e se cravou no centro de uma coluna de madeira, fazendo um ruído molhado: thoc! Com um riso silencioso, olhou para o garoto boquiaberto que insistia em acompanhá-lo de perto, passou com leveza a mão na minha cabeça.

Pelo fim da tarde de domingo, depois da lauta feijoada, partilhou da roda atenta em torno do rádio, todos ligados na voz nervosa do locutor em meio a torrentes de estática, irradiando os lances da grande final. Havia exaltação no ar, a todo momento alguém se levantava, gritava, sentava de novo, coçava-se em frenesi. O sueco bebericava, quieto, cerveja e aguardente e intercalava sorrisos contidos e comentários curtos, com seu sotaque engrolado. Ao final da partida, ergueu-se e cumprimentou com apertos de mão a cada um dos que pulavam e gritavam de alegria. O pipocar de foguetes e estouros de bombas converteu-se em um ribombo grave e contínuo, cada vez mais estrondoso, como se o mundo estivesse a se acabar. O cheiro de pólvora invadiu minhas narinas. Olhei para o perfil de Salvador, do outro lado da baía: uma nuvem grossa se formou de ponta a ponta, e em pouco tempo mergulhou a cidade em uma densa e escura cortina de fumaça. O ribombo e as vibrações do foguetório faziam tremer a terra, devia ser aquela a sensação de um terremoto ou de um bombardeio, pensei. Era junho de 1958, a seleção do Brasil havia vencido os suecos e conquistara a Copa do Mundo. Na final apoteótica, dois gols de Pelé, dois de Vavá e um de Zagalo.

Décadas depois reencontrei aquele homem, projetado em preto e branco numa tela de cinema, com as roupas e poses de um cavaleiro medieval melancólico, jogando damas com a morte[58]. Eu havia conhecido, em pessoa, a cópia original do ator Max Von Sydow.

O tigre e o dragão

É domingo, o telefone toca. Por certo, alguém do país dos rios, florestas e praias ensolaradas deseja ouvir a minha voz. Os amigos e familiares devem estar perplexos com a falta de notícias e querem saber se estou vivo, quando estarei de volta, perguntas banais para quem se excluiu do mapa. Um cansaço profundo toma conta do corpo e da mente, não me animo a esticar a mão até o aparelho. Permaneço inerte sob a coberta e deixo a campainha ressoar, em algum momento vão desistir. Aproveito o fluxo de adrenalina para anotar no caderno o pesadelo da noite:
Meço mentalmente o tamanho dos vagalhões que transpõem a amurada da beira-mar, no bairro de Amaralina. Em levas sucessivas, as ondas gigantes levam de roldão os troncos esguios dos coqueiros arrancados pelas raízes e batem de frente com o prédio, estremecendo e fazendo estalar as estruturas. Fujo em pânico para a parte dos fundos e escalo a escadaria de serviço até a ligação da laje superior com o morro, por onde pulo para fora da arapuca prestes a ser varrida pelo rebuliço das águas. Em meio à corrida, volto-me para trás e vislumbro quarteirões de tijolos e cimento se desmantelando no vaivém das ondas gigantescas, como castelos de baralho a um sopro de vento. Atinjo a parte alta da colina e contemplo o prédio tremendo como uma caixa com malária, até se desfazer em grandes pedaços, levados no turbilhão.
Este sonho ruim não me larga mais, encarnou, entrou em meu corpo como um bicho-do-pé e ali encontrou, pelos vasos sanguíneos, o caminho até o cérebro. Como nas vezes anteriores, acordo encharcado de suor e o coração aos pulos. Olho o relógio: quatro da matina. A ressaca bate o seu badalo pesado no grande anel de bronze, como o gigante oriental na abertura dos filmes da Rank: toiiim!!! Os longos arrepios que me percorrem o

corpo traduzem as sequelas de um mal secreto que não consigo acessar e muito menos exorcizar. A cabeça zumbe como uma colmeia e cada ideia é uma abelha excitada, com voos próprios. Sinto as pernas amarradas a correntes imateriais e o ego revolvido, sem meios de escape, vez que não reconheço a intenção de justiça, mas sim a de punição entre os meus inquisidores noturnos. As ondas sísmicas que provêm do inconsciente fazem-se mensageiras de graves desordens nos fundamentos e podem engolfar o construto egóico.

Mais uma noite encalhado neste mafuá dispendioso, queimando um óleo muito fino para o que recebo em troca, não há sequer luz na cabeceira, onde o fio não alcança e o abajur clareia apenas a zona dos pés. E a máquina pensante teima em manter-se ativa na boca da madrugada, quando devia aquietar-se sob o domínio apaziguador do sono. Penso em calçar os tênis e dar um giro na cidade, mas pouco me anima subir até o nível do solo e me embrenhar no pandemônio das calçadas e das baladas tardias. Enrolo-me nas cobertas e temo que a mala e a sacola largadas no canto do quarto não estejam a salvo, sequer os documentos sobre o criado-mudo, sob a guarda da boneca de bozó espetada com agulhas. Dar errado é a tendência natural das coisas, concluo. Basta o Diabo esfregar um olho, e tudo o que estava arrumado desandará e sairá do prumo.

Enumero os itens da carga que me pesa às costas e avalio as comodidades da vida engaiolada e previsível. Prevalece o roteiro do sentenciado que se enreda em seus próprios mantras, como o da borboleta que almeja retornar ao casulo assim que, abertas as asas e voado alguns metros em campo aberto, descobriu a natureza rasa e crua da realidade. O medo de perder os parcos bens materiais ou de atrasar no horário de trem, a atenção ao dinheiro, à entrada e saída de comida no tubo boca-rabo, a necessidade de manter a segurança, a identidade e a integridade, tudo isso está no prato da balança e o peso me é desfavorável.

Em perseguição a um mínimo de conforto mental, recorro aos signos ancestrais da regeneração e balbucio a palavra *Panaceia*, o elixir para todos os males. Nome de uma das seis filhas de Asclepius, o deus grego da medicina. Li em algum lugar que ela alimentava serpentes sagradas nos templos em que se realizavam curas. Ora, penso, tais serpentes, ainda que cuidadas pelas mãos destras de uma deusa dedicada à saúde, acaso detinham o poder de abrandar, nos humanos, a irremediável ruína física regida pelo tempo, ano após ano? O que não fazem os mortais comuns para protelar, por um dia que seja, o encontro inevitável com o desencaixe na roda do destino, a aniquilação, o desenlace na estação final?

Corro para o banheiro e procedo um inventário na *necessaire* de couro preto, pendurada de ponta-cabeça como um morcego no cabide junto à pia, e concluo que de amenizantes não estou mal servido: pomada para assaduras, filtro solar, bisnaga nasodilatadora, colírio, bombinha para distender a árvore bronquial, pílulas para dormir e para assédios de gota, dipirona e paracetamol para as visitações abjetas da ressaca. E contra o olho-gordo humano, as aleivosias lançadas ao vento, de que serve tudo isso? Um pequeno vacilo e um malandro com mãos de gato me aliviou de 40 dinheiros na estação central, ontem de manhã, em troca de uma informação de rala serventia. Invade-me a sensação de que o ouro da sobrevivência se converteu em areia e escorre entre os dedos, posto que o rebaixamento dos humores (assim como da temperatura lá fora) estreita a minha porção diária de endorfinas. A arte e o ludismo abandonaram o existencialista letrado e solitário que flana com sua capa triste pelas ruas da cidade-símbolo das liberalidades nórdicas, gastando tempo e energia em esquemas de suporte e provimento. Refugio-me na cidadela da resistência e pondero que, de madrugada e sozinho eu sou mais eu, aqui na toca ninguém tasca o que é meu. Prisioneiro dos gravames da sobrevivência, renuncio ao espírito festivo e tudo o que desejo para amanhã é degustar um prato de arroz integral com legumes mistos cozidos num restaurante chinês de segunda, na esquina mais próxima.

Em ritmo com tais devaneios, minhas mãos desenham no caderno a efígie de uma mulher de cabelos anelados, olhos alongados e boca preciosa. Parece modelada em porcelana, tão delicada que é a textura da pele. Reconheço-a, é um híbrido de sereia e dragão arteiro. Quase tão louca quanto eu me julgo ser, ela pagou o preço de erguer a bandeira da paixão incondicional e predestinada, no rumo certeiro da flecha amorosa e no desvio aniquilante da negação. Deixei-a para trás nos trópicos e, sem se anunciar, sua imagem me faz agora uma visitação na moldura da noite. Pensar nela é como esfregar um bálsamo no pensamento, alivia os humores transidos e desafivela emoções empacadas. Em seu corpo curvilíneo e bem talhado, a canoa porra-louca encontrou regalo e porto seguro. Estava escrito que quando o tigre e o dragão se encontram, tudo pode acontecer. A face do amor desenhada no caderno pisca na minha mente como um anúncio luminoso sobre o asfalto molhado, ocultando o poderio de um vulcão oculto prestes a despejar torrentes de lava.

O que pensará de mim essa mulher, nestas longas semanas de ausência? Figura estranha, artista descabelado, inconformista, rebelde intratável, demônio tentador e transgressivo que a enlouquece na cama, moço sensível que faz sofrer aos que o amam? Que concessões românticas deixei passar por uma fenda mais estreita que a culatra de uma agulha e mais larga que o delta do grande rio chegando no mar? Por que a deixei para trás tão solta, tão vulnerável?

O telefone tilinta novamente. Sim, sim, deve ser ela, deve estar acordada, louca para transpor o fosso do fuso horário. Mais uma vez domino a emoção e permaneço estático como um bloco de granito. No quarto ou quinto toque, um impulso incontrolável faz-me arrancar o fone do gancho. Tarde demais. Angustiado, reflito que a gente tem que mostrar que está vivo de quando em vez. Alarma-me a ideia de ser descartável, de passar em branco e me tornar irrelevante. Puxo da carteira um papel amassado e decodifico a comprida sequência de números, seguro o aparelhinho entre as pernas e vou girando febrilmente o dial: zoiiim, zoiiim. Atendem! A voz melodiosa me invade os pavilhões auditivos.

– Oooi!! É você, meu bem? Que dificuldade! Estive pensando horas seguidas em falar contigo, já disquei meia dúzia de vezes... não sentiu arder as orelhas? É que bati o carro ontem, nada de muito grave, já o guincharam para a oficina e agora estou bem! O chato é que esqueci de pagar a prestação do seguro, depois lhe falo mais sobre isso... Já marcou a data de volta? Por que tanta demora para me ligar?

– Tentei lhe falar dias seguidos e só deu caixa...

– Ah, é que eu fui para um sítio em Massarandupió, lugar lindo, cheio de dunas, coqueirais e lagoas e zero sinal de celular... rolou uma *rave* na barraca do Patrício e acabei ficando por lá mais tempo do que planejei... foi superlegal, conheci uns amigos e neste *weekend* eles me chamaram para um luau na Praia do Forte... você vai gostar deles quando voltar... são gente muito fina, maneiros mesmo... a festa é que estava devagar... caímos fora e caminhamos até o alto de uma daquelas dunas alvas que você gosta tanto, um ponto cheio de vibrações, fizemos um círculo e nos demos as mãos sob a luz das estrelas, para atrair as energias dos discos-voadores... Você não soube, não chegaram aí as notícias? Os aliens começaram a aparecer na orla norte de Salvador, a partir do farol de Itapuã, sobre as dunas da vila de Buris e na aldeia hippie de Arembepe. Deram as caras também na Chapada Diamantina, sobre as grutas de Iraquara, no altiplano de Mucugê, no morro do Pai Inácio e no Vale do Capão, onde dizem que eles se estabeleceram, misturaram-se com os humanos, quem vai saber? Os jornais e a TV não falam de outra coisa. E veja só o que aconteceu! No alto da duna nada de especial rolou, só a nossa vibração sob as estrelas... mas quando voltamos para a cidade, pouco antes do nascer do sol, uma luz super brilhante surgiu do nada e nos sobrevoou por quase uma hora, fez ziguezagues, subiu e desceu, mudou de cor, parou no ar, um troço muito louco e muito lindo! Não deu para controlar os arrepios e os tremeliques! O motor morreu de repente, os dos outros carros também, os faróis se apagaram e os celulares perderam o sinal, foi uma doideira, a pista encheu de gente abobalhada olhando para o alto, todos atônitos, alguns chorando e se abraçando, a maioria morrendo de medo e eu no meio!

Respiro fundo, ela prossegue.

– Você não sabe como foi bom conhecer esse pessoal, meu amor... deu um baita *upgrade* em minhas rotinas tediosas! Depois que você saiu, ficou tudo muito quieto e chato, o mundo estava devagar quase parando, bateu uma maresia geral, acaso não pensou nessa possibilidade? Então, soube que abriram uma turma de dança de salão na academia e me matriculei... é superdivertido, vou lá às quintas e conheci uma penca de gente maneira. Ia entrar também num grupo de pilates, mas me convenceram a trocar a musculação, que não passa de uma abordagem mecânica e repetitiva, por exercícios de bioenergética e massagem ayuvédica, e agora eu ando hiper centrada, meu corpo está a mil... peguei com o homeopata receitas de florais de Bach e as enxaquecas aliviaram, já pensou? É um esquema sutil, bem para o alto, está me compreendendo? Comecei a trabalhar os chacras, é incrível liberar as energias bloqueadas, elas fluem da raiz do cóccix até o alto da cabeça e depois voltam em ondas, a plenitude invade a mente, rola um desfile de luzes coloridas... nunca antes me senti assim, tão intensa, tão mulher... você vai ver quando voltar, seu diabinho! Vou lhe pegar de jeito!

– Hum-hum – é tudo o que consigo responder.

– Que é isso, benzinho, está rosnando? Você não está com ciúmes, está? Conheço bem essa cabecinha desconfiada e arteira, não é nada do que você está pensando, viu? Deixe de paranoia, o que está rolando é coisa do corpo astral, é a vibração cósmica, a gente está se empoderando, você sabe muito bem que eu sempre tive os quatro pneus arriadinhos por você e o estepe também... você sabe, não é, *amore*? Vamos, vamos, diga que sim! Responda, vai!!

Afasto o telefone do ouvido com a certeza de que ela falará e falará, até se dar conta de estar solitária na ponta da linha. Ah, as mulheres... as doces evocações do enjaulamento amoroso, as mãos macias e ávidas passeando pelo corpo, o cheiro da mulher amada... um tumulto este mundo, há cada vez menos lugares para onde se possa escapulir... uns santuários, uns desvios, qualquer coisa que distenda a respiração... o Keith Richards tinha carradas de razão ao pregar que o melhor lugar do mundo é o tablado das sessões roqueiras, onde não há quem interrompa a performance e a jogada é tocar e se esbaldar por horas a fio, apartado do blablablá e das fofocas...

Meço a garrafa de vodca sobre a cômoda, nem uma gota para remédio... tanto melhor. O corpo está mal-acostumado, a aspereza da realidade se sobrepõe à fluidez do sonho, é isso e mais nada. É tudo esquema, para sair e para entrar, prisioneiro que estou da convenção social para a qual não estou habilitado ou não me deixo liberar. Não dá, em definitivo, para ignorar a bola de neve das encrencas que fluem na alma e relevar o instinto de macho dominador que lida com a árvore da incerteza plantada no próprio quintal.

Sei, sim, que nada é intocável lá embaixo, no país-continente onde é sagrado o passe-livre para devastar florestas. Esforço-me para inverter, na mente, as imagens cruas da destruição por cenas idílicas de índias graciosas e desnudas banhando-se nas águas claras do rio e nuvens de pássaros revoando as copas frondosas... restam, sim, ambientes que o bicho-homem não conseguiu ainda profanar e a água continua a fluir límpida das nascentes, pode-se beber direto no regato, com as mãos em concha, a água fresca e pura, uma sensação inexcedível... sim, acalma a mente evocar os vales, as corredeiras que nunca secam e as cumeadas imponentes do altiplano.

O que rola, de fato, é o círculo de ferro da clausura, parece que só o trabalho duro me dá alento. Desperdiço o meu couro sem alternativas, amarrado à data do bilhete para o aeroporto Gatewick, em Londres, um *timing* mal planejado. Posso melhorar o humor amanhã e lograr uma relação mais aberta com a cidade? É apenas uma questão de afrouxar a guarda e me permitir o prazer da busca intelectual e sensorial no mundo onde as coisas acontecem e as pessoas reconhecem a minha voz.

Ligo a TV para confirmar a melhora no astral e desfilam as notícias da hora: descobriram que os recifes de coral estão embranquecendo e morrerão em poucas décadas, por decorrência do aquecimento global e degradação dos oceanos emporcalhados por micropartículas de plástico... zap para as imagens de milhões de desabrigados pelas monções em Bangladesh e na Índia, a maior inundação do século... zap para mais um naufrágio de barco lotado de refugiados no Mediterrâneo... zap para a sucessão de incêndios sem controle nas franjas do santuário verde da Amazônia e nos confins do Pantanal, devastados por gangues predadoras alojadas nos poderes da República... zap para tufões de magnitude inédita vergastando as costas do Caribe e... chega por hoje, zap off!!

Antes de apagar a luz, pego mais uma vez o caderninho dourado de Florença, companheiro fiel sempre ao alcance, um lume para a consciência que de alguma forma aperfeiçoa, sempre, a resiliência a surtos e vexames que nunca se esgotam. Acho que aprendi um bocado sobre o poder das palavras, que podem dançar e saltar como uns bonecos de mola, se provocadas. E elas saltam mesmo, como tigres adestrados ao aceno do domador, é só relaxar e fingir não as procurar, as palavras, que elas vêm trotando ao meu encontro como se dotadas de vontade própria, e fazem girar na mente um carrossel de combinações e significados. O tigre é o tigre onde quer que esteja e se impõe, com sua pelagem listrada que é pura arte. De repente, o tigre salta no vazio no encalço do dragão arisco, que, em defesa própria, faz o carrossel girar mais rápido. Estou indo longe demais, desacelero. Aciono os flaps mentais e elejo como tema apaziguante a estranha imagem da vaca aleijada, claudicando solitária no pasto paterno:

Contra o fundo encarvoado da noite, a figura do pai queimando gravetos e troncos velhos num canto do pasto espelhava a queima da própria alma. Chamas flamejantes, hipnóticas, fuligem lançada no ar, estalos da madeira seca em brasa. Por ali perto arrastava-se a vaca aleijada, por tal condição poupada por ele e pela mesma razão rejeitada pelo rebanho. Uma dupla e tanto fazendo sombra às chamas da fogueira, a vaca não se afasta quando o meu pai está por perto, confiante na proteção de quem está no comando, logo ela! Como se sente esse ente em um mundo tão preconceituoso? Por que seriam iguais todas as vacas – ou seria lícito à manada aceitar uma irmã com tão disforme aparência? O rebanho lombrosiano não pode pastar em paz tendo que conviver com a diferença, é o que parece ser. Enquanto isso, o pai não descansa: junta e acende em toras e galhos as chamas da própria alma, sim, a alma refém de sentimentos crus, impedidos de crescer e brotar, de viver à larga o conteúdo emocional, de juntar-se ao time dos iguais, de pastar seus merecimentos. E o fogo queima a contradição, parecendo alimentá-la.

Uma gota no balde

Amanhã eu pegarei na estação central o trem metropolitano até o aeroporto de Schiphol, de onde voarei até Gatewick, nas cercanias de Londres. De lá, baldeação e voo sobre o Atlântico, cruzando a linha entre os dois hemisférios, de volta para o país de Lampião, Gregório de Matos e Jackson do Pandeiro. A última perna será de São Paulo para o coração histórico-cultural da *terra brasilis*, a Cidade da Bahia, negra, misteriosa, pulsante.

A horas altas da noite, de mala e mochila arrumadas e o espírito inquieto que precede tais movimentos, a insônia traz à cena a encrenca geral dos relógios e a certeza de que o sono pode, sim, se esticar além da hora marcada e me armar uma baita sacanagem. Testo mais uma vez a função despertador do relógio de cabeceira chinês e ele está nos conformes, funciona tal como programado. Tudo parece em ordem, mas, ainda assim, dou como certo que uma única peça que não se encaixe no roteiro emperrará todo o mecanismo e desencadeará a balbúrdia. Curvo-me ao deus das geringonças e a ele imploro indultar-me de desacertos nos trânsitos da sincronia e a cumprir sem sobressaltos os tempos e movimentos necessários para que o porvir almejado aconteça. Suplico-lhe que mexa os pauzinhos do destino e os ponha alinhados, em garantia de que o pessoal que me fará o café da manhã acorde na hora aprazada e eu possa sentir o cheiro estimulante da beberagem antes de fazer o *checkout* no balcão do hotel e chispar para a rua com os meus teréns.

É inegável, no entanto, que a desordem é treiteira e a beirada do abismo está demasiado próxima para ser ignorada: em dado lugar e em hora determinada um fragmento do cosmos pode desprender-se do encaixe natural, um grão de areia pode sair do lugar e atritar os rolamentos da grande engenhoca, e tirar da rota o personagem escalado para cumprir o papel insubstituível.

O motorneiro do trem que me levará ao aeroporto pode voltar do meio do caminho para a gare visando certificar-se de que bateu a porta do apartamento e girou duas vezes a chave na fechadura; o carregador de malas que se dirige ao terminal aéreo pode não suportar a dor de uma unha encravada e chegará atrasado no trabalho, mancando, com um pé de tênis na mão; o piloto do Boeing bebeu um bocado de uísque no bar do hotel e vai acordar com uma ressaca tamanha que de longe lhe farejarão o hálito; o operador da torre de controle é outro que dormiu mal, não chegará a tempo para substituir o colega do turno da noite. Há uma girândola de personagens se aprestando em múltiplos lugares e se regulando pelos relógios para convergirem pontualmente a seus postos. Mas as possibilidades de desacertos são infinitas e podem desencadear irremediáveis lapsos de sincronia.

Enquanto me reviro na cama com tais apreensões e tento atrair o sono e driblar o estresse nas poucas horas que faltam para a partida, recito vezes sem conta o mantra de que cada indivíduo, cada peça da engrenagem fará a sua parte e o grande relógio cósmico reencaixará cada segundo no espaço próprio e manterá no ritmo cada oscilação das roldanas. "Relaxe, no final tudo vai dar certo!" Ouço isto desde pequeno, nas situações-limite em que nada pode dar certo.

Vou adiante e reflito sobre as razões e as consequências deste autoexílio que está chegando ao termo. Há indicações. Examino o desenho que tracejei há pouco no caderninho dourado: uma carruagem sem cavalos. Interpreto a imagem como simbolismo da libido desativada. Folheio algumas páginas para trás, em busca de pistas, e encontro um trecho copiado do clássico *Da natureza das coisas*[59].

"Que se evitem as armadilhas de Vênus e que se despedacem as suas redes quando nelas se ficou preso. Basta abrir os olhos e verificar os defeitos do objeto amado, em lugar de os desculpar".

Para que isso agora? Procuro relaxar, largo o caderno de lado e deixo fluir na corrente mental os destroços do paraíso deixado para trás, a zona caliente dos trópicos, a mulher amada presa nas ferragens de um passado cheio de cicatrizes, marcas vivas de uma paixão possessiva e desembestada como a locomotiva fumacenta de Zola[60]. Sim, sim, nada é mais prazeroso do que evocar o corpinho de boneca, as curvas harmoniosas das ancas e os olhos redondos e desalentados, bombardeando-me com perguntas sobre a decisão de deixar o país, de viajar para o Norte.

– Por que essa ideia louca saída do nada, que bicho lhe mordeu, o que lhe deu na cabeça? Precisa escapar para tão longe?

– Não estou fugindo, não estou negando nada. Estou apenas querendo chegar ao nó do problema, e sinto que só dá para resolver longe daqui.

Naquele momento, fosse ela a própria Nêmesis, divindade grega controladora das pulsões vindicativas do destino, nada me faria voltar atrás, sequer o amor com o arco retesado e a seta em ponto de disparo. Eu estava com os sentidos em alerta e pronto para resistir, ávido por encarar as encruzilhadas e seguir em frente, desafiar moinhos de ventos e fatalidades.

Vem à mente, em alto contraste, a cena da noite que precedeu a partida, quando nos despedimos no pátio de um bar da moda no Rio Vermelho. Entornamos umas doses de underberg e saímos a caminhar a passos lentos e de mãos dadas até o Largo da Mariquita, onde havia um coreto improvisado. Ninguém à vista, apenas os faróis de boêmios tardios que atravessavam com seus carros as bordas da praça. Subimos os degraus de madeira e ensaiamos na plataforma cenas de entrega explícita, como um balé à moda antiga, a beldade em flor conduzida por seu jardineiro aluado. Ali, reembaralhamos as cartas afetivas e respiramos o cheiro doce de jasmim que flutuava no ar. Um novo raio caía no mesmo lugar toda vez que nossas peles se roçavam e uma troca energética em alta voltagem insinuou-se em nossos corpos, sem pedir licença. Com o coração aos pulos, prometi perdoá-la. Ela selou com os dedos os meus lábios, fitou-me com os olhos de meia-lua marejados, suspirou fundo e murmurou que havia, já, zerado as mágoas, todas elas. "Não dá mais para viver só de esperanças", ela disse. Colocamos pesos iguais em cada prato da balança, zero ressentimentos dali para a frente. Era assim o amor, foi assim o nosso derradeiro encontro: em um palco noturno e solitário, onde as tentações cintilavam como fogueiras votivas de neon.

Abandono tais evocações doce-amargas no covil estrangeiro em que me enfiei, tento conceder um refresco à memória. Esforço-me para unir as duas extremidades, o tiro de partida e a fita de chegada. Percebo o quanto o passado condena e acorrenta. E o humor de ocasião é insuficiente para aliviar os neurônios hiper ativados que concedem poder de fogo à imaginação. O velho lobo das letras reconhece como boias de salvação – e também marcos de sinalização – as palavras que escreve, que deixa escapulir da cachola, e ausculta a paisagem rumorosa das infâmias que lhe infestam a alma, as bruxas que praguejam no fundo do peito como gatos asmáticos, o desejo cru de revanche, os afetos desdenhados que clamam por atenção e os cantos de sereias negativistas que intoxicam o ânimo com boatos e cantorias desafinadas. Com os olhos semicerrados, vislumbro um espectro que se adianta da zona de sombra e lança o repto:

– O leite azedou, bonitão? Não conseguiu superar o baque afetivo e mentiu para ela na hora da despedida, foi ou não foi? Negue, então, que ela estava preparada para encarar as decepções, e você não! Pois trate, então, de ficar contente, o que você tem é o que você merece! Ou então desista de vez, submeta-se, conforme-se com as sobras que o destino lhe concedeu!

Um outro vulto, que mal consegue segurar o ímpeto, acerca-se e proclama aos quatro ventos, com gestos petulantes e voz estridente:

– Desde o começo você é um erro, um desencaixe, uma fatalidade, queria o quê? Será que não se enxerga? Para que serve espernear e lutar pelo que está fora de alcance? Queimou a largada? Folgou demais a corda? Então pague o preço, saiba perder!

Essas pragas e injúrias que incitam o desânimo ecoam na seara das bruxas e têm sido ouvidas por quem manda na roda do destino, para meu desgosto. Mas herdei os genes da teimosia: ante cada ultraje eu tranco as pregas, trinco o maxilar e mobilizo as forças do intelecto para mudar o rumo e o cenário, tento recomeçar do zero. Este é o meu código de sobrevivência e dele não abrirei mão. Duro na queda, cresce em mim o caboclo boiadeiro que solta os touros no campo inimigo, quando sente pisados os calos.

Ponho-me ao largo daqueles entes obsessores, apago-os com a memória das tias e avós que me acalentaram na infância, em contraponto às sequelas de ter existido fora da hora e ter decifrado precocemente os códigos da paixão egocêntrica. Tinha que ser coisa de mulher, a banda compassiva da espécie. E elas repetiam os mantras de acolhimento, as fadas-madrinhas benevolentes, afinal eu trazia a arte desde o berço, o carisma é um dom pessoal que se alimenta do sofrimento que todas elas conheciam, minhas caldeiras mentais estavam cheias de pressão e eu apelava para o instinto. Acuado, pus-me à margem do rio de tristeza que me inundava a alma e aproveitei cada chance, cada dobra do tempo para me manter à tona, o coração ligado na tomada, sempre e sempre. Senti-me continuidade de algo maior do que o cerco existencial, a superação apontava para uma janela por onde valia a pena saltar de volta para o território abandonado.

A vida manifestava-se, então, nas pequenas coisas. Anunciava-se nos raios de sol que se infiltravam pelas brechas das telhas do casarão da infância, ao amanhecer, depois de uma noite de sonhos ruins. Com a luz, a sinfonia dos pássaros e galos do quintal prometiam descobertas e correrias matinais. O cheiro de café coado inundava o ar e o mundo voltava a funcionar no modo certo. O intelecto e a sedução eram muletas preciosas, eram os recursos que eu dispunha para nortear a navegação em meio aos icebergs da rejeição. E não me lamuriava, apesar de todo o tempo apresentar lacrimosos os olhos e cambaleantes as pernas. Olhava para cima fungando, sem dizer palavra, e elas, as tias e avós, faziam a leitura da situação. E eu ouvia: "Ah, esse menino fica inventando moda... com esse jeito quieto e sensível, vive se escondendo nos cantos da casa... e não larga as revistinhas!"

Quieto e sensível? Sim, reconheço. Acalentou-me a compaixão feminina pelo meu ar de desamparo, a aura desprotegida de pária, o fatalismo no olhar, a queda já então prenunciada e vislumbrada por aquelas mulheres que conheciam as asperezas do despotismo patriarcal. Como resistiriam ao instinto de conceder o leite quente e o mel do afeto a um ente fragilizado, incapaz de pedir proteção? Nesse terreno do desvio eu continuo mestre, e razões não me faltam para resistir ao despencamento, sem vacilações nem suspiros. E os amigos... ah, os amigos. Deus e o Diabo pouco sabem do que eles andam falando de mim nos bares e rodas de conversa. E os inimigos? Para estes, mereço não menos que uma crucificação lenta, prego após prego, regada a vinagre... ou a degustação vespertina do meu fígado por um pássaro de bico aguçado.

Mas isso já não incomoda tanto, agora que coleciono sonhos de transformações, em que eu estava andando por aí e as coisas mudavam como num filme ou num livro e tudo parecia tão difícil, cada passo dado durava um século e eu queria mais, sempre mais, ignorando o limite que se interporia à frente, sólido e intransponível como aquela barreira de ferro do final de linha na estação de Zurique, com suas molas gigantes prontas para aparar os impactos de trens desgarrados – e a descontinuidade dos trilhos para além daquele marco final sinalizava não só o bloqueio dos estilhaços emocionais, mas também o termo de uma vida doravante curta.

Com tais ultimatos ressoando na mente, desisto do sono quando está perto o amanhecer. Consulto o relógio, há tempo de sobra, mas não confio. Concedo-me um alívio mental sob o chuveiro privativo da toca batava. Saio assoviando da água vaporosa, envolto em uma toalha vermelha, cujas felpas compridas lembram a pelagem dos caranguejos no mangue, o que percebo ao me olhar no espelho. Um caranguejo na toca, é isto, não há como não me desatar em risadas! Chacoalho a mim próprio, teatralizo. Flagro-me andando de lado e recito palavras desarticuladas em frente ao espelho, ensaio uns passinhos desajeitados para lá e para cá até que um espasmo irrompe da medula e me toma conta do corpo, ocupa os chacras da raiz à coroa... diacho, é a dança do caranguejo que me possui, é como se quatro pares de pernas eu tivesse e a direção do mundo me fizesse andar mais de través do que de trás para a frente.

Atravesso a estreiteza do quarto bamboleando e entreabro a porta. Ao longo do corredor ecoam estalidos e o arrastar rítmico de passos dançarinos que vazam das tocas vizinhas, uma pulsação sincrônica e algorítmica convoca-me para a celebração totêmica dos covis. "Somos muitos e juntos somos invencíveis!", reza o nosso hino. Então é hoje o dia e é este o lugar onde eu devia estar, desde sempre e doravante, a montante e a jusante. Pego a mala e a mochila, fecho as contas na portaria e corro para a estação central.

Sanfona quântica

Enquanto o trem metropolitano roda nos trilhos entre a estação central de Amsterdam e o aeroporto de Schiphol, encosto a testa no vidro gelado da janela e leio nas formações de nuvens, como sinais de fumaça, o epílogo da peregrinação. Os agouros à vista prenunciam chuva pesada, radiativa, tóxica, e os ventos trazem-na para cá, não há como escapulir. Refugio-me no pendor para enviesar a realidade e construir castelos de miragens sobre alicerces movediços. Esta habilidade vem de longe e tem a ver com a ligação nas coisas fluidas do mar, da praia, dos búzios reveladores do design cósmico, da faixa de areia onde as ondas se quebram em vaivém, separando da terra firme o útero oceânico.

E adentra mais uma vez no pensamento o canto das sereias, desta feita na versão de Franz Kafka, que nelas vislumbrou uma notável singularidade, uma arma de efeito mais temível do que a sua cantoria sedutora e mortal: **o silêncio!** Sim, o silêncio das sereias. O escritor das zonas de sombra argumentou que o mítico Ulisses derramou um pote de cera nos ouvidos e se salvou do canto das sereias, "mas de seu silêncio, com certeza não!"

Nesta estação derradeira concedo-me direitos de Ulisses de araque, tudo o que eu quiser pode rolar, afinal são ideias e palavras formando cenários e historietas, não passa disso a pretensão literária. Enfeixo num palco fora do tempo os mundos interno e externo, o futuro e o passado em uma sequência linear de capítulos, tal como as estações percorridas na perambulação outonal em que o trem leva a bordo a narrativa livre-pensante do escritor andarilho, soprada no mundo como uma folha seca ao vento outonal.

Recito o réquiem no modo enredo: resgato o tempo em que euzinho não passava de um projeto pouco formado, ou incompleto, de homem – era apenas uma criança e morava na Ilha – e carregava como atributo uma overdose de sensibilidade às coisas do mar, que estava logo à frente da casa e nada podia ou devia me ocultar. Sem lembrar ou conhecer os mantras vedantas, eu era um ente em formação, quase completo, quase iluminado sem disso saber, enroscado no encadeamento carnal e cultural das gerações que me precederam. Gostava de catar conchas na areia e interpretava, nos formatos, dobras e ranhuras, os mistérios da vida; e sonhava com baleias ancestrais entrando e saindo pela bocada da Baía de Todos os Santos, soprando para o ar aqueles jatos de água que fazem os meninos tão felizes em apenas fantasiar, em apenas ser. Ainda não pesava nos meus sonhos a contraparte trevosa dos socavões, o olhar empedrante das górgonas, o bafo incendiário das gárgulas, o braço punitivo de quem está no poder e gosta de fazer sentir o seu peso sobre quem está embaixo. Nada havia que se assemelhasse a essa ambígua condição humana. Parcial, eu era quase completo e ignorava a meia-banda da sombra onde boiavam as partículas de luz.

A memória mais forte daquela época, penso, é a de um saveiro chegando à ponte de madeira, e no castelo de popa um pescador musculoso fazendo-se anunciar com um esplêndido toque de búzio. O som do arauto parecia sair das cavernas e saía do mar. Era a vida que se anunciava na própria origem. E penetrava no meu coração aquele som como uma lâmina fria e profunda. Qual era mesmo o meu papel, no drama ou na comédia? Era fase de lua cheia e as marés altas e baixas não só atingiam os picos e rasuras, como logravam ir além. As cheias invadiam limites e derrubavam muros e casas, as vazantes desnudavam recifes e curiosas formações de corais, ossos de grandes cetáceos apresados na época colonial e restos de naufrágios esquecidos. Nesses patamares extremos, a alma do escritor ganhava as asas da borboleta vezeira em evadir-se do casulo e voava longe – e para o casulo voltava sempre, abatida, no final de cada jornada.

Dá para imaginar que, nos dias e noites transcorridos na peregrinação em estações e cidades estrangeiras, nada se encaixava à perfeição. E quando se deu o encalhe final em um subsolo de Amsterdam, os capítulos de retorno às origens converteram-se em uma desregrada ebulição mental. Lamurio-me, hoje, por não ter levado a sério os sinais e tentar escapar das consequências. Reconheço que o inconsciente não me presenteou com os códigos e as palavras-chaves, as sereias não cantaram toadas a meu gosto, sequer silenciaram... o estalo salvador não se deu, a maçã da árvore do conhecimento não me tombou na cabeça. Como se a busca importasse mais do que o achado.

Ora, os primeiros ribombos de trovão eu ouvi, mas não dei bola. "Vai passar!", pensei, sentindo no corpo os primeiros pingos grossos. Depois, a intempérie tornou-se uma baita enxurrada que desceu o morro e me esmagou. Eu estava no meio do caminho, eu estava ali tocando a minha viola solitária para conquistar a dama enigmática em sua torre. E o nada fez-se vendaval, e o vendaval adernou o barco, e o perdão era uma palavra inconsequente, careta, com gosto de vinagre de maçã. Provoquei a minha própria queda e descobri que já havia caído antes, daquele mesmo jeito, sob o mesmo cerco afetivo, no mesmo lugar, pelas mesmas razões fora da razão. Tive o que não mereci antes, e desta feita senti merecer o indesejável que me premiara.

Na ilha, eu apenas farejava a ordem natural das coisas e a minha irmã, então com três anos, não havia sido ainda atropelada por uma vagonete de tijolos na ponte de atracação, e eu não tinha a menor ideia de quão vermelho é o sangue, quando está à vista e rompe a pele de alguém muito próximo, de quem você conhece o cheiro.

E o tocador de búzio no castelo de popa do saveiro estava distante o suficiente para que eu o imaginasse um ser com poderes especiais. Havia mitologia na sua figura de ébano desenhada contra o sol da manhã, e eu jamais suspeitaria, com uma idade que pouco ultrapassava os dedos de uma mão, que seria de carne, nervos e ossos a sua modelagem. O som atávico do toque de búzio cortava o dia como uma faca à manteiga. O mestre ao leme e os carregadores de tijolos a bordo almejavam expressar alguma lenda antiga e fora de ordem, disso eu sabia por intuição, sabia o quão árdua é a tarefa de arrumar fatos reais, símbolos e enigmas nos lugares que lhes cabem, mantendo intocada a zona de exclusão.

E eu ouvia um sussurro, uma voz melancólica e distante como um sopro de vento, ganhando corpo, força e poder. Logo entendi o que queria dizer, a tal da voz:

– Agora você está pronto... não sente o calor da centelha? Chegou a hora de libertar os seus presos!

Sim, o búzio anunciava a chegada de um punhado de homens que se sentiriam mais à vontade no balcão de uma visgueira, entornando copos de cachaça depois de carregar no lombo as pedras e os tijolos com que ergueram pirâmides, templos e palácios, os homens-formigas de todos os tempos e quadrantes, embarcados ali em frente à enseada, esperando um aceno, uma decisão. Sua única riqueza é o trabalho que nunca acaba, predestinados que estão a arcar com as exorbitantes medidas de suor biblicamente estipuladas para comprar uma bisnaga de pão.

O mundo aparenta tornar-se melhor quando nos anestesiamos ante as coisas que relutam em dar certo, que não encontram o encaixe apropriado e se escondem em algum desvão da memória. Mesmo que cada qual more em sua própria filosofia, em sua própria casa, tenha a própria história de vida, mesmo que cada indivíduo carregue a sua cruz particular às costas, a sua casca, uma concha áspera fazendo as vezes de pele. É assim que nós somos. Isso nem precisa ser escrito, embora possa ser lido a título de legado da eterna busca de um som primordial, o primeiro som que não podemos ouvir porque é o nosso próprio som, o choro de estreia dos pulmões nascituros. Este é o primeiro toque de búzio, o arauto anuncia mais do que uma vinda: é uma vida que chega em triunfo e também pode partir de repente, sem pestanejar.

Notas e referências

[1] Jonhson, Steven. *Emergence: the connected lives of ants, brains, cities, and software*. New York: Scribner, 2012.

[2] Raspe, Rudolf Erich. *As aventuras do barão de Munchausen*. São Paulo: Iluminuras, 2010.

[3] Céline, Louis-Ferdinand. *Norte*. Rio de Janeiro: Nova Fronteira, 1985.

[4] Beevor, Antony. *Berlim 1945: a queda*. Rio de Janeiro: Record, 2005.

[5] Vassiltchikov, Marie. *Diários de Berlim*. São Paulo: Boitempo, 2015.

[6] Kafka, Franz. *O castelo*. São Paulo: Companhia das Letras, 2008.

[7] Döblin, Alfred. *Berlin Alexanderplatz*. São Paulo: Martins Fontes, 2019.

[8] Conrad, Joseph. *O coração das trevas*. Porto Alegre: L&PM, 1998.

[9] Grass, Günter. *O tambor*. Rio de Janeiro: Nova Fronteira, 1982.

[10] Shakespeare, William. *Antônio e Cleópatra*. Porto Alegre: L&PM, 2005.

[11] Darwin, Charles. *A origem das espécies*. São Paulo: Martin Claret, 2006.

[12] Ovídio. *As metamorfoses*. Rio de Janeiro: Technoprint, 1983.

[13] Hawking, Stephen. *Uma breve história do tempo*. Intrínseca. Edição do Kindle.

[14] Lobato, Monteiro. *Memórias da Emília*. Porto Alegre: L&PM, 2019.

[15] Staden, Hans. *Duas viagens ao Brasil*. Porto Alegre: L&PM, 2008.

[16] Dawkins, Richard. *O relojoeiro cego*. São Paulo: Companhia das Letras, 2001.

[17] Heródoto. *História*. Rio de Janeiro: Nova Fronteira, 2019.

[18] Plutarco. *Alexandre e César*. Rio de Janeiro: Nova Fronteira, 2016.

[19] Dawkins, Richards. *O capelão do diabo*. São Paulo. Companhia das Letras, 2005.

[20] Costa, Luiz Afonso. *Cavalo de santo*, p. 159-172. Rio de Janeiro: Relume Dumará, 1996.

[21] Miller, Henry. *Trópico de Capricórnio*. Rio de Janeiro: José Olympio, 2017.

[22] Ginsberg, Allen. *Uivo, Kaddish e outros poemas*. Porto Alegre: L&PM, 1999.

[23] Kerouac, Jack. *On the road*. London: Penguim Classics, 2000.
[24] Balzac, Honoré de. *Ilusões perdidas*. Rio de Janeiro: Globo, 2013.
[25] Dos Passos, John. *1919*. São Paulo: Abril Cultural, 1980.
[26] Hemingway, Ernest. *Paris é uma festa*. Rio de Janeiro: Bertrand Brasil, 2013.
[27] Fitzgerald, F. Scott. *Suave é a noite*. São Paulo: Nova Cultural, 2003.
[28] Rosa, Guimarães. *Grande sertão, veredas*. Rio de Janeiro: Nova Aguilar, 1995.
[29] Suassuna, Ariano. *Romance da pedra do reino e o príncipe do sangue do vai-e-volta*. Rio de Janeiro: José Olympio, 2013.
[30] Cunha, Euclides da. *Os sertões*. Rio de Janeiro: Nova Aguilar, 2005.
[31] Rodrigues, Nelson. *A vida como ela é*. Rio de Janeiro: Nova Fronteira, 2016.
[32] Risério, Antonio. *Avant-Garde na Bahia*. São Paulo: Instituto Lina Bo Bardi e Pietro Maria Bardi, 1995
[33] Caetano Veloso (letra) e Rogério Duprat (música). *Acrilírico*. Álbum Caetano Veloso. Polygram, 1969.
[34] Mattos, Gramiro de. *Os morcegos estão comendo os mamões maduros*. Rio de Janeiro: Eldorado, 1973.
[35] Salomão, Waly. *Me segura qu'eu vou dar um troço*. São Paulo: Cia das Letras, 2016.
[36] Siqueira, Sérgio. *Clareou – conversa pra boi leão dormir*, p. 131. Lauro de Freitas: Solisluna, 2020.
[37] Nyoiti, Sakurazawa. *Macrobiótica Zen*. Porto Alegre: Assoc. Macrob. de Porto Alegre, 1972.
[38] Ribeiro, João Ubaldo. *Viva o povo brasileiro*. Rio de Janeiro: Objetiva, 2011.
[39] Costa, Luiz Afonso, e Siqueira, Sérgio. *Anos 70 Bahia*. Salvador: Corrupio, 2017.
[40] Risério, Antonio. *Aldeia global, aldeia hippi*e. In coletânea "Aldeia hippie de Arembepe – museu vivo". Org. Gringo Cardia e Paulo Miguez. Prefeitura de Camaçari, 2019.

⁴¹ Voltaire. *Cândido, ou o otimismo*. São Paulo: Penguin, 2012.

⁴² Hoisel, Beto. *Naquele tempo, em Arembepe*. Salvador: Século XXII, 2002.

⁴³ Maiakovski, Vladimir. *Poemas*. São Paulo: Perspectiva, 2017.

⁴⁴ Eisenstein, Sergei. *Memórias imorais: uma autobiografia*. São Paulo: Companhia das Letras, 1987.

⁴⁵ Mao-Tse-Tung. *The little red book*. Edições em línguas estrangeiras (versão em inglês). Pequim, 1972.

⁴⁶ Maquiavel, Nicolau. *O príncipe*. São Paulo: Edipro, 2018.

⁴⁷ Suetônio. *A vida dos doze césares*. São Paulo: Martin Claret, 2010.

⁴⁸ Virgílio. *Eneida*. São Paulo: Nova Cultural, 2002.

⁴⁹ Vonnegut, Kurt. *Matadouro-cinco*. Edição digital. Rio de Janeiro: Intrínseca, 2019.

⁵⁰ Harari, Yuval Noah. *Sapiens: uma breve história da humanidade*. Rio de Janeiro: Companhia das Letras, 2020, p. 353.

⁵¹ V. nota 31.

⁵² Livro dos Jubileus, capítulo 17, verso 16.

⁵³ Alighieri, Dante. *A divina comédia*. São Paulo: Abril Cultural, 1979

⁵⁴ Auerbach, Erich. *Mimesis: a representação da realidade na literatura ocidental*. São Paulo: Perspectiva, 2015, pg. 311.

⁵⁵ Freud, Sigmund. *O eu e o id*. Obras completas, vol. 16. Rio de Janeiro: Companhia das Letras, 2011.

⁵⁶ Freud, Sigmund. *Mal-estar na civilização*. Edição Standard Brasileira das Obras Completas de Sigmund Freud, vol. XXI. Rio de Janeiro: Imago, 1996.

⁵⁷ Sapolsky, Robert M. *Why zebras don't get ulcers*. New York: Holt Paperbacks, 1994.

⁵⁸ *O Sétimo Selo* (1956), filme de Ingmar Bergman.

⁵⁹ Lucrécio Caro, Tito. *Da natureza das coisas*. Belo Horizonte: Autêntica, 2021.

⁶⁰ Zola, Émile. *A besta humana*. São Paulo: Yangraf, 2014.

solisluna

Este livro foi editado em novembro de 2022
pela Solisluna Design e Editora, na Bahia.
Impresso em papel pólen bold 90 g/m².
Produzido na Gráfica psi7, em São Paulo.